佳窈送上門 1

春水煎茶 著

風文創 890

目錄

序文

春水煎茶

在寫這本小說前，我看過很多穿越題材的小說，如果女主穿越過去以後生活在一個封建大家族中，那麼女主往往就要開始宅鬥了。在家鬥姊妹、出嫁鬥妯娌，勾心鬥角，你來我往，雖然女主每次都能憑藉其聰明才智化險為夷，看得人心情舒暢，但看多了，也會讓我厭煩這種走向，思考如果穿越者是一個不愛動腦子、隨心所欲的人，故事的走向又該是怎麼樣的呢？

所以，這本小說便誕生了。女主是一個沒心沒肺的現代女性，人生信條是活得舒心最重要，穿越過去後絕不摻和到大家族的鬥爭中，對她來說每日最大的麻煩就是靈魂三問「早上吃什麼，中午吃什麼，晚上吃什麼」。面對眾人的誤解與刁難，她不需要刻意討好，只需過好自己的小日子就行。

當然，想要一點兒委屈也不受，自然要有一個體貼溫柔、尊敬女性的好丈夫。男主謝珣年歲不大，身上尚存有爽朗少年氣，有時候行事比女主還要大膽，無論女主是要不顧身分整日泡廚房，還是拋頭露面做生意，他都全力支持，甚至還在背後出謀劃策，表面是個清冷孤傲的貴公子，實際是個溫柔青澀的吃貨青年。

而女主的人生態度也會影響到她身邊的女性，比如受盡委屈的母親、忍氣吞聲的二嫂、態度強硬的大嫂、苛薄古板的婆母、刻蠻任性的小姑等等。這本書中沒有絕對意義上的壞人，大多的紛爭都是觀念不合，無論外在表現如何，每個人都有一顆柔軟的心，而叩響大家心門的，當然就是美食啦。

我是一個喜愛美食的人，在寫作前閱讀過大量的美食書籍，搜集了一大堆優雅精緻的菜譜作為素材，但最後一個都沒有用上，而是選擇了日常的、大眾化的美食作為素材進行寫作。

我認為，美食帶給人歡愉和治癒體驗的原因除了其本身的口味以外，還有一分獨特的情感依託在。這麼多年吃過的美食眾多，但夜深人靜或是遠離他鄉時，我最想念的還是清早街頭熱氣騰騰的早餐，晚自習放學路上燈火昏黃照耀下的餛飩攤子，或是學校門口不算太好吃，但每回都要靠搶的牛肉燒餅。

我希望這些生活化的食物能讓讀者在看到美食描寫時產生共鳴，記起那一份味道，想起那一份人間煙火氣，這樣的美食文才叫美味。

最後，謝謝所有願意閱讀此書的讀者，希望這本小說能帶給你們一段美好（很饞）的閱讀體驗。

第一章

暑熱漸去，秋意襲來。

一場秋雨降下後，京中貴女們又開始了往日的交際走動，只是從入秋開始，聚會間的話頭翻來覆去就只有一件——謝三郎要娶妻了！

說起謝家三郎謝珣，那可是京城最出類拔萃的少年郎。父親是謝國公，外祖是太子太傅，家世、相貌樣樣出眾，曾外出遊歷過，身上有著長安公子哥兒少有的瀟灑氣質。又是天子親點探花郎，文韜武略，俊逸非凡，從長街上策馬而過，引得多少貴女們芳心暗許。

在眾人心中，以他的風姿才華，哪怕是配公主也是綽綽有餘的。

但萬萬沒想到，他居然被不要臉的姜舒窈給賴上了！

那姜舒窈也是小有名氣的人物，不過全都是臭名。分明出身襄陽伯府姜家，卻沒有半點貴女的樣子，腦中空空，草包一個，還因偷看俊俏公子鬧過幾次笑話。

前一陣子長公主設宴，她想摘花枝卻不小心落水，被止在岸邊的謝珣救起，自那之後就嚷著自己沒了清白，非得讓謝珣娶她。

這就是為何眾人說她不要臉了，失了清白便絞了頭髮做姑子去唄！居然還賴上謝三郎？

大家本來都以為這事成不了，沒想到謝國公府居然點頭同意了。

知道內情的小娘子便透露，原來那姜舒窈回家後又鬧了幾次，最後一次更是懸梁自盡，救下來後已是出氣多、進氣少。這事傳到了設宴的長公主耳朵裡，她進宮時就順嘴把這事說給了皇帝聽，而襄陽伯夫人的親姊林貴妃正巧在場，怎麼都得幫幫自家外甥女賣賣慘，硬是把這事說出了花來。

皇帝不清楚姜舒窈的草包名頭，只知道她是襄陽伯的嫡女。襄陽伯的子女運不旺，眼看年紀大了，嫡妻還是沒動靜，最後好不容易懷上了依舊生了個閨女。其間也納了好幾房妾室，依然一個兒子也沒生出來。

他對襄陽伯挺同情的，順帶讓他對姜舒窈有了點好感，在聽到林貴妃美人含淚講述姜舒窈上吊「以證清白」後，頗為感嘆。恰巧，謝珣在東宮見太子，他便把謝珣叫來問了幾句。

當時的情景，謝珣如今想來仍覺得奇怪，一向簡居深宮，寡言沈穩的皇后居然在場，話裡話外竟有幾分想要為兩者指婚的意思。

謝珣聽出皇后話中之意，回家和爹娘討論，雖然十分不情願，但還是上姜家提親了。

姜舒窈坐在床邊，被勒傷的喉嚨依然微微泛癢，她很想伸手去撓，但想到現在的場合，連忙忍住了。

別人穿越的套路都是一睜眼就找人套話，三言兩語摸清楚情況。而她一睜眼，成了個暫時性啞巴，將養了一段時間，只弄清楚事情的大概，就被塞進花轎嫁人了。

喧鬧聲由遠及近，姜舒窈知道是謝珣進來了，乖乖坐好。

隨著全福人高聲唱詞，蓋頭被挑開，姜舒窈眼前驟然一亮，抬頭正巧對上一雙好看到過分的眼眸。

看到謝珣的臉，姜舒窈就放心了。

未來夫君果然如傳言般俊美，毫不誇張的說，他就是那皚皚山上雪，皎皎雲間月，是常人無法妄想的存在，而這種級別的美人，又是遭算計，肯定不會碰她這般名聲的人，她接下來的日子安全了。

看著姜舒窈那張粉厚到似帶著面具的臉，謝珣微微皺眉，臉上露出不加掩飾的嫌惡。他才回京不久就聽過姜舒窈的臭名，卻沒想到自己有天會被此女賴上，逼不得已娶她為妻。雖說傳聞不可多信，但想到那日救她起來時，死死貼著他，上岸後更是不顧廉恥高喊她失了清白，人品可見一斑。

他渾身冒著冷氣，屋內氣氛頓時僵硬了不少。

接下來的流程走得十分敷衍，喝完交杯酒後，全福人端起盤子，餵姜舒窈吃湯圓。

一般的新娘子都是象徵性咬一口，在全福人問「生不生」後，低頭羞澀地回答「生」。而從早晨起就粒米未進、又沒弄清楚狀況的姜舒窈哪知道這點？一口氣全吃了，嚼了一下，差點噁心地吐了出來。

全福人傻眼了，結巴問道：「生、生不生？」

姜舒窈嗓子剛剛好沒多久，吃東西不嚼碎就吞嗓子會疼，她尷尬地鼓起臉，吞也不是、吐也不是，臉皺成一團，毫無形象道：「太生了。」

謝珣坐在她身側，嫌棄的情緒到了頂峰。

他在外遊歷時見過人世百態，也曾想過將來妻子的模樣，或是溫柔賢淑，或是端莊大方，但他怎麼也想不到自己居然娶了這麼一個人回來。

全福人唱完唱詞後，謝珣就頭也不回地出了房，除了挑蓋頭那一眼，再也沒有多給姜舒窈施捨一個眼神。

屋內女眷交換了視線，一句吉利話也沒說，不約而同地沈默著離開。

第二天清晨，全府下人們都知道了大婚當晚三爺睡在了書房。

眾人都在等著看姜舒窈的笑話，而處在八卦中心的本人，卻一點也不像他們想像中那樣悽慘。而是舒舒坦坦地睡醒後，等丫鬟們上來伺候她梳妝打扮。

原主長了一張非常明媚嬌豔的臉，但這種長相放在這個時代是不討喜的，別人嚼舌根罵她都是罵她「狐媚子相」。

男人娶妻，都要娶賢淑溫婉、端莊大方的，只有納妾時才會刻意挑選顏色豔麗的女子。而襄陽伯夫人平生最看不慣襄陽伯房裡那一群嬌嬌媚媚的小妾們，所以在見到自己女兒的嬌豔長相時，就氣不打一處來，刻意把原主往柔弱風打扮。

因此，原主每天被親娘餓得吃不飽飯，只為往弱不禁風的方向靠攏，前凸後翹的身材硬是被餓成了乾癟的瘦猴。

她的一雙柳葉眉被刮去大半，畫成了一皺眉就成倒八的平細眉，終日敷著厚粉以掩蓋臉上朝氣十足的紅暈，再配上一身素色衣裳，樣子不倫不類，十分滑稽。

如今，脫離了襄陽伯夫人的魔爪，姜舒窈制止了丫鬟給她抹粉的動作，自己動手上妝，將好不容易養回來點的眉毛畫成劍眉，嬌媚明豔的面容瞬間增添了幾分英氣，減弱了臉頰過瘦所帶來的妖媚感。

再在唇上抹點口脂，今天的妝容就完成了。

姜舒窈滿意地看著銅鏡裡的自己，她總算是實現了審美自由，再想想以後沒人管，想吃多少就吃多少的日子，她臉上忍不住流露出幾分喜意。

雖說襄陽伯夫人管得嚴，但原主是府中唯一的嫡女，仍是很受寵，是個脾氣大的，身邊的丫鬟們一個比一個怯懦，即使今日是新婚第一天，也沒敢把她早早喊起來。

所以謝珣來的時候，姜舒窈剛剛梳妝打扮完，還沒用早膳。

謝珣對此略微不滿，但冷靜了一晚，設想昨日自己未回房，姜舒窈獨守空房暗自流淚的場景，責備念頭頓時散開了。

「時候不早了，該去上房敬茶了。」他突然出聲，讓圍著姜舒窈的丫鬟們嚇了一大跳，紛紛回身行禮。

姜舒窈趕忙從梳妝凳上站起來，小跑到謝珣身邊。「我收拾好了，走吧走吧。」

結婚第一天，她心情特別好。

有容貌、有嫁妝，還沒有催婚壓力，老公等於擺設，這不就和現代說的「人生三大樂事，升官、發財、死老公」差不多嗎？真是神仙日子！

看她這副因雀躍而失了禮儀的樣子，謝珣忍不住皺眉。

她就這麼心悅他嗎？光是見到他就開心成這樣。也是，如果不是如此心悅他，又怎會不顧禮義廉恥，甚至以命要挾非要嫁給他呢？

謝珣個子高，腿也長，心裡想事的時候步子邁得很大，姜舒窈要小跑才能跟上，幸虧她今日打扮得簡單，頭上戴的首飾少，否則不一會兒就能累出汗來。

走了一段路，謝珣才想起身邊還跟了個人。

他突然頓住腳步回頭，悶著腦袋追人的姜舒窈差點撞在他身上。

姜舒窈連忙收住腳步，恰好在距離他半步的地方停住。

她頭上的掐銀絲紅瑪瑙步搖大幅度晃動著，日光從步搖墜子穿過，折射出絢爛的光芒，謝珣忍不住眯了眯眼。

眼前人紅唇微張喘著氣，雙頰因剛才的跑動泛起了紅暈，鼻尖上冒著細微的汗珠，嫵媚中透著嬌憨。一雙眸子透著水氣，清澈又明亮，驚訝地張大眼看他。

謝珣感覺自己被穿過她首飾的日光刺了一下眼，猛地別開頭。

方才沒仔細瞧姜舒窈，如今細看，他不禁為此驚豔。記憶中除了挑蓋頭時那張大白臉，就是落水那日她妝容狼狽的臉，原來卸下濃妝的她長這樣。

他退開幾步，將手背在身後，沒敢再看姜舒窈，直視前方道：「以後妳也這樣打扮吧，母親不喜濃妝豔抹的女子。」

姜舒窈本就是這樣打算的，她應了聲道：「嗯，知道了。」

謝珣有些意外，沒想到她如此乖巧，和那日哭天抹淚撒潑時判若兩人。

他心裡莫名有些愧疚，能夠與他攜手度餘生的妻子應當是和他兩情相悅的，而不是姜舒窈這樣以死相逼強嫁給他的，這樁婚事注定不會有好結果。

即使她如此心悅他，在他面前柔順安分，也永遠換不來同等的心意。

他這樣想著，不知不覺中放慢了腳步配合姜舒窈的步伐。

兩人到達時，堂屋裡已坐滿了人。

在嫁過來之前，姜舒窈已經了解過謝國公府的情況，來的路上謝珣又為她講了一遍。謝珣排行老三，前面兩個哥哥都是嫡子，年歲較大，姪子年紀都和姜舒窈差不多大，後面則有一位嫡親妹妹謝珮。

兩人進屋，丫鬟一打簾，所有人都齊齊轉頭來看。

姜舒窈略微緊張，跟著謝珣向公爹、婆母見禮。

老夫人對這個媳婦不太滿意。在訂親後她派人打聽過姜舒窈，傳回來的話一個比一個難聽，無論從品性還是家世來講，姜舒窈都配不上謝珣。

但現在見她禮儀挑不出半分差錯，老夫人神色稍微好看了一點。

姜舒窈按照學過的禮儀恭恭敬敬地給兩老敬茶，老夫人卻沒有伸手來接的意思。幸好謝國公是個和善性子，自顧自接了茶，老夫人也就不好刁難姜舒窈了。

第一關輕鬆過去，後面的見禮就容易多了。姜舒窈收了紅包，又把早準備好的禮物發給小輩。

大房、二房的小孩多，年紀稍長的都和姜舒窈一般大了，紅著臉叫她「三嬸」的時候，讓她有種過年回家仗著輩分占同齡人便宜的錯覺。

她抿著嘴偷笑，笑意讓本就明豔的長相更加生動朝氣。

一旁的謝珮看到這一幕覺得無比刺眼。

她是謝國公府的嫡幼女，自小是眾星拱月的人物。上面三個嫡親哥哥一個比一個能幹，尤其是三哥，多少貴女為了打聽他的消息來巴結她啊？沒料想三哥卻娶了聲名狼藉的姜舒窈。想想以後自己要管姜舒窈叫三嫂，她就覺得自己臉都丟盡了。

輪到謝珮時，她接過禮物便遞給丫鬟，敷衍說了聲謝，擺明是要讓姜舒窈沒面子。氣氛一時有些尷尬。

姜舒窈早已做好了被刁難的準備，沒想到長輩那邊輕鬆過關，倒是小丫頭這邊過不了。她笑容不變，彷彿並沒有察覺到謝珮的刁難回道：「不用謝，小妹喜歡就好。」

謝珮被噎了一下，她連盒子都沒有打開看過，何談喜歡？姜舒窈果然是個厚臉皮的！她從丫鬟手裡奪過盒子來，打開輕飄飄看了一眼，冷笑道：「三嫂真是有心了，不過這套頭面太過華貴，我向來喜好清雅素淨一些的首飾，怕是用不著了。」

姜舒窈一向被人諷刺長相俗氣，打扮上不得檯面，這話明裡暗裡都是針對。被針對的姜舒窈不痛不癢，正打算接話時，謝珣先開口了。「妳還年幼，以後有的是機會用到。」

他雖不喜姜舒窈，但也沒想著要欺負她，不想在今天生出是非。

他說完後就領著姜舒窈越過了謝珮，讓謝珮都傻了。在場的眾人也沒想到謝珣會開口幫姜舒窈說話，畢竟昨日新婚當晚，他的態度可是擺得很明確的。

氣氛更尷尬了，姜舒窈偷偷瞄一眼謝珮，發現小姑娘委屈得眼睛都紅了。

謝珣這個豬隊友！明明可以糊弄過去的，非要幫她惹仇恨，還是惹上玻璃心的小姑。

幸好，敬完茶後，眾人便陸陸續續散了，姜舒窈也沒想著湊到婆母面前討巧賣乖，見謝珣要走了，連忙跟上他。

成親這幾日不當值，謝珣不想待在府裡面對姜舒窈，便計劃著約上友人去城外跑馬。走出一段路，謝珣發現姜舒窈一路都跟在他身後，莫名有些心虛。

他停步，清了清嗓子道：「我要出府找友人聚一聚。」說完又察覺自己這話像是在對媳婦交代去處，更加不自在了。

姜舒窈不理解他怎麼突然對自己匯報行程了，她疑惑地點頭回道：「哦。」

謝珣再次邁步往前走，結果姜舒窈還是跟在他身邊。

他忍不住道：「妳為何要跟著我？」

「我沒跟著你啊。」姜舒窈一頭霧水，她歪著頭想了一下，恍然大悟道：「我是想去大廚房，正巧和你順路了。」

謝珣沒想到剛才是自己自作多情，耳根迅速泛上一抹紅。

姜舒窈見他垂眸不說話的樣子，默默後退一大步。「要不，您先走？」

謝珣本來還想著該說些什麼，姜舒窈這麼一說，他總感覺她在嘲諷自己，這下羞得耳根紅透了。

他抬頭看向姜舒窈，她眨著眼睛一副無辜模樣，還伸手做了個「請」的動作。

謝珣被噎了一下，羞惱地暗自咬牙。

他生得好看，微慍時黑眸瑩亮，謫仙一般的模樣染上了幾分生氣，顯得明朗又活潑，總算像一個朝氣蓬勃的俊美少年郎了。

姜舒窈半點沒察覺自己哪裡不對，見謝珣看她，還繼續道：「或者我先走？前面拐個彎就到大廚房了。」

「不用！」謝珣俐落轉身，邁著大長腿飛也似地走了，活像身後著了火。

姜舒窈看著他的背影，默默感慨：少年人還是要活潑一點才好，神采飛揚的模樣真養眼。

感嘆完，她領著四個貼身丫鬟往大廚房方向走去。

早上起遲了沒用早膳，現在她都餓得前胸貼後背了。

大廚房的下人們見姜舒窈來了，紛紛慌亂地行禮。

姜舒窈揮揮手，直接進了廚房。

大戶人家做菜講究精細，量很少，剩菜、剩飯一般下人們都會解決掉，所以姜舒窈在廚房逛了一圈，只看到一盅給主子們煨的藥膳。

「三夫人，您這是……」嬤嬤見她東瞧瞧、西瞧瞧，忐忑地上前問道。

「沒事，我就是找點吃的。」

嬤嬤恭敬地彎腰頷首緊跟著姜舒窈，姜舒窈不習慣，道：「妳先去忙妳的吧，我隨便弄點吃的就好。」

「您想用點什麼？」

昨日謝珣睡在書房的事全府的下人都知道，他們不由得輕視姜舒窈這個三夫人，她這麼一說，嬤嬤就沒再跟著她了，行禮後退出了廚房。

姜舒窈沒有用早膳，丫鬟們也餓著肚子，想到大家都餓得慌，她打算做兩樣簡單的。

等她挽起袖子準備大展身手的時候，才意識到廚房裡五個人沒一個會燒火，於是只得叫人去外邊喊了個燒火丫鬟進來。

小丫鬟個子不高，身形瘦弱，幹起活來倒是麻利。

燒起火後，姜舒窈把大鍋架上，燒水準備煮麵。

她找了胡蘿蔔、青菜和蔥，索利地切丁備用。

丫鬟們被她露的這手刀功嚇了一跳，互相使眼色回憶小姐什麼時候會下廚了？

這時水燒開了，姜舒窈往大鐵鍋裡丟下麵條。接著取來一個大碗打入雞蛋，放入切碎的蔬菜丁和蔥花，灑入鹽和澱粉，攪拌均勻。又讓燒火丫鬟又起了一灶，燒小火，放油熱鍋。

油熱後，她倒入四分之一的蛋液，接著在雞蛋沒有完全凝固時將蛋皮捲起來，用鍋鏟按壓來定型，等到內裡悶熟後又倒入四分之一的蛋液。

這樣反覆幾次，最後一份蛋液倒入鍋中後，麵已經煮好了。

姜舒窈讓丫鬟撈起麵條過涼水，自己則將做好的玉子燒裝盤切塊，分成五份。

「快來嚐嚐。」她朝丫鬟們招招手。

丫鬟們錯愕，沒想到一向不好伺候的姜舒窈會為她們幾個下人做飯吃，幾人心裡轉過幾番念頭，一致認為這是姜舒窈興致來了想下廚，這試菜的任務，可不就落到她們頭上了嗎？

白芍是四人中最穩重的那個，見其餘三人悶不吭聲不敢上前，便自己站了出來。頂多是難吃了點，最多是沒煮熟，就在眼前做的，難不成還能有毒嗎？

她心裡面安慰著自己，接過姜舒窈遞給她的盤子。

湊得近了，濃郁的蛋香味鑽入鼻中，白芍忍不住咽了咽口水。

她挾起一塊，蛋皮金黃，內裡軟嫩，挾起的時候十分有彈性，微微顫動著。

第二章

白芍在眾人或期待、或同情的注視下咬了一口。

「這玉子燒，怎麼樣啊？」姜舒窈問。

這種土灶的火候不好控制，加之沒有專門的器具，玉子燒形狀也不好看，她第一次在這裡下廚，不禁有些忐忑。

「嗯！」雖沒聽過什麼是玉子燒，白芍仍含糊不清地點頭，快速咽下嘴裡的美味。「好吃，好吃，妳們快嚐嚐。」

剛出鍋的玉子燒有些燙，咬下的時候內裡鮮香的汁水在口裡爆開，濃郁的蛋香味混雜著蔬菜丁的清香，口感豐富，直叫味蕾都活了過來。

其餘三位丫鬟心裡咯噔一聲，往日看著白芍冷靜穩重，沒想到拍起馬屁來也是功力深厚，還想著拉她們三人下水。

但當她們端起盤子，屏息咬下一口玉子燒後，就被打臉了。

她們本就餓著肚子，期待感又低，自然覺得玉子燒美味到了極點。滋味濃郁卻不油膩，口感新鮮，這可比往日吃慣了的清粥小菜驚喜多了。

姜舒窈自己嚐了一塊，味道比她想像的要好一點。

她吃了兩塊墊墊肚子，又回到灶臺旁邊，用醬油、白糖調好醬汁，切蔥段，剁蒜末。熱鍋燒油，丟入蔥段和蒜末，大火快炒。

「唰啦」一聲，濃烈的蔥香味溢出，比起剛才醇厚的蛋香味，蔥油的味道要霸道不少。待到蔥段微焦時，倒入備好的醬汁，熬一分鐘左右做成蔥油。接著將蔥油倒到瀝過涼水的麵條上，拌勻，簡單的蔥油麵就做好了。

幾人剛剛吃了玉子燒墊了肚子，聞到蔥油的味道饞蟲又被勾了出來，飄滿屋子的蔥香讓她們忍不住狂咽口水。

這次蔥油麵一端上來，不等姜舒窈招呼，四人便端著碗吃了起來。甫入口便是濃烈的蔥油香味，醬汁增鮮，更好地襯托了蔥香的濃郁，麵條筋道，咀嚼間口齒留香。

大家都顧不得禮儀了，靠著長桌大口大口解決美食。

姜舒窈見燒火丫鬟站在旁邊眼巴巴地望著，也給她盛了一碗，她推託了兩次，仍沒忍住美食的誘惑，接過碗盤開始狼吞虎嚥。

玉子燒和蔥油麵都算不上什麼絕頂美食，但一個味鮮、一個味重，口味上配合得當，姜舒窈被襄陽伯夫人逼著吃了一個多月清湯、素菜，這下總算過了嘴癮。

幾人正悶頭吃飯時，門口竄進來一個小蘿蔔頭，一眼鎖定姜舒窈喊：「三嬸！」

姜舒窈低頭一看，對上一雙黑漆漆的大眼睛。

大房生了對雙胞胎，一胖一瘦，一個活潑好動，一個文靜寡言。胖的那個扯著姜舒窈袖子，瘦的那個躲在他背後偷看沒作聲，乍看還以為只有一個。

姜舒窈記不得他們的名字，揉了揉小胖子的圓腦袋，糊弄道：「是你們啊。」

小胖子自來熟，笑出一口大白牙。「是呀！到了四弟喝藥膳的時候了。」

原來藥膳是煨給小瘦子吃的。

小胖子說完，隨即切入自己關心的話題。「三嬸，妳在吃什麼啊？聞起來真香。」

玉子燒還剩幾塊，還沒涼透，姜舒窈便挾了一塊遞到小胖子面前。「嚐嚐？」

玉子燒顏色好看，金黃中夾雜著橙紅的胡蘿蔔碎和嫩綠的蔥花，樣子最討小孩子喜歡了。

小胖子大口一張咬了一大半，以往沒有吃過這種口感的食物，吃了個新鮮，好話跟不要錢似地往外冒。「好吃，真好吃！再給我咬一口可以嗎？」

姜舒窈又餵他吃了一口。

小胖子吃得歡快，卻也沒忘了弟弟，把小瘦子從身後拽出來。「四弟，你吃嗎？」

小瘦子怯怯地抬眼看了下姜舒窈，清澈乾淨的黑眼珠裡盡是好奇，微不可察地點了點頭。

姜舒窈頓時心都要化了，彎下腰給他餵食。見他跟小奶貓進食一樣咬了一小口，慢條斯理地嚼著，倒讓姜舒窈有些忐忑。

「好吃嗎？」小胖子在旁邊問。

看小瘦子慢半拍地點了下頭，姜舒窈鬆了口氣。

小胖子是天生話癆，自顧自地介紹道：「四弟喜甜食，可能是平常苦藥喝得太多了吧。他胃口不好，飯量很小，所以比我瘦太多了。」

丫鬟們在雙胞胎進來後就收拾盤碗站好了，雙胞胎的大丫鬟跟在他們身後進了廚房，將盅蓋打開察看火候，見藥膳還未煨好，也跟著垂手站在一旁。

姜舒窈想到大夫人是執掌中饋的，等會兒她還要去大房找她商量自己小廚房的事，便留在大廚房和他們一起等藥膳。

看著圓圓胖胖的小胖子，她突然想到一個快速簡單的甜食。反正閒著也是閒著，不如動手試一試。於是她從廚房一角取下曬過的玉米，剝粒丟入鍋中，迅速蓋上鍋蓋，鍋裡發出噼哩啪啦的悶響聲。

小胖子好奇地探頭探腦，嚇得大丫鬟上前把他拽遠，生怕鐵鍋會炸開。

不只她一人害怕，這聲響讓大家都或多或少地往遠處挪了挪腳步。

雖然剛才姜舒窈露了一手，但她的丫鬟們對她的印象依舊是不可靠的。

鐵鍋很沈，姜舒窈費力地握住把手畫圈狀搖晃，以保證玉米粒受熱均勻。

聲響漸弱，過了一會兒，鍋內基本沒有玉米粒爆開的聲音後，姜舒窈將鐵鍋從灶上拿開，又燜了幾秒後，在一眾人懷疑的目光下打開了鍋蓋。

大部分的玉米粒都爆開了。白白的爆米花填滿了鍋子，很是討喜。

她再重新架起一口乾淨的鐵鍋，涼鍋倒入油和糖，吩咐燒火丫鬟燒中大火，糖很快融化變色，她輕輕翻炒著，糖的色澤逐漸變棕黃。

用筷子一挑，剛好能夠拔絲時，便將爆好的爆米花倒入焦糖中，再攪拌均勻就做好了。白色的爆米花沾著晶瑩剔透的焦糖糖衣，看上去香甜可口。

姜舒窈拿了一顆放入口中，焦糖的糖衣還未冷卻，外皮不夠清脆，但甜度夠了，比想像中成功。

從她打開蓋子後甜香味就瀰漫在廚房，見她拾了顆吃，小胖子終於忍不住了，掙脫大丫鬟朝姜舒窈跑去，迫不及待地問：「怎麼樣、怎麼樣？什麼味道的？」

姜舒窈順手給他餵了一顆，兩人一個自來熟、一個性格開朗，明明今天第一次見面，卻像是認識了很久的姊弟。

小胖子將爆米花塞入口中，外層的糖衣稍微涼了一點，咬下去有種微微清脆的口感。爆米花蓬軟甜香，焦糖濃厚的甜味並沒有掩蓋玉米本身的香味，甜味很重卻不會膩，只因焦糖自身帶的微苦恰好中和了甜度。

「嗯～～」小胖子瞪大眼睛。「好吃！」

他緊接著對弟弟招招手，想和弟弟一起分享美味。

姜舒窈拿了個大碗將爆米花全部倒進去，遞給小瘦子，小瘦子怯怯地看了她一眼，還是沒抵住對爆米花的好奇，接過大碗。

正巧藥膳好了，姜舒窈牽起小胖子的手。「走吧，邊走邊吃。」

一行人浩浩蕩蕩往大房的方向走。

小瘦子說是胃口不大好，但吃爆米花倒吃得津津有味，不斷往嘴裡放，和小胖子兩個你一口、我一口，等到了大房時爆米花已經吃了半碗了。

院子裡正熱鬧著，屋前站著一排管事和嬤嬤們，大夫人徐氏桌前攤著帳本正在算帳。

姜舒窈見狀不好意思打擾，本想另尋時間再來找徐氏，徐氏卻先開口把她叫住了。

「三弟妹。」徐氏把帳本一合，臉上帶著熱切的笑容，站起身來往外迎了幾步。

她揮手讓下人散了，又是吩咐倒茶、又是吩咐上點心，這般熱情款待讓姜舒窈感覺暈頭轉向的。

徐氏比姜舒窈大了十幾歲，但她對待姜舒窈親親熱熱的樣子，彷彿兩人是親密的小姊妹，姜舒窈甚至開始懷疑這是不是兩人第一次正式對話了。

「大嫂，妳這邊若是正忙著，我就等會兒再來吧。」姜舒窈道。

「妳來得正好，剛剛忙完。」徐氏笑著搖頭，挽著姜舒窈讓她坐下。「弟妹找我有什麼事嗎？」

徐氏臉上表情看著親切，心裡不斷猜想姜舒窈此行目的，新婚頭一天不供著婆母、不陪著丈夫，往她這個妯娌這兒跑是怎麼回事？

心思幾轉，她想到姜舒窈現今的處境，有些不屑。

謝珣肯定是躲她躲得遠遠的，她不在屋裡哭，還覥著臉來出來晃悠，看來還真如傳聞所言，是個臉皮厚的。

姜舒窈不知徐氏心中所想，本來還有些尷尬，但沒想到徐氏這麼熱情，那生疏感一下散了不少，她一邊在心裡把徐氏誇了個遍，一邊品起徐氏推給她的點心。綠豆糕清甜細膩，入口即化，甜度微重，很適合配茶吃。

她幾口吃完後，擦乾淨手指，才想起正事來。

「對了大嫂，我今天來是想和妳商量一下小廚房的事情。」

徐氏正在內心鄙夷她的吃相，突然聽到她開口，愣了一下。「什麼？」

姜舒窈以為徐氏是個善良大方的自來熟，自己也就敞開來說了，完全沒有客套的意思。「我看三房的小廚房一直是空的，沒用過，現在我嫁過來了，想把小廚房收拾出來。」

徐氏微微皺了下眉，但很快恢復大方的笑容。「妳想吃點什麼，直接吩咐大廚房做便是了。」小廚房收拾出來了還得分配人手，每月的帳從哪裡走也有得糾纏，說得倒是輕巧。

姜舒窈自然不懂徐氏的顧慮。「大廚房太遠了，來來回回的不方便，而且我這人喜歡折騰點吃食，常去大廚房，免不得礙手礙腳。」

徐氏還真沒和姜舒窈這種有什麼就說什麼類型的女人打過交道，心裡白眼都要翻幾圈了，面上還得保持和煦的笑容。「這……不瞞弟妹說，若是真要開小廚房，每月的花銷……」

她話音拖得長，希望姜舒窈能明白狀況。

姜舒窈正在把罪惡之手探向栗子糕，聞言豪氣地甩甩手說：「沒關係，我有錢！」她本來就沒打算讓徐氏從公中支錢。

「咳。」徐氏憋了滿肚子的話卡在了嗓子眼。

幾年前二房那邊開小廚房，她可是和二夫人周氏明裡暗裡鬥了好幾個來回，最終還是由老夫人拍板決定小廚房定例才消停的。

本想著，姜舒窈肯定也是來這裡摳錢的，沒想到她竟然打算自己掏錢。

可姜舒窈本就是現代人思想，想折騰吃喝總不能花別人的錢吧？見到徐氏一副欲言又止的錯愕樣子，她突然擔心起來，把栗子糕囫圇咽下，轉頭問白芍。「我的錢夠吧？」

「回夫人的話，當然夠了，不過是開個小廚房，這用度不值一提。」白芍從小到大就在看著襄陽伯夫人和其他七房妾室的過招中長大，實習經驗豐富，可以說是宅鬥資優生，自然看得出徐氏心底對姜舒窈的鄙夷。

她作為被委以重任的大丫鬟，熟知謝國公府各房的人。大夫人徐氏的父親是出了名的清官能臣，她自身也是京城出名的才女，靠這兩樣名頭嫁到謝國公府，然而名頭好聽了有什麼用，女子出嫁還是得靠豐厚的嫁妝。

徐氏聽到白芍的話，臉上笑容不禁僵了僵。

她嫁到謝國公府後可謂是兢兢業業、如履薄冰，生怕哪點沒做好惹來別人的輕看，在吃穿用度方面上嚴格把關，沒出過一次錯，但也因此被詬病小家子氣。

姜舒窈沒想著從公中出錢當然是好事，可是……可是怎麼聽著這麼氣人呢？

姜舒窈完全沒見到徐氏變僵硬的笑容，放下心，樂呵呵道：「那就好。大嫂，麻煩妳給管事那邊打個招呼吧，給我尋些手藝好的泥瓦匠來，我想改造一下廚房。還有，平常我這邊採買蔬果糧食什麼的都跟著公中走，也麻煩妳讓管事和白芍商量一下怎麼做。」

徐氏點頭，讓丫鬟喚管事來。姜舒窈不懂這些，只等白芍和管事商量完，便起身告辭。

她沒想到事情這麼順利，被徐氏送走的時候還感嘆地抓著她的袖子道：「大嫂妳真好。」誰說的妯娌之間相處困難，她這不是挺順的嗎？

徐氏不動聲色地把她手撥開，笑道：「弟妹客氣了。」

姜舒窈依舊熱情。「那我先走了，以後我常來大嫂這兒坐坐，大嫂不會嫌棄吧？」

徐氏想到剛才被吃空的兩碟點心，努力保持笑容不變，搖頭溫婉道：「不嫌棄。」

姜舒窈笑著走了，邊走還邊回頭給她招手。

徐氏站在屋簷下目送她，看著姜舒窈那張明媚燦爛的笑臉，越看越扎心。

看著看著，她發現從旁邊突然竄出來兩個小不點，一胖一瘦的，跟在姜舒窈後面走遠了。

她眨眨眼，定神細看，這兩個小矮子不是她的雙胞胎兒子嗎？怎麼跟姜舒窈跑了？

她驚訝地回頭看大丫鬟，大丫鬟也摸不著頭腦，連忙吩咐人跟著。

別說她們倆摸不著頭腦，姜舒窈也是。

她看著跟在她身旁的兩個小團子，疑惑道：「你們跟著我幹麼？」

小胖子扯著她的袖子道：「我想跟三嬸玩。」

姜舒窈也不知道自己怎麼就惹得小胖子喜歡了，大概是因為……她長得好看？

她摩挲著下巴思考，另一隻袖子突然被人扯了扯，低頭一看是小瘦子。

「我想吃糖。」他的聲音很小，一雙大眼睛水靈靈的。

姜舒窈愣了一下才想起他說的「糖」應該是爆米花。

「剛才那一碗都吃完了？」
小瘦子點頭。
「嗯……那不能多吃，小孩子吃多了不消化。」
小瘦子委屈兮兮點頭，繼續扯著姜舒窈的袖子往三房走。
到了三房，姜舒窈就沒空管他們了，全身心投入小廚房建設中。
她也沒有避嫌，又是找炭筆畫、又是作圖，讓工匠在小廚房外砌了個麵包窯，當成簡易版烤箱來用。
兩個小蘿蔔頭在旁邊津津有味看熱鬧，大有上手搗亂的模樣，姜舒窈趕緊攔住，吵吵鬧鬧一番，最後妥協在麵包窯上方多砌了一對貓耳朵。
夕陽西下，謝珣跑完馬回來，下意識地就跨進了正院，見到廊下忙碌的丫鬟們才反應過來他已經娶親了。
他本來打算掉頭就走，丫鬟們卻紛紛頓足行禮，引得正在吃晚飯的姜舒窈朝他看來。
這下他走也不是、留也不是，正和姜舒窈乾巴巴對視時，一聲童音打破了尷尬。
「三叔！」
謝珣這才發現擺在屋門口的長案對面坐著兩個小團子。
他鬆了一口氣，有兩個小姪子在，他總算不用單獨面對姜舒窈了。
他朝兩人走去，問：「阿昭、阿曜，你們是來找三叔的嗎？」

他嘴上這麼問，心裡早有答案。

阿昭一向黏他，這次應當也是專門來找他的，只可惜他為了躲開姜舒窈出府去了，他們只能找到姜舒窈。

謝珣愧疚又無奈，朝謝昭張開雙臂，等待小胖子像往常那樣撲進他懷裡讓他舉高高。然後，他就舉著手臂僵硬了好幾秒。

小胖子謝昭瞥了他一眼，毫無反應，咽下口裡的食物後道：「不是。」接著等不及多說一個字，又急忙下筷子挑菜吃。

謝珣站在主屋十幾步開外，人生第一次體會到了被無視是什麼感覺。

姜舒窈今天做了雲南的過橋米線。

食材和佐料有限，又有小孩子在，她第一個想到的就是鮮香清淡的過橋米線。取老母雞、豬大骨燉湯，用砂鍋架在灶上熬了一下午，用柴火灶燉出來的湯別有滋味，只需要灑上一點點鹽和白胡椒粉，雞湯就已經鮮美到讓人食指大動。

燉煮好的雞湯上面覆蓋著一層雞油，湯中燉爛的雞肉軟嫩香滑，下入燙熟的米線，主料就備好了。

姜舒窈再三叮囑兩個小孩吃的時候要注意溫度，以免被燙傷。因為雞湯麵上的油脂十分保溫，足以讓切好的薄肉片過湯而熟。

但謝昭還是吃得很急，他挑起一片薄肉片從湯裡過，配著軟糯醇香的米線一口塞入嘴裡，滾燙的溫度讓他不斷吸氣，燙得小臉通紅。

謝國公府大廚房長年備著各種各樣的新鮮蔬菜，就算是沒有，主子一聲吩咐，下人也會馬上找來。不容易熟的蔬菜都先過水燙了，切絲擺盤，白白綠綠的配菜搭配著精緻的瓷器，看上去賞心悅目。

謝珣看這一大桌子，瞧著新鮮，忍不住問道：「這是什麼？」

姜舒窈從碗裡撈出一顆鵪鶉蛋，輕咬一口，軟嫩的蛋白破開，蛋香濃郁，鮮香可口。

「米線。」她燙得倒抽氣，又要回話，又要吸氣，姿態實在是不雅。

謝珣從未見過女子有這般吃相，居然和小胖子謝昭一樣狼吞虎嚥的，實在是不雅觀。

他微微蹙眉，道：「我當然知道是米線。」他是好奇這種吃法以及擺了滿桌的蔬菜、肉片是何用途。

只可惜姜舒窈聽不懂他的疑惑，聽他這樣說，頭也沒抬應了聲。「哦。」

「三嬸，魚片！」謝昭口裡哈著氣，朝姜舒窈伸出小短手。

姜舒窈頓時理解，將裝著生魚片的盤子遞給他，嘴裡又塞入一大口米線，一邊嚼一邊燙得滿眼淚光。

第三章

謝珣再次被無視了。

他看著這吃相「豪放」的一大一小，再次增進了對姜舒窈的了解，顯然她在姜家的時候完全沒學過禮儀。

雞湯的鮮香飄進謝珣的鼻子，小瘦子謝曜被兩人的豪邁感染了，吃相也越來越不收斂，大口吞咽，吃得痛快。

謝珣看得頭疼，將目光移向姜舒窈，她正巧吃到了一根很長的米線，鼓著倉鼠一樣的臉頰「吸溜」一聲，把米線吸進了嘴裡。

謝珣難以置信。怎麼會有大家閨秀這樣用飯，簡直像他在外遊歷時見過的塞北的女人，十分不得體，但是……看著也十分美味。

他忍不住咽了咽口水。

他這麼大一個人杵在前面，姜舒窈也不能當沒看見。

她知道謝珣不待見她，也沒想著跟他處好關係，見他皺著眉頭看著自己的碗，便道：「你用晚膳了嗎？」

謝珣居然有種被猜到心中念頭的恐慌感，連忙把眼神移開。「尚未。」

姜舒窈客氣問道：「那你跟我們一起吃嗎？」

謝珣那一臉嫌棄的模樣，一看就是不願意的，她問的時候就知道了答案。

卻不料謝珣沈默了幾秒，突然道：「好。」

姜舒窈猛地抬頭，吃驚地瞪著他。

謝珣也沒想到自己怎麼就吐出了這個「好」字，心裡後悔萬分，面上還要強裝淡定，掀袍坐下。

他抬手，立刻有人上前擺碗伺候。

姜舒窈見他連吃飯都是一副溫潤如玉的謙謙君子模樣，默默腹誹，這吃什麼米線啊？喝露水算了唄。

白芍見姜舒窈做過一次，燙米線也不需要什麼手藝，看一眼就會，她很快就把謝珣的那份端了上來。

砂鍋放在面前，謝珣執起筷子，姜舒窈忍不住提醒一句。「小心燙。」

謝珣微愣。

若是把謝珣當成自己的丈夫來看，姜舒窈必然是會感到尷尬的，而此時她把他當作一個普通食客，態度就無比自然了。

要知道，吃貨之間是很友善的，一般有生客問隔壁桌「你吃什麼啊？好吃嗎？」大多數食客都會熱情解答，還會推薦菜單。

今天謝昭、謝曜雙胞胎極度捧場，取悅了她這個做飯的人，所以再為謝珣介紹時，她態度很是熱情爽朗。

「先放入菫菜，再放素菜。」她講解道。

謝珣點頭。

姜舒窈看他一副優雅清冷的模樣，怕湯冷了，實在是心焦，乾脆往他那邊移了一點，順手替他俐落地倒入一枚生雞蛋。

接著麻利地為他用公筷挾入生肉片、生魚片、雞肉片、腰花、肚片等肉食。

她一邊挾一邊問：「這個吃嗎？這個呢？這個不忌口吧？這個很好吃的，嚐一嚐？」

謝珣被她倒豆子似的語速砸得頭暈，不管吃不吃這些肉食，都隨她去了。

她又為他挾入嫩韭菜、菠菜、蘿蔔絲等等素菜，本來只墊了個底的砂鍋很快就堆了起來，滿滿一碗，色彩鮮豔卻不濃烈，菜色豐富。

「等菜熟了就可以吃了。試試？」姜舒窈滿臉期待看向謝珣，活像個過年回家瘋狂餵孫子的慈祥老太太。

「多謝。」

謝珣躲開她亮晶晶的目光，十分不自在，甚至有些愧疚。

她果真是為他做了這一大桌子菜，否則怎會如此激動迫切地招待他用膳？而他卻在新婚頭一天，撇開妻子出門躲避。

看著食材都差不多熟了，姜舒窈提醒道：「可以吃了。」

謝珣拋開心中的想法，把注意力轉到鍋中，挑起一筷子米線，裡面混雜著各式各樣的蔬菜絲，一口咬下去，口感豐富，湯汁濃郁鮮美。

滾燙米線帶著韌性，軟滑可口，既有雞湯的鮮美味，又摻雜著自身清爽的回甘和米香。蔬菜剛剛燙熟，鮮脆清甜，鎖住了蔬菜本身原汁原味的清香，也豐富了口感，夾雜在一起一口吞下，倒是能理解為何他們剛才如此狼吞虎嚥了。

謝珣十多年的用膳禮儀讓他一直保持細嚼慢嚥的用飯習慣，還在默默品味時，抬頭突然撞見姜舒窈期待的眼神，嚇得差點嗆住，這才想起她還在等自己的評價。

他匆忙咽下，滾燙的溫度讓喉嚨微疼。

「鮮香可口，別有風味。」

姜舒窈得到好評了，心滿意足回到自己的「戰場」繼續掃蕩。

如果剛才謝珣給她差評，她一定立刻抽走他的砂鍋。

謝珣見姜舒窈眼巴巴等著自己的評論後才放心地用膳，突然心軟了一下，就算他厭惡她耍手段嫁給自己，但她這一份心悅自己的心意確實是真的。

他在心中嘆了口氣。

心中一有事，用膳時就忘了速度。

薄到透光的肉片入口鮮嫩，鹹淡合適，滋味醇厚濃郁，混著米線入口，一口接一口，根本停不下來。等到他身上的薄衫微濕時，砂鍋已經見底了。

他已經有很多年沒有吃得這麼痛快了。

轉頭一看，姜舒窈和兩個小姪子早已吃撐了，懶洋洋地倚在一旁，一副沒骨頭的樣子。

他從小大到大用飯都是吃到有微微的飽腹感即可，從來沒有吃撐過，所以不能理解撐得動不了的姜舒窈。

謝珣忍不住帶著訓斥的口吻道：「妳那是什麼坐姿？」

姜舒窈懶洋洋瞟他一眼，動也不動。

謝珣無語，不禁轉頭往周圍掃了一圈，沒見著有小廝在旁，微微鬆了口氣。

鬆了口氣後又有點疑惑，自己為何會擔心男人看見姜舒窈這副沒骨頭的懶樣子？她丟臉也是她自個兒的事啊。

他沒有深想，背上的薄汗讓他有些恍惚，自己已經很久沒有吃得這麼痛快開心了。

他看著姜舒窈，欲言又止，複雜的情緒還未翻騰起來，姜舒窈就捂住胃哼哼嚷著撐，謝珣的情緒隨即被砸了個七零八落，不忍直視地移開目光。

「給她泡杯山楂茶吧。」他吩咐白芍道。

「不用不用，我去散會兒步就好了。」姜舒窈站起來，牽起同樣吃撐了的兩個小孩去院子裡蹓躂去了。

謝珣看著她的背影，十分無奈，想不通是怎樣的人家才能養出這樣的女子。

不過，很快他就能明白了。

三朝回門那天，謝珣起了個大早，到達院子時發現姜舒窈並沒在屋內。

他正要開口問，就見姜舒窈抱著個小罈子從小廚房裡鑽了出來。

謝珣眉毛忍不住抽了抽。

「妳為何這身打扮？」

姜舒窈今天這一身要多素淨有多素淨，臉上撲了厚厚一層白粉，看上去毫無血色，一雙倒八眉不倫不類，彷彿下一秒就要哭出來了，和她那雙顧盼生輝、張揚明媚的眸子一點也不搭。

姜舒窈絲毫沒意識到自己這打扮有多傷眼，挑起眉，倒八字更明顯了。「我？今日這身是我特意打扮過的，我娘就喜歡這樣的。」

謝珣怎麼也是個審美正常、才華橫溢的年輕人，見到她這樣實在是難受，直想掏出帕子把她的眉毛給擦了。

姜舒窈才不管他看得難受不難受，自顧自抱著小罈子上了馬車。

謝珣見她一副很寶貝小罈子的樣子，把視線從她的眉毛上移走，好奇問：「這是什麼？」

姜舒窈得意道：「這是茱萸油！」

倒八眉更倒了。

謝珣快要忍不住掏帕子了，幸虧姜舒窈先一步動作解救了渾身難受的他。

「你要嚐一嚐嗎？」她抱著小罈子坐過來，白芍很有眼力見地遞上一雙筷子。

謝珣不想看見她的臉，盯著小罈子，胡亂點了點頭。

姜舒窈迫不及待地打開蓋子，一股辛辣味瞬間瀰漫整個馬車車廂。

謝珣沒聞過這麼刺鼻的「食物」，忍不住懷疑道：「這是吃的？」

「對呀！」姜舒窈得意地點頭。

謝珣皺著眉頭，十分抗拒，姜舒窈撇嘴，「啪嗒」把蓋子合上了。

車內一時無言。

姜舒窈的母親出身不算顯貴，但祖輩正趕上開國皇帝改革，一躍成為赫赫有名的富商，又有皇家做靠山，一代比一代富有。

據大丫鬟白芍所說，姜夫人胃口一直不太好，身子骨兒也越來越弱。要想後半輩子過得好，娘家撐腰必不可少，姜舒窈想抱緊襄陽伯夫人大腿，便從飲食方面入口，緊趕慢趕熬製出了這罐茱萸油。

姜夫人倒不是健康方面出了問題，只是當年和襄陽伯後院的鶯鶯燕燕鬥法時在飲食上吃了虧，節制飲食了數年後，胃口就一直不大好了。

曾經作為一個有名的美食部落客，姜舒窈曾經寫過好幾次古法美食專題，其中就有專門介紹過茱萸油。在辣椒傳入中國前，食茱萸是川菜辣味香料的主要來源。

《本草綱目》記，食茱萸「味辛而苦，土人八月采，搗濾取汁，入石灰攪成，名曰艾油，亦曰辣米油。」

要說開胃，川菜絕對是排在前頭的。有了茱萸油，配上生薑、花椒，她就可以製作出川菜的麻辣味了。

馬車搖搖晃晃到了襄陽伯府，謝珣先一步下馬車。

襄陽伯夫婦早在門口等候，見到了謝珣均是眼睛一亮，又想到這是自己的女婿，兩人心中複雜，頗有種與有榮焉的自豪，以及糟蹋了他的愧疚。

謝珣覺得兩人目光有些奇怪，但未做多想，先見禮，隨後側身扶姜舒窈下車。

一回頭，他就愣住了。

只見姜舒窈顫顫巍巍下了車，一副弱柳扶風的模樣，踩著腳凳輕飄飄地「飄」了下來。平眉倒八，眼裡水波浮動，上前見禮，聲若蚊蠅，道：「父親，母親。」

謝珣一向無波無瀾的臉上難得露出錯愕的神情。這和車上中氣十足說話，還抱著罈不撒手的姜舒窈是兩個人吧？

襄陽伯夫人見狀滿意地點頭，上前扶住她的手。「窈窈……」

襄陽伯見她行事規矩，應該沒給襄陽伯府丟臉，便對謝珣笑道：「小女嬌縱，望伯淵多多擔待。」伯淵是謝珣的字。

謝珣輕咳一下，又恢復了謙謙公子的模樣應答，落後襄陽伯半步入府，幾個來回就和襄陽伯相談甚歡。

姜舒窈在出嫁前雖說在休養身子，卻也和襄陽伯夫人相處過些時日，一眼就看出她此刻面色不佳，關切道：「娘，您怎麼了？」

襄陽伯夫人握著她的手力道加大了幾分，終究沒能忍住，抱怨道：「妳可知道，剛才後院那幾個也想湊到前頭來迎接，這麼些年咱們府裡鬧著也就算了，今日妳才回門，她們還想往跟前湊，真是忘了自己姓甚名誰了！那老糊塗東西居然還想同意，若不是我跟他細細辯了一番，恐怕今日就如了她們的願。」

她壓低了嗓門，但火氣上來了，聲音還是不夠小。襄陽伯聽不見，耳力非凡的謝珣卻是聽得一清二楚。

姜舒窈勸道：「娘，別氣了，氣壞身子可不值得。」

「放心，我只是受了點氣，她們可是一點好也沒討著。」

謝珣聽到這些難免尷尬，面色無異，卻是加快了腳步。襄陽伯府後宅果然如傳聞中的荒唐，襄陽伯夫人聽上去也和一般主母差距甚大。

「嗯，這是當然了，娘您是最厲害的。」姜舒窈知道，襄陽伯夫人已經把和後宅幾位妾室、通房鬥法當成日常了，只要襄陽伯後宅不死光，襄陽伯夫人就會始終讓她們留一口氣。大概……也是這麼多年鬥出了樂趣吧。

襄陽伯府人丁單薄，只有襄陽伯在前院招待女婿，姜舒窈和襄陽伯夫人攜手到了後院。

一踏入後院，襄陽伯夫人就容光煥發。此時此刻，嫁給謝珣的姜舒窈就是她的驕傲，平素裡總是跳出來惹她嫌的妖精們，今日都一個個窩在院子裡沒出來礙眼。

她頗為感慨道：「窈窈，娘這麼多年的惡氣總算是出了，她們再怎麼鑽營招搖，也永遠沒法翻身踩到妳的頭上。」

可進了主院，跨過門檻，她身形突然一晃，差點沒站穩。

姜舒窈連忙攙扶著她坐到椅子上。「娘，您怎麼了？」

襄陽伯夫人緩過了這陣暈眩，擺擺手道：「不妨事。」

旁邊嬤嬤上前解釋。「夫人這幾日食慾不振，從小姐出嫁到現在，只食了兩、三碗素粥。」

姜舒窈知曉她胃口不太好，卻沒想過嚴重到了這個地步。

她擔憂地望著襄陽伯夫人，這眼神讓襄陽伯夫人心口一暖，溫柔地摸了摸她的頭安撫。「窈窈，母親這一輩子沒吃過什麼苦頭，娘家富裕，祖輩世代積累的財富，無論怎麼揮霍，這輩子也揮霍不完，我時常睡不著便胡思亂想著，偌大的家業是否有敗空的一天。當然，這事萬不會發生的，我在經商方面頗有些天分，家業不減，反倒越來越多……」

這話不似憂傷，反倒像是炫耀，讓姜舒窈一時無語。

「我們林家無兒郎，我又只得妳這一個寶貝閨女。錢財，妳是不用擔憂；權勢，有妳姨母、表弟撐著，好吧，妳爹那個混蛋也勉強算上，我最操心的便是妳的婚事了。如今見妳嫁得好，我也放心了。」襄陽伯夫人語氣越發溫柔。「只是，娘的身子骨兒越來越不好了……」

姜舒窈的心又揪了起來。

此時，有丫鬟匆匆過來，繞到嬤嬤身旁說了什麼，嬤嬤便上前打斷了襄陽伯夫人的話，附耳說了幾句。

「身子骨兒越來越不好」的襄陽伯夫人頓時一甩剛剛病弱的模樣，手掌狠狠一拍，桌上的茶盤、果盤、糕點盤齊齊騰飛，又「啪」地落下。

「好啊，這群沒皮沒臉的東西還敢來招惹我，看我不撕下她們一層皮來！」她猛地站起來，中氣十足地吼道，無視蹲在她身前的姜舒窈，領著一堆丫鬟、婆子就衝了出去。

待姜舒窈反應過來，院子裡早沒了她們的身影。

「小姐？」白芍見姜舒窈僵在原地久不動彈，輕輕喚了一聲。

姜舒窈回神，哭笑不得，無奈地搖搖頭起身。「走吧，去廚房。」

白芍眨眨眼。「啊？」

「母親最近食慾不振，我能做的只有為她做幾道開胃菜，其餘的……」想到襄陽伯夫人剛才氣勢洶洶的模樣，她還真插不上手。

白芍點頭，跟著她到了大廚房，早有丫鬟把茱萸油抱了過來。

姜舒窈迅速掃了一下廚房裡的食材，決定做兩道川菜，袖子一挽，打算開始做菜。

周遭眾人膽戰心驚，圍著她不知所措。

「愣著幹麼？幹活呀。」姜舒窈道。

廚房裡又恢復了平素的熱鬧，只是無數的目光時不時向姜舒窈掃來，生怕她一不小心就把廚房給拆了。

本朝開國皇帝能力極強，興修水利，改革商業，開通航運，推行科舉……然而，這位卻不是位重口腹之慾的人，開國前烹飪方式還停留在水煮菜，開國後也只是多了鐵鍋炒菜而已。他本人飲食清淡，也就導致時下菜品多偏清淡鮮香。

姜舒窈雖比不上大廚的手藝，但優勢在見多識廣，即使每日變換花樣，一年三百六十五天都可以不重樣。

眾人看她手法俐落，無不驚愕疑惑，待到大料入鍋煸炒，廚房裡瀰漫層次豐富的辣味時，眾人也顧不得規矩了，紛紛交頭接耳、竊竊私語。

雖然這次宴客加主人只有四人，但桌上菜品依舊豐富精美，襄陽伯夫人把後院一堆糟心的人收拾完以後，正巧碰上跟著上菜丫鬟們往堂屋裡走的姜舒窈。

「妳身上是什麼味？」她剛剛靠近，就聞到姜舒窈身上淡淡的麻辣味，忍不住皺眉。

姜舒窈見她又想說教，連忙抱住她的胳膊說：「娘，您不是說最近胃口不好嗎？女兒去廚房為您做了兩道菜。」

「窈窈，妳有心了。」襄陽伯夫人語氣瞬間溫柔了不少。「有妳這一份心意，娘今日吃什麼都香。」

自己的女兒自己知道，襄陽伯夫人雖然感動，但到了屋內，第一件事就是吩咐上菜丫鬟道：「把小姐做的菜擺在老爺跟前。」

襄陽伯正在和謝珣談北地風貌，耳朵聽了這一句，眉頭一跳，轉頭看向襄陽伯夫人。

襄陽伯夫人在謝珣面前斷不會下了姜舒窈面子，面帶微笑。「窈窈知道我今日胃口不佳，便特意下廚做了兩道菜，孝心可嘉。」

襄陽伯乾笑了兩聲，轉頭對謝珣道：「哈哈，窈窈一向賢慧孝順。」

謝珣面色不變，點頭附和。

襄陽伯話已出口，不管味道，哪怕姜舒窈下了毒，他也得吃上兩筷子並附上稱讚。

丫鬟魚貫而入，擺盤揭蓋，一番動作行雲流水。

擺在襄陽伯面前的菜盤被揭開蓋子，一股陌生的濃郁麻辣鮮香味瞬間瀰漫開來，霸道的辣味讓人下意識吞咽唾沫。

姜舒窈開口介紹。「這道是麻婆豆腐，這道是水煮魚片。」

麻婆豆腐有八個要點，麻、辣、鮮、香、酥、燙、嫩、整。大小均勻的豆腐丁堆砌在一起，醬汁色澤紅亮，蔥段點綴其間，中央一圈鋪著花椒碎、蒜末、蔥花，裝盤後淋上熱油，嘩啦啦一聲，把香氣充分激發出來。

水煮魚片用深口瓷盤裝盛，表面浮著一層鮮亮的紅油，顏色清透，下面鋪滿了嫩白的魚肉，上方點綴著翠綠的蔥花，光是強烈的顏色對比，就叫人食慾大開。

第四章

「爹，您嚐嚐？」姜舒窈看著襄陽伯，滿臉期待。

無論如何，色香味三者中前兩者都能算上上品。襄陽伯不動聲色，用筷子挑了一片魚片，滑嫩的魚片裹著湯汁，微微晃了一下，彈性十足。

甫一入口，鮮麻微辣的味道就席捲而來，全然沒有魚的腥味，獨特的鮮味卻翻了倍，滾燙的魚片加劇了麻味，從舌尖到喉嚨，泛起一絲熱意，十分痛快。

只見襄陽伯二話不說，又連續挑了好幾片放入口中，過足了癮後才吐出一個詞。

「很好。」

襄陽伯夫人心裡把老混蛋罵了一通，那連吃數片、裝模作樣的本事確實是不錯，但那短短的兩個字是什麼意思？怎麼著也得多說幾個字吧！平日裡哄小妾的本領死哪裡去了？

她連忙打破這局面，笑道：「都動筷吧。」

接著她眼角餘光掃到襄陽伯又動筷去挑那水煮魚片，不免疑惑，這老東西什麼時候這麼寵窈窈？這次為她抬臉面，未免也犧牲太多了點。

不過高門貴女並不需要擅廚藝，孝心盡到就夠了。

她舀了一勺羊肉羹，肉糜熟爛，入口即化，但那羶味始終去不了。她又趕忙挾了一筷醋漬芹菜壓味，只吃了兩口，就沒什麼胃口了。

姜舒窈適時為她盛上一碗竹笙鮮鮑雞湯。「娘，這雞湯用柴火慢燉了很久，煨出了薄薄一層油來，鮮得我舌頭都要吞了，您嚐嚐。」

她這般勸說，襄陽伯夫人即使沒胃口也不推辭，接過喝了一口，確實是花心思燉煮的雞湯，鮮味十足，但她已經喝慣了，總覺得嘴裡沒什麼滋味。

「爹。」姜舒窈又給襄陽伯盛了碗雞湯，扮起孝順的女兒十分得心應手。

襄陽伯吃得過癮，額頭上已冒起了細細密密一層薄汗，舌頭微麻，嚐過了刺激的鮮辣味，一口接一口停不下來了。

「喝什麼湯？來人，拿酒來！」

這下襄陽伯夫人總算察覺了不對勁，往兩盤色澤鮮豔的菜上瞄了幾眼，姜舒窈隨即用調羹為她舀了一勺麻婆豆腐，很是狗腿的望著她。

豆腐鮮嫩，裹滿了棕紅的醬汁，搭配著晶瑩的白米飯，確實讓人好奇豆腐的滋味。

她挾起混合著麻婆豆腐的米飯，放入口中。

第一反應是燙，芡汁很好地保留了豆腐的熱度，使得麻味完全發揮。或許最初那不是燙，而是麻，鮮香重麻的口味喚醒了味蕾，飽滿香軟的精米飯配合著入口即化的嫩豆腐，口感豐富，直到吞咽下去，口中還留有回味無窮的鮮麻。

她詫異地望向姜舒窈，見女兒滿眼笑意，一下子就想明白了。

知女莫若母，定是這丫頭在哪兒找來的大廚，謊稱是自己下廚做的，倒是學聰明了不少。

她抬頭看謝珣，正準備說幾句「小女手藝不佳」等謙詞，卻見謝珣面前的白米飯已經下去了半碗！

再看襄陽伯那筷子如風，不停地往水煮魚片裡面撈，吃得滿臉通紅。她的話噎在喉嚨，也管不了那麼多了，趕緊先往碗裡多舀幾勺麻婆豆腐。攪拌後大口吞下，只覺更加美味了，渾然忘了剛才自己還胃口不佳。

謝珣的飯碗很快見底了，但他用飯的姿勢始終維持清雅得體，絲毫不像狼吞虎嚥的襄陽伯，所以等他吃完飯也沒人發現他用飯速度太快，失了風度。

他掃了眼快要被掃蕩乾淨的菜，微微皺眉，收回目光，靜坐等待襄陽伯用完。

他本就生得俊美，氣質清冷疏離，此時皺眉，那俊逸冷漠感更重了些，惹得周圍站立侍奉的丫鬟們紛紛偷瞄。

不知道這樣謫仙般的姑爺，是在為何事苦惱呢？

「謫仙般的姑爺」眼神往湯盅飄了一下。

心想：好麻好辣，好想喝一杯清茶……

貴人用飯講究八分飽，但今日幾人都吃得很撐，姜舒窈又隱隱露出懶散沒骨頭的模樣。

兩人拜別襄陽伯夫婦回府，午後日光正好，曬在身上暖洋洋的，姜舒窈更加鬆懈，眼睛都快睜不開了。

謝珣走在她身旁瞄見她那模樣，忍不住嫌棄，但還是被她拖慢了腳步，在和煦的日光下緩緩往府外走。

「剛才那兩道菜真是妳做的？」謝珣踱著步子，問道。

姜舒窈漫不經心應了一聲。「嗯。」

謝珣餘下的話又咽了回去，懊悔剛才自己找姜舒窈搭話，真是被太陽曬昏了腦子。

他加快步伐，很快甩開姜舒窈一大段距離。

姜舒窈看著他的背影，嘟囔道：「莫名其妙。」

襄陽伯府和謝國公府距離不遠，馬車搖搖晃晃往回行駛，姜舒窈揭開簾子一角往外瞧，謝珣本就對她不抱要求，見狀也懶得制止。

一路上，除了各家府邸沒什麼看頭，姜舒窈剛剛準備放下簾子，就見前頭駛來一輛木板車，拐角往一家府邸後門去了。

她見著什麼都新奇，問道：「這是什麼？」

白芍不太清楚，倒是坐在馬車前頭的小廝熱心答道：「回夫人的話，這是西市胡人商鋪來送羊乳了。」

「羊乳？」姜舒窈眼睛一亮。「可有牛乳？」

「回夫人的話，牛乳是有的，只是價貴，府裡四少爺平日就會飲些牛乳。」

本朝太祖皇帝改革工商，中原與胡地互通往來，使得乳製品更早地傳入了中原。

前世在唐代時，奶酪等乳酪製品是唐代邊疆少數民族朝貢唐朝皇室的貢品，有藥學家還將牛乳列為了滋補食品。

《涅槃經》曾以此喻「從牛出乳，從乳出酪，從酪出生酥，從生酥出熟酥，從熟酥出醍醐，醍醐最上」，古人很早就了解到如何製作酥油、醍醐等物，更別說奶粉、奶酪、乾酪等乳製品的製作方法。

況且，不用那麼繁雜，光是牛奶本身就可以製作出很多簡單又美味的甜品。

比如說現代年輕人最愛的奶茶，茶的種類多種多樣，有紅茶、綠茶、烏龍茶等等加入牛奶都有不同風味，夏日加上冰淇淋、珍珠，冬日則是奶蓋、芋圓，甜絲絲的入口，幸福到了極點。

姜舒窈立刻吩咐白芍。「我也要牛乳！」說完又想到做甜品必備的奶油，將其特徵細細描述了一番後，便讓白芍去胡人商鋪問詢。

白芍自然點頭應是。

馬車到了謝國公府，心情雀躍的姜舒窈不用腳凳，裙子一拎大剌剌地跳了下來。

謝珣見她和在襄陽伯府判若兩人，忍不住朝她多看了幾眼，然後就見到她身後正巧回府的大房長子謝曄和次子謝晧。

他臉色一僵，姜舒窈在兩個姪子面前丟臉，他總是有些難堪的。

謝曄和謝晧也有些尷尬，上前見禮。「三叔，三嬸。」

見禮後瞧見姜舒窈今日打扮怪異，忍不住多看了幾眼，這一看就僵住了。他們猛然想起了前年春日遊湖，姜舒窈也是這般打扮，和一干小姊妹偷看詩文社少年郎，鬧出一樁大糗事，當時他們哥兒倆也在被調戲的隊伍裡面。

兩人對視一眼，趕忙撤離，心中對三叔更加同情。

謝珣光看他們的臉色就能猜到他們所想，神色更冷了。

姜舒窈完全不知，匆忙往府裡走，一邊嘟囔著。「臉上敷著粉太難受了，趕快洗臉、趕快洗臉。」

而謝曄則與謝晧分別，謝曄獨自回到大房，準備先去拜見大夫人徐氏，未料一踏入院子就聽到徐氏大吼。「他們呢？去哪裡了？我不是讓你們看好他們嗎?!」

謝曄有些詫異，母親是書香世家的才女，最是注重規矩禮儀的，他從小到大也沒怎麼聽到她放開嗓門喊話過。

「母親？」他快步上前走到徐氏跟前。

徐氏看到他就像看到了救星，焦急道：「快，快去把你弟弟捉回來！」

「阿昭和阿曜？」謝曄不解。

徐氏急得快要跺腳了。「是，快去，千萬別讓他們去你三嬸的院子。」

全府上下，誰不對姜舒窈如避蛇蠍？只有謝昭、謝曜總想往姜舒窈院子去。那天他們回來後，隔日徐氏特意看著他們不讓他們亂跑，今日姜舒窈回門，她便鬆了一口氣，忙著自己的事了，一轉頭，兩個小傢伙早溜得沒影子了。

謝曄還想再問，瞅見徐氏面色不好就閉嘴了，稀裡糊塗往外追去。

另一頭，姜舒窈盯著一胖一瘦的兩個小蘿蔔頭疑惑問：「你們怎麼來了？」

阿昭說話跟個小大人似的答。「三嬸不歡迎我們嗎？」

阿曜手裡捧著個竹筒，跟著點頭。

姜舒窈跟小孩子很能打成一片，聽罷笑開了。「你們不會是來蹭飯的吧？」

阿昭嘿嘿笑著，沒答話。

她把目光移到阿曜手裡的竹筒。「這是什麼呀？」

阿昭立刻代為回答。「牛乳，大夫說常喝能強身健體。」

「嗯。」阿曜點頭，揭開竹蓋，抿了一口，小臉皺成一團，又把蓋子蓋上了。

「怎麼不喝了？」姜舒窈見狀問道。

這次阿曜自己開口說話了，聲音細若蚊聲，語速慢吞吞的。「難喝。」

他個頭矮，抬著頭看姜舒窈，黑白分明的大眼濕漉漉的，姜舒窈一瞬間就被融化了，只差沒摀著胸口作西子捧心狀，溫言哄。「那三嬸給你用牛乳做甜品可好？」

她接過竹筒，揭開聞了一下，如今牛奶的腥味確實有些重。

領著兩個小傢伙進了廚房，姜舒窈先用杏仁和茉莉花茶將牛奶加熱，去除牛奶中的腥味，然後將牛奶放涼，趁這個時候處理蛋清。

她在這邊忙著做雙皮奶時，謝曄趕到了聽竹院，他和姜舒窈同歲，應當要避嫌，便讓下人領著他去了謝珣的書房。

謝珣聽了他的來意，一下子想到了那天晚上吃的過橋米線，鬼使神差的看了看天色判斷是否到了飯點。

「三叔？」謝曄喚了一聲讓他回神。

謝珣面色不變。「我去看看他們是否在她院子裡。」

謝曄有些臉紅，小孩子要找姜舒窈玩，他卻硬是要叫回他們，這是把嫌棄姜舒窈擺在了檯面上。他往謝珣面上掃了掃，見他表情不變，又鬆了口氣。

雖然她是三叔的妻子，但是三叔恐怕比他們更嫌棄惱恨姜舒窈吧……

謝曄跟著謝珣往外走，到了小院外便止步，只讓丫鬟跟進去領人，他可不想見到那個三嬸……

謝珣沒說什麼，跨入小院便直接往小廚房走。

果然，在小廚房見著了三人。

雙皮奶剛剛出鍋，姜舒窈把瓷碗端出鍋來，燙得摸了摸耳垂，餘光瞄到廚房門口出現一人影，回過頭就見著了謝珣，嚇了一大跳。

「你怎麼來了？」她問道。

「我來找阿昭、阿曜。」謝珣答道。

雙胞胎被點名了，只是回頭看了他一眼，喊了聲三叔，然後就又回頭盯著雙皮奶看了。

「三嬸，可以吃了嗎？」謝昭舉著勺子躍躍欲試。

姜舒窈叮囑了句。「這是給阿曜做的，你嚐個味道就好了。」

謝昭癟癟嘴，卻沒反駁。

謝曜用勺邊輕輕碰了碰雙皮奶，軟彈的奶皮左右輕晃，神奇的質地讓他微微睜大眼。他稍微用力，奶皮破碎，舀出一勺嫩白色的奶凍放入口中。

入口即化，表層奶香濃郁，牙齒輕碰便碎，滑溜溜的奶凍順著喉嚨吞咽入腹。

「味道怎麼樣？」謝昭好奇地問。

謝曜口中還留有淡淡的奶香，他抿了抿嘴，眨著大眼睛點頭，不忘叫謝昭也吃一口。

太乖、太可愛了。

姜舒窈捧著臉看他，總算體會到了老一輩餵食小孩的心情。「現下吃這個還不是最好的時節，要等到夏季，冰過的雙皮奶上面澆上芒果醬或者桑葚醬，消暑去熱……」

「芒果醬是什麼意思？」

「嗯……這個不重要。」

一問一答，三人和睦融洽，完全無視了門口站著的謝珣。

這個小院怕是與他不合，上次踏進來也是這般場景。

謝珣竟莫名地覺得理所當然，走過去揉揉謝昭毛茸茸的腦袋。「你們過來可有告知大嫂？」

謝昭聽了有點心虛，支吾道：「娘不讓我們過來……」

謝曜突然接過話，小聲說道：「三叔，為何娘不讓我們來找三嬸呢？」

他一向寡言，因為身子弱，說話也有氣無力的，配上黑葡萄似的圓眼，顯得懵懂可憐。

大人間的齟齬與小孩有何關係呢？

謝珣止住了本來想說的話，換了個說法。「你娘只是擔心你們，三嬸畢竟不會照顧孩子，你體弱，入口的東西要慎重。」

姜舒窈是在場唯一聽進謝珣話的人，想了想，疑惑又後怕道：「吃這個應該問題不大吧？挺健康的啊。」

謝珣看向雙皮奶。「這是何物？」

「這是雙皮奶，用牛乳做的，熬煮後又上鍋蒸熟過……」姜舒窈說著說著，想到上回吃過橋米線的事，不禁斜著眼看他。「你不會想吃吧？」

謝珣面無表情的臉突然生動起來，睜大眼無比驚愕。

「你要從小孩子嘴裡搶東西吃嗎？」

謝珣被她這句話氣得倒仰，咬牙道：「我沒有！」

「上次我們吃過橋米線時，你就跟我們湊了一桌。」他可是有前科的人。

謝珣從小能言善辯，可此時此刻竟被氣得一句話都說不出，見兩個小傢伙舉著勺子看他，他的臉因羞惱紅了起來。

「我沒有！我不是那種人！」他什麼時候受過這種指責了？

「好吧好吧。」姜舒窈看他反應這麼大，連忙哄著。「你說不是就不是吧。」

「我本來就不是……妳那是什麼語氣！」謝珣臉上飛上一抹霞色，將俊秀的面容襯托出幾分瑰麗豔色，比往日那副不食人間煙火的高嶺之花樣多了幾抹生動。

姜舒窈盯著他，眼珠轉了轉，暗自感嘆他的美貌。

把握時間多看幾眼，飯點快到了，美人下飯啊。

謝珣若是知道她所想，必定會被氣得吐血。

他深感與姜舒窈八字不合，一甩袖，大步離開。

等走出了小院，見到在此等候的謝曄，才恍然發現自己把正事忘了。

「三叔……」謝曄本想細問，見他臉色難看，不想觸霉頭，連忙歇聲。

謝珣不自在地收斂神色，道：「你回去告訴大嫂不必擔心，他們玩得挺好的。」

幸虧大房跟來的丫鬟向姜舒窈說清楚了，和白芍一起把謝昭、謝曜帶了出來，緩解了他的難堪。

謝曄領著兩個不省心的弟弟一溜煙跑了，留下謝珣一個人站在原地看了會兒天，勸自己不要和姜舒窈計較。

謝珣氣散了後回書房看書，白芍卻是著急地跑回了院裡。

「小姐！不好了！」她跑到姜舒窈面前，急得臉皺成一團。

「怎麼了？」姜舒窈正在想今晚吃什麼，被她這樣子嚇了一跳。

「剛才奴婢把兩位小公子送出去，看見了來接他們的大公子，他他……沒想到那年春日遊湖時他也在！」

「妳在說什麼呀？」姜舒窈滿頭霧水。

白芍緩了口氣，細細道來。「那年小姐和郡主春日遊湖，見詩文社的船舫划過，便將船靠了過去想要一睹才子風采，後來偷看被發現，船也撞上了，引得好幾位公子落湖，您還記得這事嗎？」

姜舒窈的記憶不全，聞言倒抽一口氣。原主居然花癡到這種地步，真凶猛啊……

「當時奴婢也在，那幾位公子落水時，有人跳下去救人，其中就有大公子。」

謝家人都生得俊美，白芍多看了幾眼便記住了他的長相。姜舒窈嫁過來後白芍一直跟在她身邊，而新婚第一日新婦敬茶時她在壽寧堂外候著，並沒有見過謝府其他公子，今日還是第一次見。

太丟人了！

姜舒窈只是聽她描述就難受，不禁自我安慰了句。「光是看看也不打緊吧。」

「小姐呀，您怎麼忘了，您那時可是跟著郡主吟詩了的。」

幾個片段閃過腦海，姜舒窈覺得天雷滾滾，所以原主不但靠撒潑打滾嫁了謝珣，結果還曾調戲過人家大姪子嗎？

這……謝珣未免也太苦命了些。

想到剛才她胡說八道逗謝珣，不由得有些內疚。

她撓撓頭，往廚房看了一圈，摸了摸下巴。「那、那我晚上給他道個歉吧。」

姜舒窈小廚房的採買費用全從她帳上撥，採買嬤嬤也是從襄陽伯府帶過來的，財大氣粗，食材一應俱全。

看著豐富的食材，她靈機一動。「就做麻辣香鍋好了。」中午吃飯時，她注意到謝珣一直在吃麻婆豆腐和水煮魚，想必很喜歡鹹辣的食物。

再挑食的人也無法抵抗麻辣香鍋的魅力，各色食材只經過簡單的過水、過油處理，保持了食材最原本的香味，葷葷素素做上一大鍋，不會有光吃素菜的寡淡，也不會有光吃葷食的油膩。配上麻辣的鍋底翻炒後，鮮香麻辣的辣油充分包裹每一份食材，出鍋前再撒上一層白芝麻，盛出滿滿一大碗，佐以白米飯，足夠讓人滿足。

第五章

天色漸晚，謝珣還在書房看書，貼身小廝來問是否擺飯，他點頭應是。

娶了姜舒窈後，他一直在書房就寢，除了那天吃米線，他都在堂屋用飯，而姜舒窈倒是識趣，起居用飯皆在東廂房，未曾來打擾。

謝國公府晚飯跟著老夫人的口味走，比起外頭更是簡單清淡，但簡單的晚飯，光是煨粥也是用了慢熬了一天的雞湯。

丫鬟俐落地擺上了粥和幾道小菜，謝珣正準備用飯，忽然聽到一陣熟悉的吵嚷，抬頭一看就見遠處姜舒窈端著一個大盆往這邊跑過來。

小廝想阻攔，剛剛抬手，姜舒窈就風似的跑過，大剌剌進了堂屋，「咚」一聲把盆放下，大呼。「好燙好燙！」

謝珣舉著筷子，呆了。

姜舒窈此人，說好聽點是熱情自來熟，說難聽點是臉皮厚，往謝珣對面一坐，看了眼桌上的菜。「晚上吃這麼簡單啊？」

謝珣正要開口，姜舒窈的四個丫鬟魚貫而入，迅速放下兩碗米飯和甜飲，行禮告退。

姜舒窈內心也有點忐忑，畢竟還沒摸清楚謝珣的性子，面上卻笑道：「晚飯做得有點多，所以端過來和你一起吃。」

確實是多，謝珣都不知道府裡還有這麼大的瓷盆。
「這是麻辣香鍋，我見你愛吃辣口的，所以特地做的，借這個，為今日在兩個小姪子面前打趣你賠禮道歉。」
謝珣放下筷子，揉揉眉心。「我並未氣惱，妳不需要道歉……算了，隨妳吧。」
濃郁的鮮麻辛辣味鑽入鼻腔，他不自覺地咽了咽口水，忽感腹中饑餓。
他從未見過這麼多亂七八糟的食材混雜在一起，直接裝了滿滿一大盆的菜，沒有擺盤，看上去實在不夠精緻講究。但不可否認，裹上豔紅辣油的各色食材混雜在一起，顏色豐富，倒比往日那些做法繁複、顏色寡淡的菜品看上去更引人好奇。
「那就開吃吧。」姜舒窈不跟他客氣了，一手端起米飯，一手挾菜，吃得歡快。
雖然比現代少了部分香料，但味道也不差。
姜舒窈用膳姿態雖不合規矩，但吃得很香，一臉滿足、臉頰鼓鼓的樣子讓人食指大動。
謝珣視線一掃四周，沒有見到公筷，稍作猶豫，才動筷挾起一片藕片。藕片裹上辣油後色澤紅豔，表面沾著白芝麻，細細咀嚼，脆脆的，味道極鮮極辣，辣味散去後餘下淡淡的回甘。
他馬上挑起一筷子白米飯壓下辣意，飯粒香甜彈牙，熱氣騰騰，倒被剛才那口辣藕片襯托出以前品不出的美味來。
他再次看向面前的麻辣香鍋，各式各樣地食材混在一起，竟不知道挑哪樣好。
隨意挾起一根菜，色澤翠綠欲滴。入口咀嚼，根莖脆爽，帶著清淡的甜意，菜葉處卻截然相反，充分吸收了辣油和其餘葷菜的鮮味，鹹味很重，他又吃了一大口白米飯，混雜在一起咀嚼，菜葉上的辣油滲透到米飯中，鹹味被中和，只餘下鮮香麻辣的滋味，回味無窮。

他正嚼著，忽然感受到姜舒窈炯炯有神的目光，抬眸和她對視，兩人之間醞釀出詭異的氣氛。

不是姜舒窈愛看，實在是謝珣用飯的模樣太規矩了，背脊挺直，肩臂舒展，挾菜慢條斯理，細嚼慢嚥，神態冷漠從容，一副仙氣飄飄的樣子，十分稀奇。

不過……姜舒窈收回那句「秀色可餐」的評價，美人雖美，卻一點也不下飯。

「為何盯著我看？」謝珣被她盯得渾身不自在，吞咽後坐在那兒一動不動不再挾菜，最後實在忍不住打破「食不言」的規矩。

「沒什麼，繼續吃吧。」姜舒窈實在是無奈，一個人吃麻辣香鍋居然能吃出放下筷子就要吟詩的樣子，這也太莫名其妙了點吧！

怎麼辦？好想看他吃烤串是啥樣的。

她胡思亂想間，見謝珣挾起一隻蝦放入碗中，皺起了眉頭。

姜舒窈只割開蝦背去了蝦線，而謝珣從小到大吃過的蝦都是處理得十分乾淨的，遇到帶頭帶尾的蝦一時不知怎麼入口。

他用飯不喜有人在一旁站著，現在連剝蝦的下人都沒有。

姜舒窈不知道說什麼才好，也挾起蝦，對他說：「看我怎麼吃的。」

「咬掉頭……咬掉尾……皮是脆的一碰就下來了。」她一邊說一邊示範。「看，這不就剝好了嗎？」

謝珣眉角亂跳，這姿態也太不雅了！

姜舒窈管他怎麼想的，自己又開始高速進食，謝珣猶豫再三還是跟著她學了。想想他在外遊歷的時候也未曾如此講究，太過拘泥規矩，反倒太古板了。

他想通了後學著姜舒窈的動作用牙齒剝蝦，第一個剝得艱難，第二個熟練了些，第三個逐漸流暢……也不知道剝了幾個，餐盤上慢慢地疊起一座小山。

姜舒窈埋頭吃飯，沒過一會兒發現不對勁，怎麼一隻蝦都沒了？

她朝謝珣看去，看見蝦殼山。

好傢伙，全進他肚子了。

她加快速度，越吃越快，謝珣被她影響，跟著提起速度，兩個人吃得渾身大汗，就差埋頭刨飯了。

最後實在是吃不下了，姜舒窈才停下筷子，一瞧盆裡的菜，只剩個底了。出鍋的時候她還想著做太多了，恐怕她和謝珣只能吃掉一半，沒想到這人這麼能吃。

吃完後，姜舒窈去院子蹓躂消食，謝珣則回到書房看書。

謝珣一直等到院子裡沒見到姜舒窈的身影，才偷偷摸摸出了書房。

他比姜舒窈還撐得慌，今日在襄陽伯府那一頓就吃得很多，晚上又來一頓，足夠抵上兩天的量了。

謝珣踏出院子去外院繞了一圈，剛剛舒服了點，就被在小竹林旁亭子裡賞月的大哥、二哥按住下棋，跟兩個臭棋簍子一下就是一個時辰，謝珣枯坐得胃裡絞痛。

回到書房裡洗漱上床，左翻右翻還是撐得睡不著，他乾脆起來去外面練了會兒劍，結果夜風一吹，更精神了。

這麼一折騰，一直到四更天才睡著，而他第二天還要當值，理所當然地起遲了。

「爺，揣些點心路上吃吧。」貼身小廝知硯跟在背後喊道。

謝珣一邊走一邊理袖口，回道：「不吃了。」

「爺，好歹墊墊肚子呀！」

「不了。」謝珣走到門口又返回，差點撞上知硯。「我的玉珮呢？」

「這兒呢這兒呢。」另一個小廝知墨從屏風後跑來，將玉珮遞給謝珣。

謝珣直接戴上，匆匆忙忙往外面走。

知硯還在後面跟著絮絮叨叨。「那爺路過巷尾繞一下路，買個燒餅也成啊。」

謝珣不耐煩。「知道了。」

主僕一個疾走一個追，不遠處突然傳來一個好奇的聲音。

「咦？你居然也賴床？」

謝珣急忙剎住，側身看去。

姜舒窈雙手裡各拿著一份捲餅，嘴角沾著醬汁，嘴裡還在咀嚼，臉頰鼓鼓的像隻倉鼠。她身後跟著四個丫鬟，人手一份，吃得正歡。

「我不是賴床。」謝珣無力地解釋道。

姜舒窈一副「我懂的」的眼神，跟大清早出來運動、買早餐的婆婆媽媽一般熱情健談，道：「你還沒吃吧！要不要來一份煎餅餜子？」

謝珣正要拒絕，姜舒窈已經把左手拿著的那份煎餅餜子遞給他了。「給。」

謝珣被硬塞了一份，油紙裁得大，一摺一捲，正好能揣進袖裡。

他來不及耽擱，只好謝過，匆忙走了。

姜舒窈看著他離開的背影，感嘆道：「不用上班真幸福啊。」

她咬下一大口煎餅餜子，嗯……總覺得差點味道。

「怎麼樣？」她轉頭問幾個丫鬟意見。

「嗯，好吃，這味道真新鮮。」

「醬汁味道也好，多刷點，用來下粥想必更妙。」

「我喜歡裡面這個炸得脆脆的麵皮，咬起來咔嚓響。」

姜舒窈被逗笑了。「好吃就行，吃完了再攤幾個。」

謝珣看著天色尚早，鬆了口氣，緩下策馬的速度，從街尾拐過。

他鬆開韁繩，讓馬自己往皇城方向尋路，然後將袖裡溫度滾燙的煎餅餜子拿了出來。

突然，身後有人喚他。「伯淵！」

他一頓，那人已策馬跑了過來，見他手裡拿著餅，笑道：「你也沒用早膳啊。」

此人乃丞相嫡孫，和他同在詹事府當值，為太子辦事，兩人從小玩到大，拐著彎也能算上表兄弟。

「我也是，剛在巷尾買了羊肉燒餅。」他晃晃手裡的燒餅，一口咬下。「你買了什麼？」

謝珣搖頭。「不是買的，是從家中帶的。」

藺成羨慕道：「唉！巷尾那幾家餅我都吃膩了，要是我家大廚房也能為我做餅就好了，可惜我娘老是念叨，叫我早起一刻用飯，不要在外面買餅吃。」

謝珣聽他誤會了，也不好解釋是姜舒窈硬塞給他的，只好笑笑。

幸好藺成也沒有多問，閉嘴開始啃餅。

謝珣也跟他一起開吃，咬下一口煎餅餜子，口感奇特，尤其是裡頭炸得酥脆的麵皮，一咬便發出脆響。

吃進嘴裡醬香濃郁，最裡層裹著的肉片外層煎得焦黃，內部肉質鮮嫩，咬破後鮮香的肉汁在口中炸裂，燙得舌尖微麻。

清晨的京城還不算熱鬧，但路上仍有行人跟賣晨食的攤販，細碎的談話聲淹沒在叫賣聲和鳥啼聲中，炊煙霧氣混雜在一起，掩不住遠方的翠綠林色。兩人任由身下的馬兒悠著往前走，咬下一口熱氣騰騰的捲餅，吃得是一派人間煙火氣。

他好像明白藺成喜歡一邊騎馬一邊用早飯的原因了。

藺成吃掉最後一口燒餅，咂咂嘴，抱怨道：「這羊肉放得是越來越少了。」說完，瞅瞅謝珣手裡的煎餅餜子。「伯淵，你這餅裡捲著些什麼啊？」

謝珣答道：「蛋餅、肉、菜葉。」

「我聽你咬得響，那是何物？」

「想必是炸過的麵食之類的。」

「哦～～那明天你府上還做嗎？能給我捎個嗎？」

謝珣猶豫道：「不知道，想必是不會做了。」

「好吧，若是有做，便給我捎一份。」

兩人閒扯著，並排駕馬往皇城方向走遠。

下職後，謝珣回到書房，而姜舒窈待在東廂房，各自用膳，互不干擾。

隔日，姜舒窈沒有早起，謝珣莫名鬆了口氣，若是她真做了，他也開不了口去討兩個餅子。

就這樣，姜舒窈每日吃吃喝喝睡睡，小日子過得極其滋潤，除了被嬤嬤盯著打理嫁妝鋪子的帳本外，人生已經滋潤到無聊的境地了。

人一閒下來，就喜歡搗鼓好吃的。上次讓白芍買的牛乳、奶油送到後，她便開始試圖折騰出西點。

古代雖然缺少工具，但人力資源充足。

讓四個丫鬟輪流來，兩個時辰總算把一大盆蛋清都打發了，上次砌好的麵包窯派上了用場，她將蛋糕液放進去烤，不一會兒整個院子裡都是濃郁的甜香味。

聽竹院裡眾人聞得嘴饞，待到蛋糕出爐後，姜舒窈給每人都分了一小塊，還順便讓人去大房送了一些給兩個小姪子吃。

徐氏最近生活頗為舒心，上次把雙胞胎從姜舒窈那裡叫回來後，兩人乖乖答應不再去找她，姜舒窈也安安靜靜縮在她的院子裡沒出來鬧騰，幾日過去，府裡就跟沒這個人似的。要說她多恨姜舒窈倒不至於，只是嫌棄罷了。

如今滿京城都等著看謝國公府的笑話，紛紛猜測謝珣何時休妻。她的長子也到了說親的年紀，但因為姜舒窈這個笑柄在，別人提起她的長子，首先想到的不是他的才華風度，而是——謝曄就是那個娶了姜舒窈的謝珣的姪子吧？

她這麼想，心裡憋屈，氣又不順了，招招手喚來丫鬟問：「最近那邊沒什麼動靜吧？」

丫鬟還未答話，有人從外面跑進來稟告。「夫人，三夫人院子裡來人了，說是給兩位小公子送些點心。」

「點心？」徐氏心裡嗤笑，他們大房還真不缺點心。謝曄疼愛兩個弟弟，每次外出總要帶些八寶坊的新式點心回來給他們。她也喜好甜食，桌上每日都擺著不同口味的糕點，可兩個孩子都不怎麼愛吃，每次都得她哄著餵。

「是，夫人，您看……」

徐氏擺擺手，毫不在意。「送過去吧，總不能給她退回去。不過不要多嘴，阿昭和阿曜若是不願嚐，也不要勉強。」

丫鬟應是，領著聽竹院的丫鬟到了謝昭、謝曜練字的房間，讓人把蛋糕放在一旁的茶桌上便退下了。

徐氏靜下心繼續對帳，兩炷香後，謝昭邁著小步子跑過來，一把撲進她懷裡。

徐氏推開他，肅著臉教訓道：「怎麼忘了規矩禮數？你已開蒙，不再是幼童了。」

謝昭依舊笑嘻嘻的，再次靠近，舉起手來，奶聲奶氣地撒嬌。「娘，吃點心。」

徐氏面上呵斥，心裡卻化成一灘水了，沒有看他遞到嘴邊的是什麼點心，就著他的手咬了一口，入口才發現口感不對。

不同於以往糕點的厚實綿密，糕點極其蓬鬆軟綿、細膩甜軟，還帶著淡淡的奶香味。

她低頭看向謝昭手裡的糕點，顏色嫩黃，底部呈棕色，看上去十分蓬鬆。

「好吃嗎？」

這是她從未吃過的糕點，口中還餘下淡淡的甜香，蛋糕口感細密，不像往常吃的紮實的糕點需要茶水壓一壓，才不覺得膩口。

徐氏答道：「好吃。」

謝昭眼睛笑出月牙狀。「那娘再吃一口。」

丫鬟們都被他這模樣逗笑了，捧場道：「小少爺真孝順，有好吃的都想著夫人呢。」

這話徐氏愛聽，她笑咪咪又咬了一口，細細品味這糕點。

賣相獨特，味道別致，是八寶坊新出的糕點嗎？不，或許是珍果樓……

徐氏想著，聽到謝昭說：「這是三嬸剛剛叫人送來的，我剛吃了一口便拿過來給娘吃了。」

等等。三嬸？

「咳咳！」徐氏猛然咳嗽起來，滿臉脹得通紅。「咳！水……咳……水……」

謝珣踩著暮色回來時，姜舒窈正在院子裡納涼。

已是春末，夏季快到了，墨色天幕如緞，繁星點點灑落其間，隱約可見一條耀眼透紫光的星河，不禁讓人感嘆宇宙浩瀚無垠。

姜舒窈躺在搖椅上搖晃，一會兒思考時空和宇宙，一會兒嘴上又念叨。「夏天最適合吃宵夜了，酸辣粉、小龍蝦、燒烤、炸串、炒河粉，淋上紅糖汁，撒上花生碎、葡萄乾的冰粉，啊……還有必不可少的冰啤酒。」

謝珣也不知她從哪裡尋來的搖椅，看那愜意的模樣，自從嫁過來倒從未拘束過。

她旁邊的丫鬟正坐在矮凳上打發奶油，見謝珣過來，嚇了一跳，紛紛站起來行禮。

神遊天外的姜舒窈聽到她們行禮的聲音怔了一瞬，還沒爬起來，謝珣就已經走到了搖椅旁，居高臨下地看著她。

他眉目疏朗，氣質疏離，垂眸看人時有種沈靜冷峻的威壓感。姜舒窈卻恍若未覺，猛地起身，引得搖椅前後晃盪。

「我給你留了兩塊蛋糕，其中一塊夾了奶油，放在桌上了。」她笑道，雲鬢烏髮上橫插的步搖垂珠晃動。

她這副自得其樂、輕鬆大方的模樣，倒讓謝珣有些無奈。她才嫁過來沒多久，他似乎已逐漸習慣她的熱情，聞言點頭，猶豫了一下還是端走了桌上的蛋糕。

雖然不喜，但兩人既已成婚，她有意示好，他總是推拒也不太好。但想到她劣跡斑斑的過往，以及拋開臉面癡纏他的模樣，謝珣又渾身不自在起來。

走到小院門口，謝珣轉頭看到她躺在搖椅上毫無規矩的樣子，頗感頭疼。若說她癡心一片傾慕於他，思及過往的行事作風卻不太像，但她確實是捨了臉面死纏爛打嫁給他的，真是讓人捉摸不透。

謝珣也不想把心思放在這些烏七八糟的事上，看著拿回來賣相古怪的糕點，暗嘆一口氣：罷了，坦蕩對待便好。

他拋開雜念，回書房看書，不一會兒感覺些許疲憊，便喚人打水。

沐浴完，腹中有些空，視線掃到放在桌上的蛋糕，愣了一下，還是走過去拾起一塊放入口中。

不知道是不是本就有些饑餓的緣故，蛋糕入口極其香軟。甜而不膩，口感蓬鬆，奶香味十足，吃罷口中留有餘香，勾起了他的饞蟲。

他拿起另一塊中間有乳白色夾心的蛋糕，好奇地打量。這白色的夾層看上去有硬度，稍微一壓，又極其柔軟滑膩，讓他想起天邊的雲朵，幼時的他總瞧著白雲嘴饞。

他將蛋糕放入口中，輕咬兩下，濃郁的奶香味在口中散開。嫩黃色的蛋糕部分輕盈鬆軟，乳白色部分濃厚香滑，口感細密，唇齒生香，久久不散。

這糕點味道口感新奇，老少皆宜，謝珣腦海中閃過雙胞胎姪子的身影，想必姜舒窈應該早早就送了過去。

他臉上露出困惑的神情，也不知姜舒窈怎麼和兩個小傢伙處得那般融洽。

接著想起她在躺椅上搖搖晃晃數著吃食的模樣，那神態，倒與稚子無甚差別。

第六章

姜舒窈閒散似神仙的日子，終究是到了頭。

暑熱將至，一張朝陽長公主舉辦的賞花宴帖子擺在了壽寧堂桌案上，姜舒窈的名字赫然在列。

老夫人這才意識到即使避而不見，讓姜舒窈在她院子裡待著，她依舊是自己的兒媳，在休掉她之前，她始終是和謝國公府綁在一起的。

姜舒窈以前胡鬧丟人，那是丟襄陽伯府的臉，現在，帳可是算在謝國公府頭上的。

本來每日請安都是和樂融融的，今日的氣氛卻被這個消息砸得一片低迷。

謝珮年紀小，心裡想什麼便說什麼，一跺腳，嬌聲嬌氣地埋怨。「娘，我不要和她一起，太丟人了！讓她別去吧？稱病就是了。」

老夫人並未呵斥她的無禮，皺眉道：「長樂郡主一向與她交好，不讓她去是不行的。」

二夫人周氏比不得賢淑貞靜的大夫人徐氏，想到要與姜舒窈同行也壓不住話，努力斟酌著字句勸道：「母親，既然她已嫁進了謝國公府，那該立的規矩就該立起來。母親心善，免了她的晨昏定省，但如今既然有宴請，那該教的禮儀都得補上，總不能讓別人笑話咱們謝國公府沒規矩。」

免了姜舒窈的晨昏定省，無非是因為眼不見心不煩，和「心善」沒有半分關係。可老夫人自不會駁了周氏的話，皺眉思索，有些意動，卻沒接話。

一直安靜不說話的徐氏突然看向周氏，說道：「小妹如今也到了相看的年紀了吧？這長公主的賞花宴，想必青年才俊都會前往，定是人才濟濟。」

徐氏嘴上說謝珮，但這可提醒了周氏，自己女兒年紀雖小，可也不能因此被帶壞了名聲，她頓時有些著急。「母親，就算規矩一時扳不正，讓她每日來抄抄經書、磨磨性子也好，不指望她多懂禮數，安安靜靜地赴宴就夠了。」

徐氏這才附和道：「弟妹說得是，讓她過來侍奉些時日，母親閒來便教導一二，耳濡目染之下，必會有所改變了。」

這話接得漂亮，徐氏這人真是永遠不忘巴結老夫人。

周氏不禁一哽，謝國公府只有二房出了嫡女，大房自然不用著急，可徐氏那副萬年不變的沈穩內斂做派，讓她怎麼看怎麼不順眼。

「可不是？聽說兩位小少爺老往她那兒跑，近朱者赤，近墨者黑，大嫂要多注意啊。」

徐氏面色不改，這話聽入耳彷彿不痛不癢，但出了壽寧堂臉色就變了。她左思右想，還是有些憂心。「這幾天阿昭和阿曜沒有去她那兒吧？」

嬤嬤低頭回道：「是，兩位少爺除了見先生，就是在房裡看書習字。」

徐氏剛剛鬆了一口氣，就聽見嬤嬤繼續道：「只是……三房那邊常常送來些新鮮的糕點，少爺們都很喜歡——」

徐氏猛地頓住腳步，訓斥道：「這是什麼話？難不成人家好心好意給我兒子送吃的，我還要心生不滿？我是那般是非不分的人嗎？」

嬤嬤連聲認錯。

徐氏回到房裡，坐下飲了幾口熱茶，不禁開始反省，生怕自己行事隨了尖酸刻薄的小姑子和二房浮躁愚笨的周氏。

姜氏與大房來往，不管是單純疼愛兩個小孩也好，出於示好也罷，自己一味反對倒是顯得刻薄無禮了。

想通了，她起身去謝昭和謝曜書房，一進屋便聞見淡淡的奶香。

謝昭和謝曜一人占了書桌的一頭，正認真地練著字。窗外暖陽正好，微風吹拂、樹影輕搖，兩人時不時拿起書桌中間瓷盤上擺放的方方正正的小蛋糕，一口一個，吃得臉頰鼓鼓的。連一向厭食的謝曜都伸手拿了好幾回。

徐氏神情變得柔軟許多，站在門口看了一會兒，直到謝昭看到她，她才抬步進屋。

「娘。」謝昭放下毛筆，從板凳上跳下來。

徐氏揉揉他的腦袋，他躲閃著不讓她碰，拽著她的袖子往桌邊走。「娘，三嬸給的奶油蛋糕，妳嚐嚐。」

徐氏看著瓷盤上賣相極佳的蛋糕微微咽了咽口水，想必入口一定香軟蓬鬆，那中間夾的是什麼餡料？看上去真是新鮮……

她連忙止住念頭，笑容溫婉，搖頭道：「不必了。」

謝昭順手拾了幾個到另外的小瓷盤裡，塞給徐氏身旁的大丫鬟。「娘妳不是最愛吃糕點了嗎？這可比其他糕點美味很多，連四弟也愛吃。」

謝昭孝心可嘉，徐氏推拒不得，只能讓丫鬟拿回她房裡放著。

母子閒敘一番，徐氏回到廂房，看著桌上的蛋糕無比猶豫。

看帳本，餘光瞟到蛋糕；對管事訓話，鼻子嗅到甜味……

最終，她選擇用一方手帕蓋住蛋糕，這樣她就看不見也聞不見了。

月上枝頭，各房陸陸續續洗漱熄燈。徐氏撥了撥油燈燈芯，燭光黯淡了幾分，待到大老爺謝理躺進床側，她才徹底把油燈熄了。

夫妻結髮二十餘載，每夜都會絮叨一番再睡去，相敬如賓，恩愛如初。

謝理講了會兒官場上的糟心事，徐氏安靜聽著，時不時出言勸慰。

待到謝理鬱氣散了，睡意襲來，敘話的聲音越來越低時，徐氏也有些睏，準備止住話頭入眠，耳邊卻傳來謝理帶著睡意的低語。

「……對了，今日桌上擺著的糕點味道不錯，隔日妳再讓人多買些。」

徐氏瞌睡蟲瞬間消失，她側頭問：「什麼糕點？」

「嗯，就是用帕子蓋著的那盤，不過為何要用帕子蓋著？」

徐氏躺在床上，漆黑中微微瞪大眼睛，半晌不語。

謝理等了一會兒沒聽到她回話，便以為她睡著了，卻又突然聽到她說：「你知道嗎？最近阿昭和阿曜與三房的姜氏常作伴玩耍。」

謝理睡意曚曨，思緒沒跟上她的話頭。「嗯？誰？」

「阿昭和阿曜，你兒子。」

他腦子迷迷糊糊，嘴上含糊不清地問：「我兒子怎麼了？」

「他們喜歡找姜氏玩，姜氏對他們也不錯，那盤糕點便是姜氏叫人送來的。」

「哦……姜氏是誰？」

「三房夫人，謝珣的妻子。」徐氏耐著性子回答道。

「哦，哦……誰找她玩？」

「你──」徐氏深吸一口氣。「算了，老爺，睡吧。」

幾息過後，身側響起鼾聲。

徐氏半晌吐出一口氣。「我忍了一天都沒吃……你倒是舒服了，吃吃吃！睡睡睡！」

謝理一夜睡得香甜，官場雖時有不順，但家有賢妻，每次都能寬慰勸解他，既是端莊持家的主母，也是才情橫溢的解語花。

兩人相識於幼童，舉案齊眉，恩愛數十年，夫復何求！

只是第二天一起，徐氏便稱她著了涼。體貼如她，自然萬事為謝理著想，不想他過了病氣，謝理不得不搬去書房睡了好幾天，連續幾日沒睡成好覺。

自從開始晨昏定省後，姜舒窈再也沒睡過懶覺了。

但這也不算什麼大問題，請完安後回來補覺就是。

可老夫人又叫她抄經書，這可難倒了她——她不會用毛筆寫字啊！不抄是絕對不行的，即使她腦子缺根筋，也明白在高門大宅裡，老夫人就是女人們的頂頭上司，千萬得罪不得。

讓人代抄也不行，謝國公府哪裡沒有老夫人的眼線？被逮住了可就糟糕了。所以，只好自己認真抄唄。

她白日在老夫人設的小佛堂抄經書，晚上回來還得點著油燈繼續抄。東廂房沒有書桌，普通的桌子高度不合適，才抄了兩天，她的腰就開始痠痛。

第三日，她抱著經書回來時，發現謝珣書房裡的燈還亮著，便厚著臉皮過去。

謝珣在自己院子裡沒有那麼多講究，門口無人守著，姜舒窈走近，敲了敲門。

「何事？」門裡傳來謝珣清冷的嗓音。

「是我。」姜舒窈話頭一頓，作出討好的聲音。「夫君，我可以進來嗎？」

說完，門內遲遲沒有回應。

姜舒窈心想：不應該啊！我聲音都這麼甜了，他怎麼一點反應都沒有。

謝珣放下毛筆，隔著袖子搓了搓手臂泛起的雞皮疙瘩，開始後悔自己沒讓小廝在門口守著，不然直接就能把姜舒窈攔下了。

「夫君？」門外又響起她的聲音，這次更加矯揉造作幾分。

謝珣眉頭直跳，她嫁進來這麼久，這還是第一次聽見她如此「溫婉」的語氣。

他把書本合上，說道：「進來吧。」

姜舒窈抱著厚厚幾卷經書撞開門，毫無儀態可言。

「我那邊沒有書桌，今晚能在你這兒坐一會兒嗎？」她補充道：「你放心，我安安靜靜的，絕不會打擾你，明天我就讓人買一張書桌回來。」

謝珣不想和她多費口舌，點點頭，姜舒窈的丫鬟隨即把椅子搬了進來。

她倒是乖覺，真就縮在書桌一角，一塊地也沒多占。

謝珣本是懷疑她想借此機會親近自己，他便正好藉著這個機會與她說清道明，莫要試圖以落落大方的姿態來緩和兩人關係。沒想到她坐下以後就安安靜靜地寫字，竟一個眼神也沒分給他。

春末夏初的晚間，溫度適宜，她只著一件薄衫，是不太適合她的嫩黃色，比不上新婚頭天的紅衣襯她。

閒居在家，姜舒窈不甚講究，如緞墨髮披散在肩頭，青絲半綰，斜插一根玉釵。燭燈柔和，將她明豔的臉染上幾分朦朧的溫柔，慵懶愜意，光華內蘊。

謝珣的眼神挪到她烏黑的髮上，覺得她不適合佩戴玉飾，更適合金飾。京中貴女更愛玉飾，她們認為金雖富貴華美，卻多了幾分俗氣，如今看來，會以為「俗」，還是因為壓不住。

他收回目光，思緒飄遠，案上的書頁遲遲沒有翻動，直到姜舒窈放下毛筆，才回神。她因發力不對手腕痠痛，放下筆後皺著眉揉個不停，面上一片苦色。

謝珣冷不丁開口。「妳在家未習過握筆嗎？」

姜舒窈的書法程度只停留在學生時代寫過幾次，她也不回答，又把毛筆拾起來，嘟囔道：「這麼多可怎麼抄得完啊……我還想早點交差、早點解脫。」

以前，母親也用抄經書來磨大嫂、二嫂。

謝珣見她愁眉苦臉的模樣，眼裡透出笑意，站起身走至她跟前，彎腰一看，那好不容易露出的笑意頓時散得一乾二淨。

他雖有些才名，可不是那種因自身資質不錯而看低平庸之輩的人，但姜舒窈這字……

「妳這是字嗎？妳這是鬼畫符還差不多。」他從小到大，就沒見過這麼難看的字！

「喂！」姜舒窈把字帖拿起仔仔細細掃了一番。「至於嗎？」她覺得還不錯啊！

「妳……」謝珣欲言又止，他聽過姜舒窈不學無術的名頭，但沒想過是這般不學無術，寫字連剛剛開蒙的姪子都不如。

謝珣忍不住嘲諷道：「這樣的字，就算妳抄完了也交不了差。」

姜舒窈大受打擊，「叩」一下把腦袋磕在桌子上。「我可怎麼辦啊？要瘋了。」

謝珣又無奈、又嫌棄、又覺得好笑，坐回椅子上。「母親只是想磨磨妳的性子，與其趁夜趕工，倒不如白日多表現，等機會合適了，再把抄完的經書遞予母親。」

他難得說這麼多話，還是為姜舒窈解憂，姜舒窈古古怪怪地看他一眼。

原來是個好人啊……不對！這是在教自己如何矇混過關耍心機，所以是個教自己使壞的好人？而且……這人並不古板嘛！

謝珣說完才意識到他多話了，沒再理她，又重新看起書來。

姜舒窈縮在板凳上思考怎麼「表現」，裝乖討巧行得通嗎？

上輩子，她想事的時候總有些忍不住的小習慣，比如咬筆蓋。於是，謝珣餘光便看到她把筆桿桿頭放到了嘴裡。或許是因為這個動作太過幼稚不雅，他不自覺多看了一眼。

只見她半倚在桌邊，宛若無骨，青絲從頸間滑落，襯得脖頸修長白皙，肌膚欺霜賽雪，輕咬筆桿的紅唇豐盈而柔軟，珠光下透著嬌嫩紅潤的光澤，彷彿含著蜜汁的紅花，待人採擷。

謝珣的目光彷彿被燙著了，只看一眼便飛快的收回視線，努力將恍惚的心神穩住。

他筆下不停，似認真看書，但自己也不知道在書邊寫了什麼批注。

等到姜舒窈突然「喂」了一聲，他才徹底清醒，仔細一看，發現自己在書本邊角胡亂寫著幾行經文——「舍利子，色不異空，空不異色，色即是空，空即是色，受想行識，亦復如是。」

他「啪」地把書本合上，欲蓋彌彰地接話。「何事？」

姜舒窈看他一臉嚴肅的模樣摸不著頭腦。跟誰置氣呢？也不知書中寫了什麼，難道是史書裡賢臣被奸人所害的事？

她答道：「我餓了，想去小廚房弄點吃的，你要吃嗎？」

謝珣本來不餓，被她這麼一說也有點餓了，點點頭。「我與妳同去吧。」

姜舒窈已經起身了，聞言詫異地回頭看他。

謝珣背著手走來。「屋內有些憋悶，我出去透透氣。」

「哦。」姜舒窈點頭，兩人一前一後出了門。

她以為謝珣只是想去院子裡站會兒透氣，沒想到他一路跟著她進了廚房。

她一向話多，放下燈籠，順口搭話道：「不是說君子遠庖廚嗎？」

謝珣跟著她走進來。「這句話出自《禮記．玉藻》，『君子遠庖廚，凡有血氣之類，弗身踐也。』意思是凡有生命者，都不要親手去殺牠們，故遠庖廚，是指人應當有仁心，和廚房沒什麼關係。」

「哦，這樣啊。」姜舒窈居然認真聽了，一副「學到了」的表情。

然後她抱臂看著灶臺發愁，臉上神色有些滑稽。「我不會燒火……」

她正打算出去叫人，卻沒想到謝珣直接蹲下拿起了火石，「嚓」一聲擦火點柴，動作俐落流暢，看得姜舒窈目瞪口呆。

「你怎麼會這個？」

謝珣輕飄飄看她一眼。「我曾外出遊歷過，總不能隨時帶著小廝吧？」不是說癡戀他嗎？這個都不知道。

姜舒窈被他這個眼神看得莫名其妙，也懶得同他計較，往鍋裡加兩勺水，蓋上蓋子。

等待水開時，她接著轉身尋到菜心洗淨，切蔥，又將香菇切丁，待火開後丟入香菇丁和麵條。煮了一會兒，再放入菜心滾水燙一下，用碗盛出，澆上醬油、香醋，最後灑上蔥花，她又從另一個小鍋裡舀出兩勺臊子放在麵上。

「勉強算是滷肉麵吧！」她道。

兩人也不回書房了，就近到東廂房用餐。

這碗麵做得實在是簡單，但做宵夜卻是十分合適。麵湯清爽，因放了香菇丁而有著素淡的鮮味，鹹香中混著淡淡的蔥花味，味道清淡卻不寡淡。

臊子是姜舒窈下午做的，她本來打算吃滷肉飯，但最後晚上請安回來也沒能吃成。

滷肉用的是肥瘦相間的五花肉，切成小丁丟入鍋中煸出油，再下入大料，細燉慢熬，最後放入冰糖上糖色。火候把握得宜，滷肉丁燒得只有紅色，沒有焦黑，每一顆都裹上了棕紅色的醬汁。

滷肉被滾燙的麵湯溫熱了，稍作攪拌後，謝珣挾起一筷子混著滷肉的麵條送入口，麵條鮮滑滾燙，保留了麵條原本清爽的滋味。

滷肉臊子肥瘦混雜，肥肉香酥軟糯，瘦肉久燉不柴，滷汁收得濃，很好地浸透進了肉丁裡，酥爛的滷肉味道濃郁，醬香十足，肥而不膩，一抿便化。

配上菜心，去除滷肉尾韻的油膩，讓這頓宵夜只剩鮮香清爽和溫暖熨貼。

他很喜歡滷肉，三下五除二就把滷肉吃光了，姜舒窈本想問他要不要再去小廚房添一勺臊子，見他安靜不語、斯文進食，尋思著「食不言」，閉嘴了。

謝珣細嚼慢嚥，將一碗麵吃得乾乾淨淨。

謝珣那碗麵是姜舒窈的兩倍，姜舒窈見他連湯底都喝乾淨了，不由得開始迷惑是自己的手藝不錯，還是他的食量太大。

一頓宵夜吃得兩人微微冒汗，渾身都懶洋洋的，舒暢極了。
謝珣回書房後又看了一小會兒書便洗漱就寢，一夜好夢。

第七章

姜舒窈想要有表現，恭敬和順不適合她，討巧賣乖倒能演出幾分。而討巧賣乖用現代話來說，就是俗稱的「狗腿」了。

姜舒窈也是下了決心，起了個大早，直接跑到壽寧堂等。幸虧季節開始更替，早晨溫度不算太低，才等兩刻，老夫人便起了。

這時大夫人徐氏也到了。嫁過來這麼多年，早晨問安她從未遲過。

姜舒窈見徐氏來了，心裡安定下來。好媳婦的標準模板可不就是徐氏嗎？跟著她走準沒錯。

這樣一想，姜舒窈友善地對徐氏笑了笑。

徐氏心裡摸不準姜舒窈在想什麼，見她對自己笑還有點膽戰心驚的——是示好？抑或者是憋著壞水呢？

但她一向謹慎敏感、心思重，無論心裡想什麼，面上終究是不顯的。

「三弟妹今日倒來得早。」她溫溫柔柔地和姜舒窈敘話，神情柔婉。

姜舒窈還沒搭話，二夫人周氏來了。她瞧不上姜舒窈是擺在明面上的，見兩人說話，眼神在兩人身上掃了一圈，笑得別有意味。「大嫂，三弟妹。」

徐氏不願與她多費口舌，見大丫鬟出來了，先一步進了壽寧堂。

姜舒窈趕忙跟上，生怕落後資優生半步會抄不上作業，那陣勢都要踩著徐氏的裙角了。

周氏一瞧，只覺有貓膩，也跟著急急忙忙追進去了。

徐氏聽到後面兩人的腳步聲，不知發生了何事，腳步不禁匆促了點。

老夫人坐在羅漢椅上等媳婦們請安，一抬眼就見三人跟被狗追著似地往裡衝。

徐氏到底是多年端莊謹慎慣了，只是稍微有些慌，迅速穩住，規規矩矩請了安。

這動作看得姜舒窈在心頭激烈鼓掌感嘆：不愧是大家閨秀，請安都別有韻味。

她反應快，照鏡子似地跟在徐氏後頭請安。周氏還在想到底有什麼貓膩，落後了半步。

老夫人眼風掃過，周氏心裡一緊連忙請安，心道：到底怎麼回事？是不是陰她呢？

幸好老夫人沒有說什麼，周氏便鬆懈下來了。

之後，不管她們怎麼和老夫人敘話，姜舒窈都站在一旁當木頭，表現出木訥慎言，直到丫鬟擺飯，姜舒窈那木訥的面具瞬間垮得粉碎。

無他，起太早了，沒吃飯。

老夫人早膳喜食清淡，清粥配兩盤炒素菜，加一碟鹹菜便足矣。

姜舒窈雖然是個吃貨，但對著白米粥也饞不起來，只是看著白米粥，她便想到鹹鴨蛋。往桌上一滾，剝開蛋殼，用筷子弄破，白嫩鹹香的蛋白分開，露出裡面紅澄澄的蛋黃，醃出了油，一戳便流出來，香氣四溢。

或者白米粥配小籠包，小巧的包子必須得一口一個，咬開滾燙的包子皮，細細品味內裡鮮嫩鹹香的肉餡。

她想著想著，肚子發出很不合時宜的「咕嚕」聲，在安靜的當下顯得格外突出。所有人都朝她看來，她不好意思地笑笑。「想著早點過來給老夫人問安，便未用早膳。」

老夫人放下筷子，語氣平淡。「老三媳婦，廚房還有清粥小菜，不如妳和我一同用膳吧。」

姜舒窈也不笨，知道拒絕。「不用了，老夫人用飯，兒媳自然是要在一旁侍奉的，哪有請安時婆母、媳婦在桌上一道用飯的？」而且，這白粥鹹菜她真不想吃。

老夫人不緊不慢地回答。「也是，想來這些菜也不合妳口味，否則也不會一嫁過來，就在妳那院裡設了小廚房。」

話裡陰陽怪氣的，姜舒窈卻裝作聽不出來，眨眨眼，美目裡波光流轉，目光盈澈。「兒媳母親胃口一向不大好，所以兒媳平日裡便愛琢磨些吃食，希望母親能多用兩口飯。嫁過來後，見夫君辛苦勞累，想著若是能做些暖菜羹湯緩解一二，便再好不過了。」

搗鼓好吃的？那是必然的。為了給謝珣吃？嗯……他吃過幾頓，也不算撒謊了吧。

徐氏管著謝國公府大大小小的事務，哪兒都有她的人，自然知道姜舒窈說的是假話。她目光往姜舒窈臉上掃過，這個女人真是……臉皮夠厚的。不過她做的吃食沒少給雙胞胎吃，連挑食的謝曜每次也吃得不少。

想到這兒，徐氏破天荒地為她說項。「三弟看起書來便放不下，小廚房時刻煲些湯候著，總比讓人去大廚房來回一趟方便。」

老夫人點點頭，這麼想倒也能接受了，不過……姜氏這種性子，能做得了什麼好菜？還不如往謝珣院子撥幾個廚娘和丫鬟呢。

收了飯桌，按照往常一樣閒敘一會兒，徐氏和周氏便告辭了，留姜舒窈去小佛堂抄經。明明知道她沒吃飯，卻讓她去抄經，姜舒窈知道老夫人是想整治她。不過身為婆婆，老夫人收拾她的手段多得是，這顯然已經算溫和的了。

因此她規規矩矩跪在小佛堂桌案前，等嬤嬤走了後，才從懷裡掏出油紙包住的兩塊餅——昨晚做的，早晨洗漱時讓白芍幫忙熱過，揣在懷裡，現在還是溫的。

揭開油紙，麵餅外面那層煎炸過的焦黃色餅皮的香味便冒了出來，姜舒窈滿足地吸一口氣，大大地咬一口。

千層餅皮外層鬆脆，裡層柔軟，咬開餅後，豬油香瞬間鑽入鼻腔，胡椒、花椒粉用得足，調料簡單，除了蔥花便是鹽，肉餡一絲腥味不帶，卻保留了肉質最香嫩的一面。

姜舒窈三下五除二啃完了肉餅，又掏出另一個蘿蔔絲餅，蘿蔔絲餅，壓壓油膩。

蘿蔔絲餅吃起來比肉餅清爽，蘿蔔絲有點苦味，但苦味極淡，更多的是清新的蔬菜香味，清脆爽口，吃完後嘴裡還留有回甘。

這一頓吃得舒服極了，姜舒窈愜意地坐在蒲團上等味道散去。

才吃飽不想馬上抄經，閒散地放空時，她和佛像對上了眼，覺得有些尷尬。

「觀世音菩薩，實在是抱歉啊，我太餓了，沒有不敬的意思。」她翻起來跪在蒲團上磕了幾個頭。

拜完後，姜舒窈去外間要了杯茶水，被嬤嬤誤認為是餓極了喝茶墊肚子。嬤嬤年紀大了，有些不忍心，眼神在她身上停留了幾刻，看得姜舒窈無比心虛。

接下來幾日姜舒窈都很規矩，最早來，最遲走，看多了徐氏怎麼侍奉老人，她也學上了幾分，時不時幫老夫人墊個靠背什麼的，眼疾手快。

終於在第七日，姜舒窈看老夫人心情不錯的樣子，便把自己抄好的經書交了上去。

老夫人接過，她都快忘了還有這事了，前面兩個媳婦，哪個不是在第二天、第三天就抄好了的？

她隨意翻看，只看了一眼眉頭便狠狠地皺在了一起。

「妳寫這是什麼?!」老夫人人生中就沒有見過這麼醜的字。

「經書啊。」姜舒窈鬱悶，她是真覺得自己寫得不差。

「妳、妳這是存心敷衍！」老夫人越看越氣，抄了那麼多天，竟抄成這種鬼樣子，還不如直接不寫，說嚴重了這就是不敬菩薩。

「兒媳不敢。兒媳學術不精，再怎麼努力寫，字也就這樣了，可是每一個字都是我認認真真寫的，帶著虔誠的敬意，抄經不就講究一個『誠』嗎？」

「好啊！妳還頂嘴，我看妳還要說出花來。」老夫人一口咬定她敷衍，揉揉太陽穴。「算了，算了，妳既然不願意用心，我還能逼妳不成？」

姜舒窈太委屈了，這幾天抄經抄到手腕痠痛，結果被扣了這個帽子。

老夫人見她耷拉著腦袋，可憐兮兮的模樣，倒是有點相信她用心抄了，可這麼一想，心頭更堵了。

她允文允武、滿腹經綸的兒子，怎麼就娶了這麼個草包女人？

她越想越痛心，揮手讓姜舒窈趕緊走，不要在她面前晃悠添堵了。

嬤嬤趕緊上前給她揉按太陽穴。「老夫人，氣壞了身子可不值當。」

老夫人只能念叨著自己的盼頭安慰自己。「只等時機一到，就找機會休了她。」

姜舒窈回到院子裡，在廊下站了一會兒，將白芍喚來。「妳說謝國公府會休了我嗎？」

白芍連同身後的丫鬟嚇得「撲通」一下跪下。

「小姐！」

姜舒窈是真不懂這些，想問問她們而已，見狀急道：「妳們跪我幹麼？我只是問妳們一句而已。」

「小姐。」白芍戰戰兢兢抬頭看她，見她沒發火，才試探地站起來，問道：「何出此問？」

「我一直都有這個困惑，我嫁入謝國公府本就是強嫁的，要休我，無非顧忌著新婚，還有襄陽伯府和貴妃娘娘，可要是找到了名頭，休我也不會落人口實。」

「小姐……」白芍見她看得透澈，生出幾分心疼。小姐以前雖頑劣蠻橫，但出嫁後卻悉數改過，無非就是因為對姑爺愛慕極深，可這份愛慕卻讓她傷透了心。

白芍低下頭，勸慰的話說不出口。

姜舒窈捧著下巴思考。「妳說，休了我，我回娘家會是個什麼光景？」

「小姐定會再覓得良人。」這是也贊同姜舒窈終將被休棄的想法。

姜舒窈頭皮發麻。「那我若是不再嫁呢？」

誰知道下一個嫁進什麼人家？萬一對方是個變態或者後院一群宅鬥高手，她怎麼死的都不知道。謝珣可算是個績優股了，不管她、不碰她，雖然整日板著棺材臉，但脾氣、人品挺好，長得還賞心悅目，多看幾眼心情都會好上幾分。連老夫人都只是讓她抄經，沒做別的事整她。

「那便是尋個道觀住下吧。」白芍不解姜舒窈不願再嫁的想法。

道觀比不得高門大宅，安全、住食都是大問題。姜舒窈頓時感覺前途一片黑暗，揉著腦袋哀號。「老天爺，希望謝珣遲些休我吧。」

謝珣回來取書信，走到長廊拐角便聽到姜舒窈這句話。

他頓住腳步，微微蹙眉，本就清冷的面容更多了幾分疏離。微微踏前半步，他看向廊下那人背影。

髮髻高堆，簡單地插著幾根玉釵，黑髮如墨，顯得修長脖頸白皙脆弱，即使穿著淡雅的象白色衣裙，也掩不住她一身婀娜華貴的氣質。

他收回目光，將思緒從那日水中救人時的回憶中拉回。

姜氏，終究是對他的執念太深。何苦呢？就算嫁給他，也永遠等不到他回饋同等的心意。

白芍想讓姜舒窈不再執著於「傷心事」，故作興奮地道：「小姐，咱們再過幾日便能去長公主府赴宴，終於可以出門透透氣了。」

姜舒窈想到這個就頭疼，她可不想參加什麼宴會，聽著就很費腦筋。

白芍見她情緒不佳，便換了種說法。「自從出嫁後小姐便未曾與長樂郡主見過面了，想必郡主也盼著這次宴會呢。」

姜舒窈額角一跳，長樂郡主就是那個帶著姊妹們調戲美男，導致大批美男落水的勇士。光是聽她的事跡就能想像出她的潑悍，也不知道她會不會發現自己曾經的花癡小姊妹換了芯子。

「是啊。只是我已嫁作人婦，不能再和她一起胡鬧了。」

白芍想到姜舒窈以前的種種荒唐行為，笑得有些尷尬，連忙扯開話題。「小姐，既然現在閒著無事，不如選一選赴宴的衣裳和首飾吧。」

衣裳和首飾……

姜舒窈想起那一櫃素色衣裳和婉約素雅的玉飾就無奈，原主的審美實在太差，她挑挑選選才稍微選出幾件亮色的衣裳，都已經輪著穿了好幾遍了。

「赴宴的話，我想要裁幾件新衣裳。」反正她現在有錢，此時不買更待何時？等被休嗎？

白芍習慣了姜舒窈財大氣粗的作風，毫不猶豫地點頭。「那奴婢讓管家把京城最好的繡娘都叫來。」

姜舒窈補充道：「還有首飾，我也想新置辦些。」

白芍一愣。「可是，首飾沒有送進府讓人挑選的規矩……」衣裳只需要帶上幾車布疋，首飾卻不同。昂貴的首飾都會嚴格看管保藏，有些極其貴重的首飾一般人連瞧上一眼的機會都沒有。

姜舒窈可不想出去赴宴只戴上那幾支簡約的金飾，連華麗一些的耳墜都沒有。

「我要是能出去逛一圈就好了。」她垮了肩膀，嘟囔道。

白芍生怕安分了一段時間的小姐又開始生事，勸道：「最近老夫人規矩立得嚴，抄經書的事還讓老夫人動了怒，小姐還是忍耐一下，等老夫人氣消了，再自由行事方為妥當。」

女孩子總是喜歡打扮的，收拾漂亮了心情都會好幾分。姜舒窈也想不出什麼法子，只能妥協道：「那便讓人送些顏色豔麗的布疋進來讓我選一選，若是可以，再去金樓買些首飾，樣式不拘，越繁複精巧的越好。」

「這……」白芍從未聽過這樣的吩咐，買首飾花的可是大錢，哪怕是最親暱的大丫鬟也不敢接這活兒。

「算了……」姜舒窈也不為難下人了，她母族雖是富商，但衣食住行裡就衣沒有沾手，連想從自家產業裡敗家都做不到，還真是有錢花不了。

她鬱悶道：「嫁過來以後我就沒出過府，也不知道外面的集市現下是個什麼樣子的。」

準確的來說，是穿越過來就沒見過古代的集市，姜舒窈好奇得渾身難受，恨不得長出翅膀飛到外面見識見識。
白芍見她蠢蠢欲動的模樣，靈光乍現。「不如，讓姑爺帶小姐出門如何？」
「這是有什麼好方法嗎？」姜舒窈附耳。「嗯，妳詳細道來聽聽。」
「姑爺過幾日休沐，讓他陪陪明媒正娶的妻子總不過分吧？如果是姑爺帶小姐出門，老夫人也不能說什麼。」
姜舒窈眼睛一亮，但又不解。「他怎麼會願意呢？」就他平日裡板著個臉嫌棄的模樣。
白芍的娘是襄陽伯夫人身邊的得力嬤嬤，是從小在宅門的刀光劍影中長大的丫鬟，出謀獻策十分積極，她小聲道：「姑爺既然想遠著小姐，那小姐就去纏著他唄！我娘說過，男人最怕女人纏，尤其是美人，百鍊鋼也得化為繞指柔。」
姜舒窈仔細琢磨，這倒不失為一個好辦法。謝珣討厭她，那她就去他眼前晃，去噁心他，他為了讓姜舒窈滾遠點，答應她個小要求總是成的。
至於白芍說的美人計，姜舒窈自動無視了。
謝珣這種清風雅正的人，一看就是不近女色的注孤生木頭，絕對不會對她這種行事不規矩、肚裡沒墨水的女人生出半點好感的。
月上枝頭，皎潔的月華傾瀉而下，從半合的雕窗灑進書房。偶爾有夜風拂過，帶來一陣清爽的涼意。
謝珣如往常一般點燈看書，看進去了便忘了時間，手探向茶壺，才發現茶壺已空。

他正待叫人，門外突然傳來一陣甜膩到讓人渾身發毛的叫喊。
「夫君～～」
謝珣手裡的茶壺沒拿穩，摔下書桌，在地上打了好幾個轉。
什、什麼東西?!
或許剛才看《水經注》看迷了，腦子還未清醒，乍然聽見這不該出現在他身邊的叫聲，他竟感覺身上起了一層雞皮疙瘩。
姜舒窈聽到屋內的響動，有些疑惑，正準備開口，才發現自己差點忘了變聲。
她捏著嗓子。「夫君，你怎麼了呀？」
謝珣冷靜下來，看向門上映出的隱約黑影。
姜舒窈？
他腦海中迅速閃出姜舒窈的模樣——先是雖然不雅但讓人食慾大開的吃相，又是那夜在書房裡安靜寫字的樣子，算得上是出水芙蓉，顧盼生輝。
但就算是這樣，她也是皺著眉咬著筆寫著一手狗爬字，說好聽點是不拘一格、落落大方，說難聽了就是帶著傻氣，這樣的姜舒窈幹麼發出這種聲音?邪物作祟?
「夫君～～你怎麼不回答我呀，那我進來了?」姜舒窈一邊膩著嗓子說話，一邊腹誹謝珣半天沒出聲，不會剛才那聲是他摔倒了磕著腦袋昏過去了吧。
這句話讓謝珣悚然一驚，他連忙起身，袖子卻帶倒了筆架，毛筆盡數滾落在地。
他遇事何曾如此慌亂過，內心的煩躁一湧而出，喊道：「等等！」

姜舒窈不知他在做什麼，手裡端盤子端得手痠，不耐煩地走到門口，尋思著怎麼用腳把門踹開。

第八章

門忽然「嘎吱」一聲打開，姜舒窈差點沒站穩，一抬頭正對上謝珣的冷臉。

雖然姜舒窈常常腹誹謝珣板著一張棺材臉，但那也是賞心悅目的玉棺材，現在的他雖然同樣是棺材臉，卻冒著陰氣，似是要跳出殭屍了的那種千年腐棺材。

謝珣身材高眺，肩寬腿長，雖是文官卻常年習武，如今近距離垂著頭看她，身上那股威壓感便讓姜舒窈膽顫了一瞬。

不過，伸手不打笑臉人，姜舒窈微笑道：「夫君，能讓我進去嗎？」老娘手痠。

這下沒有怪腔怪調，正常多了，謝珣勉勉強強緩了緩不適。

「妳有何事？」

那日他還想著讓人在書房門外守著，被她打岔，轉頭就忘了。明日一定要安排幾個人在書房外，專攔姜舒窈！

「我想著夫君看書辛苦，便做了些宵夜。」她往前踏出半步，莞爾一笑，朱唇皓齒，髮髻旁垂著的紅珠隨著她的走動搖晃，搖曳生姿。

都說月下看美人，如今月光正好，她的笑讓謝珣恍惚了一瞬，不自覺讓開半步。

姜舒窈臉上笑容不變，輕輕柔柔地撞開謝珣，將餐盤放置在桌案上。

「夫君，你餓不餓呀？看看這些吃食有沒有合你心意的。」

她回頭，燭燈為她面目染上幾分溫婉。

謝珣也只是那一瞬間有些失態，很快便恢復了。他看著姜舒窈，總覺得不對勁。然而準確的說，現在這樣才是應當的，她不顧名節以死相挾也要嫁給自己，不來歪纏才是奇事。

既然宵夜已送來，謝珣自不會失了風度同她計較，他還能讓她拿走不成？

先前因為被姜舒窈那幾嗓子噁心到了，連她手裡端著盤子都未曾注意，現在屋子裡瀰漫著豐富的食物香味，讓他不自覺輕咽了下口水。

他走過去，往餐盤裡看了眼。「都是些什麼？」

姜舒窈沒想到他這麼配合，剛才陰沈的面色已經消失的無影無蹤了。

或許，美食的誘惑一般人都抵抗不了吧？更何況謝珣年紀在現代只能算大男孩，正是處於餓了可以吃下一頭牛的年紀，熬夜看書，用腦過度，餓得快也是正常。

除了最簡單的配湯外，她一一介紹。「這是炸醬麵，這是鐵板豆腐，這是孜然雞翅。」

她做的飯菜一向新奇，用簡單的食材做出別具一格的味道。如今高門大戶的廚子太注重昂貴的食材和做法的講究，只有細緻再細緻，倒忽視了餐點最關鍵的味道。

謝珣輕咳一聲。「放下就好，我餓了再用。」

姜舒窈見他不像很餓的樣子，也沒指望他馬上給面子開吃。她點頭道：「那我先走了，夫君你看完書便吃些墊墊肚子吧。現在天熱起來了，飯食雖涼得慢，但吃了涼的飯食，終是不大好。」

謝珣應了。

姜舒窈不得不感慨，讀書人就是不一樣，連口腹之慾都能壓下。

現在按現代時間來講是晚上九點、十點，擱以前，哪怕她晚上七點才吃了晚飯，九點左右也要吃點零食、水果解解饞，更何況這時候的人習慣天黑前就把飯吃了，九點早該餓了。

她走了後，謝珣在書桌前坐下，剛剛拿起毛筆，便放下起身。

他揮開心頭那股莫名其妙的作賊心虛感，掀袍往飯桌前坐下，筷子剛剛碰到孜然雞翅時——

「夫君，明日——」

姜舒窈走得太乾脆，差點忘了纏他、煩他，回頭路上想起正事，一拍腦袋飛快跑回來，然後就撞見這尷尬的一幕。

謝珣面色從容放下筷子，道：「還有什麼事？」實際上，他半邊臉是羞到發麻了。

「嗯……我是想問問，明日你下值回來同我一起用晚膳嗎？」

「好。」謝珣把雙手放在膝蓋上，似乎回到曾經在太學的裝乖模樣，以此掩飾難堪。

「哦。」姜舒窈感覺怪怪的，又忘了自己要做什麼，再次離開。

謝珣懊惱得坐在桌前久久沈默。

雖然，「久久」是他心中自認為的——都怪那烤翅的色澤過於誘人。

表皮棕紅，邊上一圈微微焦黃。也不知是如何做的，竟可以泛出亮而不油的光澤。

他咬上一口，品出來了。外層大約是刷了一層蜂蜜，帶有微微的甜味，卻不會太明顯，更多的是提鮮。

孜然醃製入味，所烤的雞翅別有風味。表面撒著的孜然粒讓口感層次更加豐富，一口咬下去，裡層鮮嫩多汁的雞肉，火候把握得極妙。

再看炸醬麵，這種吃法有些不常見。沒有湯汁，只有濃郁的醬汁，黑漆漆的，配上香氣，卻不會讓人失了胃口，反倒好奇這醬汁的滋味。

謝珣挾起一筷子，麵條被醬汁裹在一起，實難分離。他轉了下筷子，黏連的麵條依舊糾纏在一起，還將碗裡的麵條帶上來了一些。

他有些鬱悶，剛才啃雞翅的時候就很是費力。姜舒窈竟然沒有將雞翅骨剔除，他吃那帶著焦香蜜汁雞翅時，好幾次差點弄髒嘴角。

不過他不得不承認，他竟有些迷上從骨頭上將雞肉啃食乾淨的滋味，三個雞翅下肚，猶覺不過癮。

再看這炸醬麵，裹在筷子上一大坨，他幾番挑弄到不耐煩了，乾脆張大嘴往嘴裡送。

濃厚的醬香味瞬間席捲整個口腔。大口咀嚼，勁道滑順的麵條與炸醬裹在一起發出黏膩的輕響，醬香味越品越上癮，鮮中透著淡淡的回甘，久久不散。

他又捲了一大筷子入口，醬料弄髒了嘴角，他也顧不上擦拭，三下五除二吃完了炸醬麵。

吃完後還有些納悶，雖然只有一小碗，但也不至於幾筷子就沒了吧？

他端起最後的一小碗清湯，上面撒了蔥花，滴了幾滴香醋，剛好解鹹。溫熱的湯順著喉嚨滑入胃中，胃裡頓時熨貼不少。

湯喝了一半，嘴裡的醬香味便散了。

謝珣又動筷去挾鐵板豆腐。豆腐表皮酥脆，內裡嫩滑，表面上沾滿了佐料和蔥花，幾口就吃光了，味道香辣微麻，卻又保留了豆腐原始的清新豆香味。

吃完後喝完剩下的半碗湯，還在回味著舌尖碰到沾滿佐料的焦酥豆腐皮時的滿足感。

不過這次的量有些少了，或許是同御廚一樣追求量少精細，擺盤講究留白吧？

只可惜他不知道姜舒窈的晚餐就是這三樣，心血來潮給謝珣送宵夜……大概是拿剩下的湊了湊。

謝珣走到門外，喚了一聲，自有下人房待侍的丫鬟將碗盤收走。這一頓宵夜用完了，他才隱隱約約想起，剛才姜舒窈問他什麼來著？好像是叫他明日同她共用晚膳。

他居然稀裡糊塗答應了！真是……

謝珣面帶苦澀，虧他還自認克己自持。

他抬頭看向那輪皎潔的彎月，一口氣嘆得甚是敷衍。

也不知道明天她會做些什麼吃，上次回門的麻婆豆腐很是美味呢。

第二天清早姜舒窈洗漱時，白芍順嘴匯報昨晚謝珣把宵夜吃得乾乾淨淨，連湯都沒剩一滴，讓她頗感驚訝。

她也沒問白芍從哪裡聽到這回事的，掐著點直接往大廚房趕去。

既然都主動巴結謝珣了，巴結一下老夫人也不算什麼大事。

正是早飯點，大廚房熱氣騰騰，一片熱鬧。

姜舒窈一進來，所有人都把目光投了過來，有的迷惑、有的不屑，還有的好奇地不停打量。

姜舒窈身後跟著的四個大丫鬟均是出自襄陽伯府，富貴堆裡長大的人，連神態也要傲氣從容一些，光是身上衣裳的料子就比一般下人好上許多。

而姜舒窈更是氣度雍容，明明只簡單地簪了一根並頭花金釵，卻猶如華服上身，珠釵滿頭，宛如一朵富貴牡丹花。

一行人走進來，明明沒多大排場，卻比當家主母還有氣勢。

即使對這位名聲不好、婆母不喜的三夫人心頭不屑，大家也下意識垂頭行禮等吩咐。

「今日早膳備的什麼？」姜舒窈問道。

便有廚娘上前行禮報菜名。

此時的飲食形式較為簡單，日常三餐不是蒸、水煮，就是總愛往炒菜上靠。炒就算了，還是清炒，比如今日早膳就有清炒菜心、炒雞片、炒蝦米豆腐。

大廚房離壽寧堂最近，姜舒窈便打算在這裡為老夫人準備早餐。

她招招手，後面跟著的小丫鬟便抬著一個木製小桶上前。

「這是我準備的早膳，算是一道主食吧，妳們拿去溫在灶火旁，等白芍添料擺盤，稍後一同送至壽寧堂。」

「這……」

廚娘們不知所措，兒媳想要討好婆母的她們也見過，但大多數都是煲湯而已，這種把早膳直接送來大廚房的還真沒有。

「我只是將飯食放在大廚房溫著而已，這裡離得近，上菜也不至於涼了。妳們不用怕老夫人怪罪，我自會與她說明。」

廚娘們連說不敢。

白芍同幾個小丫鬟留在了大廚房，姜舒窈帶著剩下的人往壽寧堂去了。

徐氏與周氏剛到壽寧堂，見了姜舒窈，只有徐氏同她點頭招呼，周氏連個眼神也沒給。片刻後，丫鬟打簾，三人入內同老夫人問安。問安後周氏便走了，只有徐氏十年如一日地留下伺候婆母用膳，還有最近多了的姜舒窈。

姜舒窈看著很礙眼，老夫人卻不好失了風度讓她別在這兒杵著倒胃口，便也沒說什麼。

徐氏扶老夫人坐下後，吩咐人擺飯，卻見今日上菜的丫鬟們多出來一列，就像潺潺溪水旁鑿出了一道清渠，突兀極了。

仔細一看，那領頭的不是姜舒窈的大丫鬟嗎？

徐氏暗自想，倒挺像姜舒窈身邊的人，明明格格不入，卻又滿臉自在從容，真是讓人氣短。她將目光轉向姜舒窈，不解道：「弟妹，這是怎麼回事？」

老夫人也發現了，皺著眉看她。

姜舒窈似渾然不覺她們的不滿，笑嘻嘻道：「兒媳嘴笨手笨的，想盡孝心侍奉婆母，卻想做做不好，落個惹人嫌的下場……」

知道就好。只是這臉皮也忒厚了，這話說得還委屈上了？
這話讓老夫人同徐氏竟想到一塊兒了。
「……所以兒媳一琢磨，我平日裡愛鑽研些吃食，不如就為母親的早膳添些菜色。哪怕不合口味，吃個新鮮，每日不重樣也能讓心情愉悅一些。」
徐氏聽著「每日不重樣」就覺得心裡頭堵得慌，都說襄陽伯府富貴，沒承想這麼揮霍張揚，姜氏待字閨中時，竟連吃個早膳也每日不重樣嗎？
老夫人並不領情。「早膳有幾樣菜式，都是謝國公府沿襲了幾十年的定例，妳多增一道，便是鋪張浪費。」
姜舒窈招手讓白芍上前，對老夫人道：「不會的，今日準備的豆腐腦乃黃豆製成，純粹在手藝上取個巧思，價廉而味美。」
歷史上的豆腐腦在漢朝時就發明了，可這裡卻沒有。豆腐和豆腐腦最大的區別就是「點滷」的差異，而滷水的取材製作，又會決定出來的成品軟嫩與否。而豆腐腦和豆花也有細微區別，但差異不大。無論如何，兩者能在豐富的早餐類別中占有一席之地，自然能說明它們的魅力。
白芍恭恭敬敬給老夫人行禮，她的規矩學得比姜舒窈好太多，行禮、擺菜一整套動作足以稱得上賞心悅目。
她從餐盤上端出豆腐腦放於桌上，豆腐腦瞧著白嫩水滑，舀入碗中一整勺未打散，比豆腐稍嫩，比牛乳要實。

「一碗是鹹口的，一碗是甜口的，母親您嚐嚐哪種口味更合心意。」

老夫人不想嚐。一端來了我就吃，我有那麼容易被討好嗎？我差這口吃的？

但姜舒窈站在一旁，笑靨如花，宛若三月春日般燦爛明媚，老夫人還真拉不下臉使小孩子脾氣。而這笑又讓她心生疑惑，這個兒媳明明生得美豔大氣，為何從前從未聽過她的美名？說她豔俗可笑、醜態百出的倒不少。

她一邊想著，一邊應了聲「嗯」，不理會兩碗豆花，自顧自地用著清粥醬菜。

姜舒窈碰了壁，有些喪氣，這倒惦記起謝珣的好了，雖說他性子淡漠愛擺冷臉，但讓他吃什麼吃什麼，還吃得香、胃口大，真是個大優點。

現在殷勤也獻了，冷臉也看了，自己還沒吃早飯呢！再不吃豆腐腦就涼了。

她躬身道：「有大嫂侍奉，兒媳便不在這兒礙眼添堵了。還是希望母親能嚐嚐兒媳做的飯食，以前在家時兒媳的娘親便很喜歡這個，想著說不定也能合母親的心意……」

她謊話張口就來，毫無負擔，又是賣慘、又是表示親近之意，一套接一套的。老夫人見慣了打機鋒和明裡暗裡的算計，卻沒見過這種厚臉皮的親近。

姜舒窈離去後，老夫人坐在那兒反思自己是不是太過嚴苛刻薄了。她膝下有百般寵溺長大的嬌嬌女謝珮，最扛不住拿母女情說事了。

今天姜氏想必也是盡心想討好，她這麼刻意刁難，和那些惡婦有何區別？瞧姜氏走的時候腳步那般匆忙踉蹌，想必也是心下難受委屈吧……

甜鹹之爭，是現代幾大有名的戰爭之一。在吃這件事上，吃貨是絕不肯讓步的，因此甜鹹黨撕了好幾年也沒爭出個高下。

鹹豆腐腦，灑上蔥花、榨菜碎，淋上醬汁辣油，配上一根炸得酥脆蓬鬆、熱氣騰騰的油條，口感豐富，香氣喜人。而甜豆腐腦更容易吸引嗜甜的人群，軟嫩滾燙的豆腐腦淋上紅糖汁，用甘蔗做成，原料天然，味道醇香清甜。抿一口，入口即化，帶著清新的豆香味，既可以作為主食，又可當作甜品。

姜舒窈兩樣都做了，只看哪樣符合老夫人的口味。

老夫人吃著沒甚新意的早膳，雖然沒有仔細看過那兩碗豆腐腦，但知道這件事，總覺得心裡記掛著，一頓飯吃得極不自在。

徐氏站在旁邊伺候老夫人用膳，並不擔心有人發現她在偷看那碗豆腐腦——那白嫩嫩、顫巍巍的豆腐腦上淋的是紅糖吧？看著比豆腐更滑嫩，不知口感如何。

徐氏光是想想糖汁與比豆腐還嫩的豆腐腦的味道，就要咽口水了。

而且她作為一個多年侍奉婆母的孝順兒媳，自然看出了老夫人的不自在，但她也不會多嘴說什麼，更不會幫姜舒窈討好老夫人。

只是她眼神一直往甜豆腐腦上瞟，心想：涼了可就不好吃了吧？

兩人各自思量著，屋外突然急匆匆衝進來一人。

「娘！」謝珮人未到，聲先到。

衝進來發現老夫人還在用早膳，敷衍地行禮問安，笑嘻嘻地靠了過來。

老夫人一向寵她，見狀無奈道：「今日怎麼起得這麼早？」
「娘，您忘了嗎？今日我要和賀婉瑤她們出去打馬球。」
「妳呀妳。」老夫人戳戳她的腦門。「平日沒見妳不貪睡過。」
謝珮縮著腦袋躲過。「我就是來和您說一聲，我馬上出門了。」
「急什麼，用過早膳了沒？」老夫人一眼看穿謝珮是剛起，估摸著準備在路上用些糕點墊墊肚子就行了。
「沒呢……」謝珮不情願地回答道，她娘知道她沒用早膳肯定不會放人的。
果然，話音剛落老夫人便吩咐人擺飯。
謝珮急急忙忙的，哪有工夫等丫鬟們來回大廚房擺飯，瞧見桌上擺著的兩碗豆腐腦，道：「我就吃這個吧！這是什麼？以前還沒見過呢。」
徐氏和老夫人都愣住了，沒人回答。
謝珮見狀遲疑道：「這不能吃？」
老夫人神色尷尬，說道：「倒也不是。」
「那就成了。」謝珮在吃食上沒什麼講究，反正吃粥也得喝一碗，吃這個也是一碗，都一樣。
她隨手拿過鹹口的豆腐腦放在跟前，聞著味道新奇道：「這可是燉的豆腐？」
老夫人欲言又止。「差不多吧。」
謝珮舀了一勺豆腐腦放入口中，舌尖猛地被燙著了，下意識張開嘴想哈氣，又記著儀態，連忙閉上了。滾燙的豆腐腦極其嫩滑，還未咀嚼，便順著喉嚨滑下，一路燙到胃裡。

謝珮懵了，嘴裡還留著醬汁鹹香的回味，她卻感覺什麼也沒吃著。

一抬頭，見老夫人和徐氏又在看她，疑惑極了。今天她們是怎麼了，古古怪怪的。但她一向不喜歡動腦子，有什麼就問什麼。「這個……不是這麼吃的嗎？」

徐氏搖頭，突兀地問道：「味道如何？」

謝珮沒答話，又舀了一勺，吹了幾下才送入口中。

這下總算嚐出味道了，燙、嫩、滑，這是她的第一感覺。原來豆腐也可以做得這麼嫩，好像水似的，入口即化，不用咀嚼便能吞咽。而簡單的醬汁味並不會掩蓋原本的清爽豆香，既有滋味，又不會太鹹膩不適合清晨食用。

「好吃。」她點頭，拌了拌豆腐腦，三下五除二吃完，胃裡熱熱的，渾身都舒服了。明明方才不覺得餓，現在倒是吃得開胃了。

她吃完後擦擦嘴。「這是大廚房哪個廚娘做的？當賞。」

第九章

老夫人噎了一下。徐氏知道小姑子的脾氣，自然不想接口回答惹她不快。

於是，兩人都沈默了。

還是旁邊站著的嬤嬤見這麼沈默著下去不太行，站出來答道：「回四小姐的話，是三夫人做的。」

三夫人？誰？

謝珮眨眨眼，幾息後反應過來，聲音陡然變得尖銳。「是姜舒窈做的?!」

她整日忙著裁衣裳、打首飾、寫信給手帕之交等等，都快忘了這號人了。

老夫人並未斥責她沒規矩，居然直呼嫂子閨名，只是解釋。「這確實是妳嫂子送來的早膳。」心裡倒不太相信是姜舒窈親手做的。

「無事獻殷勤，非奸即盜。她送早膳來做什麼？大廚房是沒廚娘嗎？還是娘這兒稀罕她這碗吃的了，不就是豆腐嗎？」謝珮生出一股羞惱，自己居然吃了姜舒窈送來的早膳，還誇讚好吃，現在吃都吃了，也沒法吐出來，真是丟人。

她看著面前空空的小瓷碗，想多說幾句難聽的話也說不出口，嘴唇張張合合，猛地站起來，悶聲道：「我先走了，娘您慢慢用膳。」

她滿臉羞紅地跑了，留下徐氏和老夫人一臉尷尬。

這頓飯用得實在是不愉快，老夫人沒了胃口，揮手叫人撤菜。

徐氏也沒必要待在這兒了，行禮告退。

出了壽寧堂，徐氏看著撤菜的丫鬟遠去的背影，微微蹙眉。老夫人用過的飯菜自然都會進餿水桶，但那碗豆花估計會便宜大廚房的丫鬟了。

謝珣午膳是和同僚在東宮用的，一頓飯用得是心不在焉，吃口雞絲想著昨晚的雞翅，吃口米飯又想起昨晚的炸醬麵。

這些菜式口味實在清淡了些，且最精細的菜品還輪不到他們吃，是以還不如在家吃得好。

藺成吃完自己的，抬頭見謝珣還剩一大半，關切地問道：「伯淵，你可是有心事？」

謝珣回神，搖搖頭，放下筷子道：「只是胃口不佳罷了。」

藺成露出一臉心領神會的神情，同情地拍拍他的肩膀。

謝珣是同輩青年才俊的佼佼者，天子親點探花郎，文武雙全，清風高節，卑以自牧，當得一聲「博物君子」的美稱。郎豔獨絕，世無其二，京城的少年郎誰不奉他為楷模？

可這般郎君，卻娶了那樣的女子，真是……藺成以前見過姜舒窈，此女打扮怪異，舉止粗俗，全身上下沒有一點能配得上謝珣。

想到謝珣成親一月有餘，每日都要面對這樣的妻子，定是日日煎熬吧。

他提議道：「今日下值後，我們邀上友人去醉霄樓小酌幾杯，你看如何？」

謝珣挑眉，搖頭道：「改日吧，今日家中有事，我想早點回去。」今天姜氏說要同他一起用晚飯，咳……他既然應下了，就沒有讓別人枯等的道理。

藺成點頭，欲言又止，再次拍了拍謝珣肩膀。

謝珣被拍得莫名其妙，看著藺成離開，收回視線瞧了眼自己的肩膀，沒想通是怎麼回事。

下值後，謝珣與同僚道別，騎著馬往家趕。到了謝國公府門口，見天色還早，想了想，沒下馬，多蹓躂了幾圈才重新回到府門口。

下馬後，往後院走的速度也是慢悠悠的，走到一半，遇見了自己的大姪子謝曄。

「三叔，這麼早就用了晚膳，消食呢？」謝曄何時見過自己風度翩翩的三叔蹓躂過，大為新奇。

謝珣本就冷氣森森的臉更冷了幾分，瞟了謝曄一眼，恢復正常步速雍容閒雅地飄走了。

謝珣生氣了。不是跟謝曄生氣，而是跟自己。

他在心虛什麼？刻意什麼？自己這輩子做什麼事不是堂堂正正的，不就是比平日早回來了嗎？至於拖著時辰，生怕姜氏以為他饞她那口晚飯嗎？

到了聽竹院，謝珣已經反思好了，神態自然從容，剛跨入院子，就聞到一股濃濃的香味。

看，也沒回來多早嘛！晚膳已經備上了。

這股香味飄滿了整個院子，有那貪嘴的小丫鬟放下手裡的活計，跑到小廚房附近探頭探腦，見謝珣從院門那邊走來，嚇得一哄而散。

謝珣又開始不自在了，現在姜氏應該在小廚房，他是直接去東廂房等著，還是去小廚房看看她？

他站在院子中央思索。

院裡飄著濃濃的香味，小丫鬟們蹦蹦跳跳跑遠，廊下一個丫鬟也見不著了。夕陽西下，晚霞如薄紗，朦朧而絢麗，為屋簷、樹梢染上一層暖色。

想著以前冷清、井然有序的聽竹院，謝珣有些茫然。

原來成親後的日子便是這樣，落日餘暉，米飯羹湯，人間煙火氣。

姜舒窈從廚房出來，見謝珣枯站著，也沒多想，對他笑道：「回來得正好，剛剛出鍋。」說罷便徑直往東廂房走去。

她態度自然大方，謝珣也被影響了，大步跟上。

兩人面對面坐下，姜舒窈吃飯時不喜歡別人伺候，丫鬟們擺上盤後便退下了。

看著對面的謝珣坐得端端正正的，一副極其嚴肅的樣子，倒弄得姜舒窈有些緊張。吃飯的大忌，就是束手束腳啊！

她拿起桌邊擺著的瓷壺，微微斜傾，為謝珣斟了一杯酒。

見狀，謝珣驚訝道：「這是……酒？」他沒見過平日用飯還要喝酒的女人。

「當然。」姜舒窈提到這個，眼睛都笑成了月牙狀。「專門差人買的，我品過，味道還不錯，不知道你喜不喜歡。」

這裡釀酒、飲酒文化源遠流長，酒的種類繁多，比如花卉入酒和常作為飲料界一員的果酒，葡萄酒、棗酒、桑葚酒、柑橘酒、梅子酒、石榴酒、桃酒及梨酒等等，酒精濃度不高，味道清甜可口，尤適合女性飲用。

姜舒窈在聽到白芍數著這麼多品類的酒時，彷彿掉進了糧倉裡的老鼠，大手一揮，興奮地讓白芍每樣買一瓶回來。

謝珣看看她，又看看酒，微微訝異道：「妳喜歡喝酒？」

姜舒窈點頭。

謝珣愣了一瞬，倒也沒說什麼，端起酒杯抿了一口。他的手指白皙修長，骨節分明，端起碧玉酒杯的樣子格外養眼，姜舒窈忍不住把視線落到他的手上。

謝珣並未注意，問道：「這是梨酒？」

姜舒窈視線挪到他白皙骨感的手腕上，一心二用地點頭，回答道：「是的。」

謝珣的袖口寬大，抬手時寬袖微微垂落，露出一截雪白中衣袖口，他品酒的模樣實在是太過風雅俊逸，讓本意是想營造出路邊攤喝酒吃烤串氣氛的姜舒窈有些挫敗。

「清冷可愛，湛然甘美。」謝珣放下酒杯，臉上忽而綻放出笑意。「我還是第一次喝山梨酒呢。」

這還是姜舒窈第一次見他笑。

夕陽為他身上染上了一圈柔和的光暈，墨髮高束，面如冠玉，輕笑的時候身上那疏離孤傲的氣質瞬間散盡，暖意融融，濯濯如春月柳。

然後他臉上的笑意就僵住了。

「妳……為何這樣看著我？」謝珣咳一聲，被姜舒窈灼灼的視線看得有些慌張。

姜舒窈收回欣賞美人的視線，頗感可惜地默嘆一口氣。「沒事，吃飯吧。」

她揭開桌上擺著的大瓷盆上的蓋子，一股濃郁的鮮辣味瞬間鑽入謝珣的鼻腔。入目是一盆紅豔豔的大蝦，表皮用油炸過，色澤油亮，上面澆著浮著紅油的醬汁，熱氣滾滾，堆得滿滿一盆。

謝珣看著這一盆蝦，想著以前姜舒窈教他的啃蝦方法，有些頭疼，這麼多，吃起來太麻煩了。

謝珣剛想動筷，就見一隻白皙的手探向盆中，於是他舉著筷子，目瞪口呆。

姜舒窈三下五除二剝好蝦，扔入嘴裡，幸福地瞇了瞇眼。

接著吃完又馬不停蹄拿起蝦，才感覺到謝珣難以置信的目光，疑惑地轉向他。「你不吃？」

謝珣看看她的手，又看看蝦。「妳用手抓？」

姜舒窈理所當然地道：「用筷子多麻煩啊！這麼大一盆呢。」

她一邊說一邊剝蝦，剝完見謝珣還在盯著她，後知後覺反應過來，人家可能不太接受。

「你用筷子就行，嗯……我的手不髒的，飯前洗過了。」

謝珣見她神色尷尬，正想說他並非嫌棄，只是驚訝罷了，姜舒窈卻搶先截過話頭，快人快語道：「你不會是嫌麻煩吧？不然，叫個丫鬟來給你剝蝦？」
謝珣連忙道：「不是。」
話音剛落，姜舒窈突然傾身，將一隻剝好了的蝦遞到他面前。
她的動作太突然，謝珣完全沒有反應過來。
他低頭看著她的手，皓腕如雪，指如蔥白。接連的錯愕讓他有些愣怔，腦子木了一瞬，看著捏著蝦近在咫尺的手，下意識一低頭，用嘴接過蝦。
沈默，詭異的沈默。
姜舒窈預想中他會用筷子挾走蝦，或者直接嫌棄表示我不要，這樣保持風度、形象的行為才是他啊，用嘴接是怎麼回事？
謝珣也沒想到自己怎麼就低頭咬了蝦，等他意識到自己做了什麼時，腦中發出轟地一聲，熱意爬上耳根，迅速泛起一抹滴血似的殷紅。
謝珣一時有些慌亂，不知如何掩飾，只是還沒待姜舒窈發現他耳朵紅了，入口的蝦便品出味兒來了。一股刺激的辣味猛地從舌尖泛起，他沒做好準備，被這突如其來的辛辣嗆得他直咳。
他白皙的臉咳得通紅，弓著腰，連眼角都染上幾抹胭脂紅，看起來實在是痛苦。
「沒事吧？」姜舒窈問。
謝珣搖頭，猛喝一口果酒勉強緩解了辣意。
他臉上燒得火辣辣的，自己剛才的舉止實在是太丟人了，一時不知如何是好。

姜舒窈一點也不在意，畢竟吃辣這種事，有時候還會辣到眼淚、鼻涕一起流的，哪有什麼尷尬不尷尬的？這可是麻辣蝦呢。

她手上沒停，對謝珣道：「你還要吃嗎？」

謝珣故作鎮靜地點頭，自己可沒那麼脆弱講究。

「那我叫丫鬟來幫你剝蝦。」姜舒窈道。

她話音剛落，謝珣立刻打斷。「不用。」

像是要竭力證明什麼，飛快地伸手拿起一隻麻辣大蝦，生疏笨拙地開始剝蝦。

姜舒窈覺得他有些怪怪的，但她一向和謝珣不是一個世界的人，懶得多想，反正思路也對不上。

謝珣感覺姜舒窈落在他身上的目光收回了，頓時鬆了口氣。

他剝好了蝦，略帶遲疑，慢慢放入嘴中。

這下不像剛才心思飛去了別處，入口沒被嗆著，只覺得裹著湯汁的蝦極燙，燙得舌尖微疼。

濃郁的鮮辣味激活了所有的味蕾，鹹、辣、麻、香，所有的味道都是在襯托蝦的鮮味，不同於常見的清淡鮮味，這種鮮味是極豐富的，麻辣的醬汁濃稠如芡，芡包油。

咽下以後，舌尖還是麻酥酥的，口中留下鮮蝦特有的甘味。

他抬頭看向姜舒窈，她已經手腳麻利地剝了一大盤蝦殼了，辣得雙唇通紅，還用無名指和小指勉勉強強地勾起酒杯，十分不雅觀地一飲而盡。

謝珣見她吃得暢快，自己也跟著饞得慌，手上剝蝦的速度越來越快，油辣鮮香的滋味刺激得他額上生出薄薄一層汗。

真不知道姜氏是如何做出這般美味的蝦來的，醬汁滲透到了蝦肉中，蝦身柔嫩，肉質彈牙。而蝦的鮮味也融入到了醬汁中，連辣油也包裹著蝦的甜鮮味。

謝珣一口接一個，甚至生出用饅頭沾那帶著蝦鮮味的棕紅醬汁的想法，想必一定美味至極，哪怕只是個饅頭，也比晌午在東宮用的飯食好上太多。

兩人安安靜靜地吃蝦，四周除了剝蝦時的響動，就只剩屋外涼風拂動竹葉的響聲了。

姜舒窈吃得痛快極了，到最後吃到胃撐，嘴唇快要腫了的時候終於停下來了。

而謝珣上手快，剝蝦速度已經超過她這個老手了，兩人把那一大盆蝦消滅得乾乾淨淨，完全沒有貴女、君子應有的風姿。

姜舒窈叫人收了碗盤，和謝珣兩人用皂莢好好洗了幾遍手，才感覺手上的味道沒了。

謝珣一頓飯吃得是心滿意足，正準備回書房，卻被姜舒窈叫住。「你要喝藕粉嗎？」

「……還有？」

姜舒窈點頭，又回到餐桌前。「當然，總不能光吃蝦吧？藕粉也算是主食了，去去油，壓壓鹹味。」

謝珣不得不讚嘆姜舒窈於吃上可真擅長。

沖好的藕粉透明濃稠，晶瑩剔透，白中透著淡淡的紅色，入口香甜，軟滑微糯，不須費力咀嚼，清甜的藕粉便順著喉嚨滑下，留下悠長的回甘。一頓麻辣鹹香的葷菜後，食一碗清甜醇糯的藕粉，渾身舒坦，只覺得那股辛辣帶來的燥意在清甜中散得無影無蹤。

謝珣用了兩碗，才依依不捨地放下碗。

想到明日上值又要吃那些無滋無味的飯菜，頓覺頹然。

謝珣吃飽後便回房看書去了。

姜舒窈覺得兩人相處算不上夫妻，也算不上朋友，吃了幾頓她做的菜，勉勉強強算個飯搭子吧？至少關係不差。接著她算了算日子，頗為激動。後日便是休沐了，吃人嘴短，謝珣吃了她這幾頓，到時答應她個小要求總不過分吧？

她這頓吃得太飽，坐著不舒服，便跑廚房去準備明日的早餐，也算站著消食了。

她知道的早餐可多了，南北習慣大多不同，但也有美味到統一南北口味的食物，比如包子。

說到包子的種類，那可就列舉不完了。往包子店門前一瞧，牌子上密密麻麻寫著的種類足以讓人瞧得眼花繚亂，但姜舒窈最愛的還是小籠包。

製作小籠包，皮餡皆有講究。和麵、醒麵、揉麵，每一道工序都要講究。而肉餡要選用肥肉比例正好的豬腿肉，薑末、蔥花要剁得細碎，攪餡要往一個方向攪，這樣出來的肉餡才會口感完美。

而其中最為講究的是皮凍的製作。將豬皮捶打剁爛，加入調料醃製，再同柴火慢熬的雞湯一同熬製，冷卻之後便得到皮凍。切丁與肉餡攪拌在一起包，蒸出來的包子才有所謂的「湯汁」。

這便是精髓所在了，吃小籠包時，用筷子戳破那層薄薄的皮，或者直接送至口邊輕咬一口，滾燙鮮美的湯汁瞬間溢出，燙得舌尖微麻。食者不得不連連吹氣，再小心翼翼地吸走湯汁。

等姜舒窈做好餡料後，時辰已經不早了。

淨手熄火，走出廚房，正巧院子那頭的謝珣也推開了門。

院子裡靜悄悄的，月華如紗，灑在地上如夢似幻，讓庭中有一種安寧靜好的恬淡氛圍。

兩人看到對方，都有些意外。

謝珣率先打破尷尬，道：「這麼晚了，還在做吃食？」

姜舒窈點頭。「為明日早膳做準備。」

謝珣找不到話，點點頭，表示聽到了。

兩人又沈默地對看了一眼，姜舒窈沒什麼話說，便準備轉身回東廂房。

謝珣卻想到現在夜深，她大約沒看到剛才自己點頭的動作，或許以為他沒有回應，這樣太失禮了。

見她要走，一著急，稀裡糊塗說了一句。「辛苦了。」說完差點咬了自己舌頭。

姜舒窈側過身看他，微微睜眼，表情有些驚訝。

謝珣耳根紅了。

兩人離得遠，隔著偌大的院子說著莫名其妙的對話，這場景實在好笑。

姜舒窈被逗樂了，歪歪頭，笑道：「你才是辛苦了，這麼晚還在看書。」

謝珣聽出了她聲音中的笑意，還扶著門框的手下意識捏緊了木門。月色朦朧，謝珣看不清她的表情，卻能想像她清澈明眸微微彎起，眼中浮出笑意的模樣。

「不辛苦，咳……看書不辛苦的。」他也不知道自己為何變得如此口拙，尷尬地補充道：「興趣所在，倒也不覺得累。」

姜舒窈贊同道：「我也是喜歡做飯，所以不會覺得辛苦。」

謝珣不知為何對她這話產生了好奇。明明沒什麼好說的，他卻有一大堆問題想要問她，比如她為何喜歡做飯？待字閨中時也常常做飯嗎？

許多問題還沒問出口，姜舒窈便打斷了他的思緒。

「對了，明天我打算蒸小籠包，你要吃嗎？」

謝珣愣了一下，耳朵更紅了，點頭答道：「嗯。」

「我明日去大廚房蒸，到時候讓丫鬟給你送過來。」

「好。」

這下再無話說了，姜舒窈轉身回房。

留下謝珣一個人心思百轉地站在原地，回想剛才自己莫名其妙的表現尷尬不已，忽而抬頭怨念地看向皎潔的彎月。

都怪它，定是月色誤我。

第十章

第二天一早，姜舒窈又領著丫鬟們氣勢十足地往大廚房去了。

小籠包已經包好，只需要上鍋蒸就行了。

姜舒窈不必親自動手，交代了一番後便往壽寧堂趕去。

不一會兒，大廚房中，小籠包的香氣從籠屜裡漫了出來，待到揭開蓋子後，那晶瑩小巧的肉包直看得人垂涎欲滴。

想到三夫人居然給四個丫鬟們留了一屜，眾人無不羨慕。似乎跟著這位三夫人也沒什麼不好，雖然她不受寵，但人家在院裡過得悠然自在的，不比其餘兩位夫人差多少，重要的是，三夫人有錢啊。

姜舒窈來到壽寧堂時，徐氏竟破天荒地主動找她搭話。

經過昨天謝珮那一鬧，徐氏實在在意，問道：「弟妹今日可做了早膳？」

姜舒窈應是。

徐氏接著問：「還是昨日的豆腐腦？」

「當然不是。」姜舒窈微微一笑。「還是得變著花樣來做嘛，畢竟我是來討老夫人歡心的。」

徐氏聽罷臉皮微僵，心道：歡心沒討著，糟心倒不少。

她想起昨日的早膳，還在好奇甜豆腐腦的滋味，沒吃到的反而更讓人念念不忘了。

不久，丫鬟打簾，徐氏、周氏、姜舒窈三人進入堂屋，一齊行禮問安。

老夫人看到姜舒窈的身影，頗感頭疼地按按太陽穴。

這個兒媳，冷待她，她不在意；丟一邊不管她，自己又擔心。可自己又不是那等狠心的婆母，能使些惡毒手段搓揉她，這就拿她沒有辦法了。

算了。老夫人心想，突兀地開口免了姜舒窈以後的問安。

姜舒窈雖然不解，還是答應了。不用早起當然最好，討好老夫人也不差早上這一頓。

等到用早膳時，姜舒窈的大丫鬟又跟著過來，這次直接捧來了冒著熱氣的籠屜。

老夫人見狀便有些不屑。包子還能做出花兒不成？

事實證明，還真能。

揭開籠屜蓋子，白色的霧氣蒸騰，霧氣散開後，眾人便瞧見了那整整齊齊的小籠包們。個個玲瓏剔透，表皮晶瑩，以至於能夠隱隱約約看出裡頭的肉餡和晃悠的湯汁。

或許是免了隔日的問安，老夫人這次沒拒絕小籠包了。

「這小籠包裡有湯汁，母親小心燙。可以先用筷子戳破包子皮，等湯汁散散熱度再吃。」姜舒窈站在老夫人身側為她布菜。「不過最好還是放在嘴邊咬破皮吃起來才美味，湯汁鮮香滾燙，但要注意一小口、一小口吸才不會被燙著。」

她這番描述實在誘人，哪怕剛剛用過早膳的徐氏也聽得有些饞了。

老夫人依舊端著臉，動作優雅地挾起碗中的小籠包。

小籠包的皮極薄，挾起來軟軟的，卻韌性足夠不會破裂，裡頭包裹著的湯汁隨著垂下的包子一角晃悠，彷彿下一秒就要破開了。

老夫人記著姜舒窈的話，吃得小心。先咬開那層薄韌、半透明的包子皮，滾燙的湯汁流入口中，她被燙得一縮，反射性對著破口吹了吹，雖然不雅，可這下流入口裡的湯汁溫度便剛剛好了。

湯汁極其鮮嫩，吸完湯汁後老夫人的胃口被打開了，迫不及待地吞下整個包子。

包子捏得精美小巧，一口一個剛剛好。

鮮嫩多汁的肉餡、微彈軟嫩的薄皮，每嚼一口都是享受。

但小籠包的個頭太小，老夫人只覺得沒嚼幾下便吞下了，口中還殘留著滾燙的鮮味，饞蟲完全被勾起來了。

這小籠包不僅是新鮮，還十分美味。

老夫人一口氣吃了半屜小籠包才陡然回過神。

吃太快了，也吃太多了。

她不自在地放下筷子，喝了口粥掩飾尷尬。不過即使猶豫，她還是沒抵抗住美食的誘惑，把一屜小籠包吃得乾乾淨淨，往日常吃的醬菜一筷子沒動。

吃完後，她也沒臉繼續冷待姜舒窈，對姜舒窈笑道：「許久沒有吃過這麼稱心的早膳了，多虧了妳的一片孝心。」

姜舒窈打蛇隨棍上，討好道：「母親若是喜歡，那兒媳便常來為母親做早膳如何？」

老夫人怎麼可能同意？
一是她不想天天看見姜舒窈；二是兒媳偶爾為婆母做飯是盡孝心，但天天做便是婆母惡毒搓揉兒媳了。好好的小娘子嫁來府裡，可不是來做廚娘的，襄陽伯夫人和林貴妃行事沒什麼規矩，藉此鬧起來謝國公府可沒那個臉。
老夫人連忙拒絕，語氣溫和。「不用，妳有這個孝心便已足夠。」
徐氏聞言不由得多看了姜舒窈幾眼，這個弟妹還真會抓老夫人弱點，難道她不像表面上那般天真愚笨？

壽寧堂一片其樂融融，謝珣這邊卻不太好受。
姜舒窈提醒了老夫人吃小籠包要注意滾燙的湯汁，也提醒了自己的丫鬟們吃的時候小心，可唯獨就是忘了提醒謝珣。
清早起來他本就腹中饑餓，又見這小籠包小巧晶瑩，賣相極好，謝珣自然沒留心，一口塞進口裡……然後就遭了殃。
不過他雖然舌頭被燙紅一片，但還是堅強地把小籠包都消滅乾淨了，這就導致舌頭的燙傷更加嚴重了。
他在東宮辦事，一上午都沒敢碰茶水。到了晌午用飯時，更不想忍著痛吃那溫涼寡淡的飯菜，惹得藺成無比同情。
伯淵的胃口一天比一天差了，姜氏此女該是有多令人生厭啊？居然讓他愁得食不下咽。

他這般想著，胃口頓時沒了，跟著放下了筷子。
謝珣見狀，心裡頗為安慰。
藺成也吃不下這兒的飯，看來確實是這幾日飯菜做得不好，不是因為他挑嘴，這就好、這就好。
謝珣沒有用午飯，空著肚子辦事，忙得腳不沾地。
姜舒窈與他全然相反，中午吃飽了，下午閒著沒事幹，又開始琢磨小吃。
她從廚房角落裡拿出罈子，放在灶臺上。
丫鬟們這些時日跟在她身旁享受到了各式各樣的美食，見她又有新的點子，期待地看向罈子。然後就見到姜舒窈揭開蓋子，用筷子挾出了一塊黑灰色的豆腐乾。
丫鬟們不由得瞪大了眼，饞蟲瞬間沒了。
臭豆腐成功發酵，姜舒窈無比滿意。
臭豆腐，聞著臭、吃著香，味道霸道，隔著老遠就能聞著那臭香臭香的怪味，可謂街頭小吃的一霸。
要製作一份臭豆腐，首先是調醬汁。將曬乾了的香菇、蝦米碾成粉末用以提鮮，剁蒜切蔥放入碗中，加入茱萸油，適量的糖、醬油、鹽、水，攪拌均勻待用。
起鍋燒油，待油溫升高後，下入臭豆腐。
丫鬟們嚇了一跳，連忙阻止。「小姐，那豆腐是壞了的，可不能吃。」
「對呀，都發霉了。」

幾人嘰嘰喳喳，你一言、我一語地勸說。姜舒窈還沒來得及解釋，熱油一炸，臭豆腐的怪味隨即飄散出來，丫鬟們紛紛被臭啞了一瞬。

隨即，丫鬟們更加焦急地阻攔。「小姐，這、這味道這麼……不能吃啊！」

「太難聞了，小姐，您要琢磨新鮮吃食，也不能取這壞掉、餿掉的豆腐作食材啊。」

有丫鬟退後幾步，拿出手帕捂鼻子。「小姐，您快過來，別讓身上染上那味。」

姜舒窈能體諒丫鬟們厭惡的心理，但她這個臭豆腐狂熱者，光是聞味道就開始流口水了，怎麼可能被她們輕易阻止呢？

「相信我，這臭豆腐只是聞著臭，吃起來味道卻鮮香誘人。」

丫鬟自不可能任她「胡鬧」，主子若是吃壞了肚子，她們一個也逃不了罰。

「小姐，只聞這臭味就知道不好吃了，您千萬不要入口。」

「而且都餿了，您瞧這色，黑的！我還沒見過餿成這般的豆腐。」

「好啦好啦，妳們不喜歡這味就出去吧。」姜舒窈一心二用，一邊和丫鬟們說話，一邊挾出炸好了的臭豆腐放入碗中。

見她將豆腐一個接一個撈出來了，丫鬟們更著急了，但姜舒窈前身的「餘威尚在」，沒有丫鬟敢上去阻止她的動作。

臭豆腐的醬汁做法很多，口味紛雜。姜舒窈比較喜歡醬汁稍微勾芡的，不用太濃稠，只需剛好掛住芡，讓鮮香麻辣的熱湯充分包裹住臭豆腐即可。

她吩咐燒火丫鬟取柴燒小火，將醬汁倒入鍋中，加入澱粉，稍微熬一下，微稠的芡汁便做好了。

她迫不及待在炸好的臭豆腐上用筷子戳幾個小洞，澆上芡汁，熱湯順著小洞緩緩地浸透臭豆腐。最後撒上蔥花和芝麻，這臭豆腐就做成了。

姜舒窈咽下口水，端盤轉身，嚇得四個丫鬟齊齊後退。

「小姐！」白芍一張臉都要皺在一起了。「吃不得啊！」

姜舒窈沒想到她們會擔心成這樣，無奈地笑道：「當然吃得，這可是油炸過的。而且那不叫餿、不叫壞，是發酵，妳們平常吃的醬油不也要發酵嗎？」

白芍反駁道：「那怎麼能一樣呢？」但見姜舒窈成竹在胸的模樣，稍稍放下了心。

姜舒窈聞著臭豆腐的味道，饞得直咽口水，不待丫鬟們阻攔，挾起一塊放入口中。

咬開酥香的臭豆腐皮，滾燙的芡汁從臭豆腐裡溢出來，內裡鮮嫩的豆腐很好地保留著剛出鍋的熱氣，燙得姜舒窈眼淚都要出來了。她一邊哈氣，一邊痛快地嚼臭豆腐，香辣滾燙，每一口都帶著臭豆腐獨特的風味。

她辣油放得多，又燙又辣的臭豆腐吞咽入腹，熱度傳到胃裡，那叫一個爽。

見她吃得痛快，丫鬟們全都呆住了，不知如何是好。

姜舒窈不是那等吃獨食的人，自己過了嘴癮，也不會忘了別人。

「妳們吃嗎？」

丫鬟們連忙搖頭拒絕，又怕姜舒窈惱怒，頭也不敢抬。

「真的很好吃，信我！」

她正勸著，小廚房門口竄進來一個小團子，奶聲奶氣喊著。「什麼好吃？什麼好吃？」一眨眼，小團子就竄到了姜舒窈面前。

姜舒窈低頭看著謝昭，彷彿看見了以前在現代養的那隻哈士奇，一碰零食塑膠袋，牠就能飛快地衝過來。

只是謝昭跑得太快，到了跟前才聞著臭豆腐的味，連忙後退幾步，皺起臉仰著脖子看姜舒窈。「這是什麼？怎麼聞著怪怪的？」

幾個丫鬟痛心腹誹：這只是聞著怪嗎？明明是臭……

「這是臭豆腐，聞著怪，吃起來很香的。」姜舒窈不厭其煩地解釋道，見只有他一人，抬頭找尋謝曜的身影。

果然，雙胞胎一向形影不離。

謝曜扒在門框上，露出半個臉，遲疑著沒有邁進小廚房，一副「暗中觀察」的模樣。

姜舒窈哭笑不得，揉揉謝昭的腦袋。「這盤太辣了，我重新給你們做一盤。」

她動作麻利，熱油炸臭豆腐，重調醬汁，重複剛才的一套動作，很快熱氣騰騰的五香味臭豆腐就做好了。

謝昭正處於對於萬事萬物都好奇的皮猴階段，本來有些嫌棄臭豆腐的怪味，一見姜舒窈下鍋炸豆腐、熬芡汁，那嫌棄便被拋之腦後，只剩好奇。

姜舒窈彎下腰，把瓷盤遞給他，慫恿道：「嚐嚐？」

謝昭細細嗅了嗅，這豆腐乾初聞臭味撲鼻，可再聞又覺得很吸引人。他也不猶豫了，接過筷子挾起一塊臭豆腐送入口中。

「小心燙。」姜舒窈連忙提醒道。

丫鬟們看得心一揪，小姐本就在謝國公府沒什麼地位，若是做的吃食吃壞了大房小公子，這府裡還真沒人能護住她。

姜舒窈絲毫不知她們的憂慮，期待地看著謝昭。「怎麼樣？」

五香味的臭豆腐少了辣味，鮮味更突出，芡汁中裹著香菇、蝦米碾成的粉末，鮮香清淡，蒜泥帶著不刺激的辛辣，起一個提味的作用，完全不會掩蓋臭豆腐本身的醇香味，且這香味越嚼越醇厚，外酥裡嫩，美味至極。

「嗯……」謝昭燙得直哼哼，一邊哈氣一邊支吾不清地道：「好吃好吃。」

這動作和姜舒窈如出一轍，看得丫鬟們默然無語。

謝昭大口大口嚼著，還沒咽下，便迫不及待地想要挾第二塊。

白嫩的小胖臉一鼓一鼓的，像藏瓜子的倉鼠一般可愛。

姜舒窈心都化了，看他這捧場的模樣，不由感嘆道：「你可真像我的親弟。」

謝昭眨眨大眼睛，對姜舒窈憨憨一笑。

扒門框暗中觀察的謝曜抬起腿跨進來，慢吞吞地走過來，小聲道：「亂了輩分，不能是親弟！」

姜舒窈彎下腰，戳戳謝曜的小臉。「阿曜要吃嗎？」

謝曜糾結地捏捏袖口，看了眼旁邊毫無吃相的哥哥，又看了眼姜舒窈，不知道想了什麼，半晌小聲應道：「嗯。」

謝昭捧著盤子吃得歡快，吭哧吭哧的，惹得幾個丫鬟將他團團圍住照看，生怕他噎著了。

謝曜這邊就只剩姜舒窈了，姜舒窈蹲在他面前，捧著盤子，看著謝曜水汪汪的眼睛，母性大發，想要親手餵他。

謝曜雖然體弱，但徐氏沒有嬌慣過他，是以他已經很久沒被人餵過了。

他正想要說「我自己來就好」，姜舒窈已經挾起了臭豆腐送到他嘴邊。

「小心燙，先吹一下，小口吃。」

謝曜抿了抿嘴，還是咽下了那句話，在姜舒窈灼灼的視線下吹吹臭豆腐，輕輕咬下一口。他吃東西的模樣和謝昭有著天壤之別，極其斯文，倒有些像他的三叔。

他慢慢地咀嚼著，黑葡萄似的雙眼一亮，漸漸湧上驚喜。

姜舒窈咧著嘴看他，小團子長得漂亮，小小的表情變化都更激起人的照顧慾。

謝曜吞下這一小口，待嘴裡沒東西後才張口說：「確實很美味。」

謝珮怒氣衝衝地站在門口，聞著滿屋子的臭味，看著姜舒窈蹲在謝曜面前給他餵東西，氣得胸膛劇烈起伏。

她方才聽丫鬟說今日姜舒窈又往壽寧堂送早膳了，想起自己昨日在壽寧堂出的糗，越想越難堪，難堪又逐漸轉化成了羞惱，遂跑來找姜舒窈出氣了。

自從姜舒窈嫁過來後，她便憋著氣，但一直沒有放下那個身段來跟這種滿京城聞名的草包計較，如今見她在謝國公府過得滋潤自在，更是不痛快，趁著這股怒氣便衝過來找碴了。

「還吃嗎？」她見姜舒窈舉著筷子問。

接著，她見到謝曜點點頭，面前是一盤黑漆漆的東西，找麻煩的心思瞬間消失，只剩下滿腔的著急。

「姜舒窈！」

她一聲怒吼，姜舒窈手一抖，那黑東西掉回盤中。

她跑過來將謝曜一把拽開，生氣又焦急地對姜舒窈吼道：「什麼污的、臭的，妳也敢給阿曜吃?!」

姜舒窈看著面前焦急的小姑娘，有些無奈。臭豆腐也沒有那麼臭吧？如果是榴蓮她還能理解一二。

「這不是污的、臭的，只是聞起來有些怪而已，吃起來很香的。」她說道，把謝曜跟小貓進食一般啃了一小角的臭豆腐丟進嘴裡。「看，真的可以吃的。」

謝珮看著姜舒窈吃下那黑灰色的臭豆腐，像是她也跟著吃了一口似的，嘴裡都有臭味了，臉色很不好，質問道：「阿曜自幼體弱多病，入口的吃食哪一樣不是精細講究的？妳自己吃便罷了，怎麼能隨隨便便拿給阿曜吃呢？」

姜舒窈本來也不打算讓謝曜多吃，畢竟是油炸的，她也怕他胃負擔不了。

她解釋道：「我就是給他試試味，當個零嘴。」

她放下碗筷，面對謝珮「老母雞護子」的樣子覺得十分冤枉。「小孩子本就是貪嘴的年歲，他胃口差和平素吃食寡淡沒新意怕是多少有些關係。妳看他，平素喝牛乳只喝一、兩口就不想喝了，但我為他做的雙皮奶他卻是很喜歡。對了，蛋糕也能吃好幾塊。」

謝珮本以為她這番厲聲呵斥，姜舒窈必定會囁囁嚅嚅道歉，沒承想她居然慢條斯理地駁了回來，竟讓她一時找不到話。

「再說了，我是妳嫂子，妳對我大呼小叫的像什麼話？這就是妳們高門貴女所謂的禮儀規矩嗎？」

謝珮一哽，什麼叫「妳們高門貴女」？她自己不也是嗎？說的好像不屑與她們為伍似的。

「妳憑什麼算我嫂子？」謝珮說到這個就來氣。「全京城誰不知道我三哥出類拔萃、卓爾不群，配得上他的人寥寥無幾，妳根本挨不上邊。」

姜舒窈吃飽了，閒著沒事幹跟謝珮吵吵嘴也無所謂。她微微一笑。「憑什麼？就憑我嫁了妳哥，是妳哥明媒正娶的妻子。」

這話可戳中了謝珮的痛點，她氣得臉色鐵青，可是她在吵架方面極其缺乏實戰經驗，憋了半晌，只能痛心地說道：「三哥明明可以娶一個德才兼備、蕙質蘭心的妻子，與他情投意合結為秦晉之好，可偏偏妳橫插一腳，毀了他的婚事……」

第十一章

姜舒窈一聽，連忙打斷道：「他有心上人了？」

謝珮沒跟上這思路，剛醞釀出的痛心情緒被姜舒窈打散了，愣愣回答。「是還沒有。」

「那不就結了。妳哥若是有心上人，娶我是他愧對人家，心不堅、意不誠；妳哥若是沒有心上人，等他有了，那休了我不就是了？而我只能被休棄，世人只對棄婦指指點點、多有約束，卻不見誰非議再娶的公子哥兒，所以這門婚事，妳哥終究不吃虧，而我也會有報應的。」詭辯這一招，姜舒窈用起來得心應手。

謝珮被她繞昏了頭。「可是……可是……」

她剛剛理出個頭緒，就見姜舒窈背後一個圓滾滾的身影搖搖晃晃，伸出了白白胖胖的小手。定睛一看，竟是謝昭不知從哪兒冒出來，踮著腳準備偷吃姜舒窈隨手放在木桌上的臭豆腐。

「阿昭！」謝珮顧不上和姜舒窈爭辯了，喊道：「你怎麼回事？府裡頭是缺了你還是短了你的，你至於吃這種污臭難言的東西嗎？」

謝昭從姜舒窈背後探出腦袋，撇撇嘴道：「小姑，妳這是不辨是非。」

謝珮瞪圓了眼，指著自己的鼻尖，難以置信地問：「我不辨是非？」

謝昭點點頭，大道理說不上來，講理還是會的。他道：「妳根本就沒有弄明白三嬸做的吃食能不能吃、好不好吃，衝過來就指責她，這是不對的。」

謝珮被堵得說不出話來，又氣又心酸。「我這是為了誰好？」

謝昭年紀小，根本不懂什麼叫給人留面子，他直接道：「可是三嬸對我們很好啊！妳凶她做什麼？」

「謝昭！你怎麼胳膊肘往外拐！」謝珮被他的話氣得眼前發黑，深覺被背叛了。

姜舒窈嫌她聲音太大，順手捂住了謝昭的耳朵，嫌棄道：「小聲一點，這麼大聲，別嚇著孩子了。」

姜舒窈可真知道怎麼氣人。

謝珮被她這麼雲淡風輕的一手氣得胸口疼，從小看著長大的兩個小姪子才一個月餘就和姜舒窈親親熱熱的了，反倒是她像個外人，她跺腳道：「妳裝模作樣給誰看？假好心！」

剛說完，一直被謝珮摟著的謝曜突然動了一下，從她小臂下掙脫開，悶不吭聲地往姜舒窈那邊跑去，拽著姜舒窈衣袖看她。

謝珮看著兩個小姪子徹底倒戈，委屈極了，一時口不擇言。「你們兩個真是不知好歹！」

「誰不知好歹？」話音剛落，身後傳來冷冰冰的聲音。

謝珮太熟悉這聲音了，從小到大她最敬仰的是三哥，最怕的也是三哥。有時候她胡鬧了，謝珣光是面無表情地瞥她一眼，都能嚇得她直抖，更別說用這般語氣說話了。

她一下子熄了火氣，慌張地轉身看向謝珣。「三、三哥。」

謝珣簡單地掃了一眼屋內，大概猜出發生了什麼事。

他對謝珮道：「我竟不知道妳還有這般胡鬧的一面，母親教妳的規矩，妳都學進狗肚子裡去了嗎？」

語氣無波無瀾，聽上去倒是溫和，可謝珮最怕他這種語氣了。

「三哥……」謝珮的臉色變得青白，縮著脖子，捏緊手心，像是害怕極了的模樣。

姜舒窈手裡頭按著兩個小團子毛茸茸的腦袋，一點也沒有她是鬧劇主角的參與感，看戲似地往謝珣臉上掃了幾下。

嗯……熟悉的棺材臉，至於嚇成這樣嗎？

謝珣沒再看她了，說道：「以後別來這個院子了。」

謝珮聞言難以置信地看著他，又轉頭看了一眼姜舒窈，壓下眼淚，委屈到了極點，踉蹌地跑走了。

兩個小的見狀也跟著溜了，剩下姜舒窈站在原地，摸不著頭緒。

謝珣站在門口，往姜舒窈臉上飛快地看了一眼，見她低下頭，心裡有些複雜。

今天這事謝珮做得著實過分，她應該很委屈難受吧？當初她既然執意要嫁過來，想必自是明白會受人白眼和冷遇，為了他，值得嗎？或許她現在也後悔了？

他收回目光，害怕姜舒窈發現他在偷看，心裡百轉千迴，正想開口打破這沈默，就聽姜舒窈突然說道：「咦？我的臭豆腐呢？」

姜舒窈低頭瞧著木桌，總覺得不對勁，仔細一想，可不是少了一盤臭豆腐嗎？

「這小傢伙……」姜舒窈哭笑不得，油炸的東西吃多了總是不好的，謝昭也太饞嘴了吧？

但自己做的料理受人認可，她還是很開心的。

她見謝珣還背著手站在大廚房門口，頎長的身影快要被門外明豔日光融成一條線了，她開口招呼道：「今日下值這麼早啊，我做了臭豆腐，你要不要嚐嚐？」謝珣還是太瘦了，男人還是得壯一點才好看。

謝珣本來做好她撒潑或委屈哭鬧的準備了，忽聽她這麼問一句，愣了。

謝珮跑出去好一段，才猛地頓住。

她站在原地，怎麼也沒想明白自己怎麼就落得這麼難堪的地步。

她站在那兒發呆，也沒人敢叫她，直到端著盤子的謝昭出現。

「小姑。」他喊了一聲謝珮，手裡還挑著臭豆腐。

兩人一邊走一邊吃，弟弟一口，他一口。只是他那口有點大，一口下去就沒了。

謝珮看到這盤臭豆腐就想哭。

謝昭見她可憐兮兮的樣子，以為她也饞了，糾結一番，還是不情願地扒拉出一塊小的。

「小姑，妳吃嗎？」

謝珮下意識想張口說「我不吃」，卻見謝昭極其敷衍地問了之後，不等她回答就想把臭豆腐放回盤裡，她隨即改口，賭氣似的說：「我吃！」

謝昭迷惑地看著她，似乎沒搞懂她的善變，但還是走到她跟前。
謝珮蹲下身子，接過筷子，聞著臭豆腐的味道，猶豫幾番，鼓足勇氣往口裡一塞。
臭豆腐的芡汁極鮮味，帶著輕微的蒜泥辛辣味，甫一入口就讓她愣住了。
咬開焦脆外皮，內裡灌入的芡汁猛地在口中炸開，滾燙鮮香，外焦裡嫩，裡頭的豆腐鮮嫩多汁，細嚼之下慢慢能品出獨特的發酵後的醇香。
意料之外的味道，讓謝珮呆呆的想：原來那看上去噁心的東西，吃起來是這番滋味。
謝昭見謝珮半晌沒動，懷疑她還想再吃一塊，見盤子裡剩不多了，他悄悄地把手往後縮，喚了謝珮一聲。「小姑？」
謝珮回神看向謝昭，想起剛剛的種種，臉上因難堪逐漸轉成豬肝色。
她鬧那一通算什麼？
「啪嗒」，淚珠似斷了線的珠一般從謝珮的眼眶滾落地。
謝昭連連後退，正想開口問，被身後的謝曜扯住，示意他閉嘴。
謝珮越想越難堪，用力地用袖子抹掉淚水，卻止不住淚，乾脆把頭往手臂裡一埋，蹲在地上「哇」一聲哭出來。
謝珣記掛著剛才那事，有些不自在，晚飯吃得心不在焉。
姜舒窈沒管他，自己吃得痛快。吃完後，放下筷子，撐著腦袋看謝珣。
她的視線落在謝珣臉上，讓他感覺面上癢癢麻麻的，更加吃不下飯了。

他在心裡默默嘆了口氣，看來姜氏還是打算跟他談一談剛才那事。

他沒明白自己為何有些緊張，或許是姜氏嫁過來後安安分分的，與他相處也自在大方……總之，和他想像中兩人相看生厭成為怨偶的模樣完全不同，這般情形，他倒不知如何是好了。

他聽到姜舒窈的聲音響起。「明日休沐，你帶我出府一趟可好？」

謝珣腦子裡還在想事，聞言下意識回應道：「剛才——嗯？」

姜舒窈見他眉頭深鎖，眼睛一瞇。「你不願意？」

謝珣看向她，欲言又止。「妳就想說這個？」

「不然呢？」姜舒窈道：「你到底願不願意？」

「我的意思是……算了，妳想出府，我自然陪妳。」謝珣想要解釋，又發現解釋太多餘。

姜舒窈其實只是想讓他同她一道出門，做給老夫人看看就行了，並沒想讓他陪同，女人逛街有男人跟著多沒意思啊？但是既然他已經應下了，自己也懶得多嘴了，他要陪著就陪著吧。

謝珣走後，白芍立馬走過來，笑嘻嘻地對姜舒窈道：「小姐，看來姑爺還是很好說話的嘛。」

姜舒窈想著她和白芍的計劃，雖說是每天去煩了謝珣，他看上去也沒有嫌惡厭煩，做點吃的順道捎上他，難道就算討好嗎？也不算吧。不過……

姜舒窈聳聳肩。「當然了，他吃了我好幾頓飯，這點要求都不肯答應，他好意思嗎？」

白芍疑惑地問：「可是小姐也不是特地為姑爺做的飯……」每次姜舒窈做好吃的，她們幾個大丫鬟都有得吃，姑爺偶爾才吃上幾回，還真算不上特別的那個。

「那也是吃了。吃人嘴短，幾頓飯換一個小小的要求，剛剛好。」

「嗯嗯，小姐說得對。」白芍不管了，反正姜舒窈說什麼都沒錯。

不遠處的廊下，謝珣站定在拐角處，聞言垂下眸來。

他轉回來本意是想與姜舒窈談談今日謝珮的事，卻把主僕兩人的話一字不落地聽了。

他垂眸的樣子十分疏離冷峻，一身墨色玉錦圓領袍襯得他通身氣度非凡，英氣銳利，挺拔頎長的身影似淬過的冷劍。把廊下剪花的丫鬟嚇得動也不敢動，不知是該繼續幹活，還是悄悄溜走。

幸好，謝珣只稍頓了幾息，便俐落轉身，頭也沒回地大步離開了。

見他背影消失了，小丫鬟小聲說道：「三爺看上去好像很生氣。」

「還敢嚼主子舌根了？」一旁邊年紀稍大的丫鬟敲敲她的腦袋，但自己也沒忍住。「三爺向來都是冷著面的，我瞧他不像是生氣，倒像是……哎呀，反正不是生氣啦。」

謝珣跨出東院，本想回書房，但又覺得無心看書。

他很想找姜舒窈問：妳這幾日費心討好我，就是為了讓我陪妳出府？

不，她那根本就不算討好。他不是沒見過討好是什麼樣子。

謝珣說不上哪裡不對勁，怎麼都想不明白。

不對，他何必在意她的想法？反正他也沒想與她做一對相敬如賓的夫妻，更不可能做郎情妾意的愛侶，不管姜氏做何打算，他保持以往那般疏離就好。

第二日清早，姜舒窈早早起床做飯，準備出府遊玩，而謝珣在書房裡等著，久久沒有等到她讓人喚他過去用膳。

隔著一道月門，那邊熱鬧非凡，歡聲笑語，這邊冷冷清清，清粥小菜。

謝珣安靜地喝了幾口粥便把碗放下了。

他博覽群書，喜好詩文，卻未曾真正讀懂過關於兩情相悅的詩詞，對男女之情知之甚少，只是憑直覺認定姜舒窈不似他猜想那般一腔癡心，一時頗覺迷茫。

姜舒窈這邊和丫鬟們樂呵呵地吃著手抓餅，若不是提及今日出府遊玩的事，大家還想不起謝珣今日休沐，正在府裡待著。

但白芍作為陪嫁丫鬟是有任務在身的。無論是她娘還是襄陽伯夫人，都耳提面命讓她撮合姜舒窈夫妻兩人，看好不省心的小姐。她自然是無比認可襄陽伯夫人的想法。女人嫁人是二次投胎，後半輩子的榮辱喜樂全都繫在了丈夫身上。

所以她提議道：「姑爺今日在府裡呢，小姐不為他送早膳嗎？」

姜舒窈愣了一下。「不用了吧，他自小長在謝國公府，什麼精細的吃食沒用過？我給他送塊餅過去，人家不一定領情。」

「可是小姐做的餅能一樣嗎？」白芍道：「我還從沒見過這種新鮮的做法呢，再說了姑爺看上去也不像那種挑剔之人，哪一次他不是把碗裡的、盆裡的吃得乾乾淨淨的？」

嗯……這話說得露骨，謝珣聽到肯定會臊得臉紅。

不過作為投餵人，知道對方喜歡自己的手藝，姜舒窈還是很受用的。她被白芍的話逗樂了，道：「那妳就去給他說一聲，他願意過來就過來，不願意就算了。」

得了令，白芍跑到謝珣跟前傳話。

謝珣的貼身小廝見她過來傳話時手裡居然還拿著餅，差點沒呵斥出聲。哪怕是外院的灑掃丫鬟也沒有這般不懂規矩的，這丫鬟也忒狂妄了些。

他內心嗤笑，等著三爺將她訓斥一番，卻只聽一向重視規矩的三爺語氣平淡地道了聲「好」。

白芍行禮告退，留下小廝目瞪口呆。

即使白芍用袖口遮住了手，謝珣還是看到了袖口露出的那截油紙。

他心口悶得慌，彷彿一張宣紙上畫了一道道凌亂的墨跡，讓人看了無端煩躁。

姜舒窈嫁過來前謝國公府打探過她的為人，都說她刻薄跋扈，喜歡拿下人出氣，即使是別人的丫鬟，她也說打就打、說罵就罵，行事張揚，毫不顧忌。

可如今卻見到她對丫鬟這麼好，還沒輪著他，就已經賞賜了丫鬟……看來傳聞不可信，她雖在與男子相處上為人詬病，留有污名，但對待下人卻是十分寬和的。

謝珣完全沒發覺他在找理由安慰自己，這般一想，竟還有些寬慰，說不定以前關於她調戲才子、偷窺美男的傳聞也是假的呢？

他神清氣爽地站起來，腳步輕快地往東廂房走去。

跨進小院後發現姜舒窈並不在東廂房，謝珣便往小廚房去了。他已經習慣了姜舒窈沒事就鑽廚房的性子，不覺得有什麼不妥。

小丫鬟們還在嘰嘰喳喳說笑著，見謝珣進來，連忙收了笑，規規矩矩行禮避開。

姜舒窈見著謝珣也沒多大反應，自然地問道：「你還未用早膳？」

想著用過幾口的清粥小菜，謝珣不願說謊，生硬地扯開話題。「妳做了什麼？」

「手抓餅。」姜舒窈被帶跑了。「你要嗎？」

謝珣不自在地咳了咳，乖乖點頭。

姜舒窈便從所剩不多的餅皮裡挾出一張，放入鐵鍋中，小火慢炕。

謝珣很少看人下廚，見狀好奇問道：「做這個麻煩嗎？」

「還好，昨晚做的，刷好油放好，今天直接炕就好了。」古代的娛樂太少，從天黑到就寢還有好幾個時辰，她對看書一點興趣也沒有，所以就到廚房來做飯消磨時間。

謝珣站在一旁看她烙餅，忽然想到了那天早上她塞給自己的煎餅餜子，不禁希望以後上值時若他還能吃到就好了。想到每日在後巷拐角買燒餅的藺成，若是他見了自己天天拿著家中做的熱餅，定會羨慕不已。

他胡思亂想著，餅皮已經炕好了。姜舒窈往餅上刷上一層醬汁，放上生菜和煎過的里肌肉，拿油紙一捲，手抓餅便新鮮出爐了。

過程又快又簡單，但成就感十足，這就是做早餐的樂趣所在。

謝珣接過，也沒想起在廚房拿著餅吃多麼不規矩，滾燙的溫度隔著油紙傳入指尖時，他的胃口就莫名地被勾起了。

湊近了，手抓餅那股香而不膩的油酥味更濃郁了一些。

他一口咬下，手抓餅餅皮外層酥脆，內層柔軟，層層疊疊，蓬鬆而有嚼勁。

外層的油香和裡層的餅皮香味很好地結合，醬汁微鹹，開胃可口。這一口光咬到了餅皮，還沒吃著裡頭裹著的里肌肉和生菜，於是他剛剛咽下便又接著咬了一大口。

里肌肉醃製入味，表面煎得酥脆，裡頭的肉質鮮美多汁；生菜解膩，讓肉香和油香更加突出，細品之下還帶著清爽的回甘。

他吃得爽快，直到聽見自己的咀嚼聲，才意識到自己剛剛失態地咬了很大一口。

還未嚼細，他便匆忙地咽下以做掩飾。抬頭一看，姜舒窈竟同他一樣，咬了一大口，臉頰鼓鼓的，嚼起來都費力似的。

姜舒窈隨便嚼了嚼，便把嘴裡這口咽下，頓時哽得慌，連忙喝了口豆漿將其咽下。

放了糖的豆漿醇厚香濃，豆香味十足，喝上一大口滿足極了。

「啊～～」她舒服地一嘆，早餐還是要這麼吃才舒服。

姜舒窈見謝珣盯著她，也給他盛了一碗。

謝珣接過，就著豆漿三下五除二就吃完了手裡的手抓餅。

見他吃得香，姜舒窈把剩下兩張餅皮都給他做了，順道讓他把豆漿也喝光。

第十二章

謝珣第一次站在廚房裡用完了早餐。

姜舒窈投餵得開心，多餘的餅和豆漿全讓謝珣掃光了，半點沒浪費，除了謝珣吃得有些撐以外，這頓早餐算得上十分圓滿。

姜舒窈第一次出府，刻意收拾了一番，又讓白芍揣了厚厚一疊銀票，像出門郊遊的小學生般興奮。

謝珣在房外等她一同出府，久久不見人出來。大概也是人生第一回體會到了女人出門前的磨蹭，他背著手在廊下走來走去，快要等得不耐煩時，姜舒窈終於出來了。

謝珣將她打量了一番。

嗯……頭髮梳得精神了一點，穿得也同往常豔麗了幾分，除此之外似乎沒什麼不同。

「妳在屋裡收拾什麼收拾這麼久？」他看一眼逐漸升高的日頭，皺著眉頭問道。

姜舒窈詫異地看他一眼。「你沒瞧出我有什麼不同？」

謝珣茫然道：「妳怎麼了？」

精心打扮過後的姜舒窈繞開他自顧自走了，小聲嘟囔道：「……一定是我衣裳、首飾太少了，還有胭脂、口脂也不夠濃豔，不抬膚色，嗯，這些都得買一批新的。」

謝珣不懂姜舒窈的鬱悶，看著她遠去的背影一頭霧水，長腿一邁，幾步就跟上了她。

兩人出府後，謝珣騎馬，姜舒窈乘車。路上多是些高門大宅院，沒什麼看頭，一直到了街市入口才熱鬧起來。

姜舒窈跳下馬車，驚訝地看向古代繁華的街市。長街寬闊，高樓矮房密集地擠在一起，人聲鼎沸，茶坊、書肆、成衣鋪、胭脂水粉店……琳琅滿目，不一而足。

不跟謝珣打招呼，姜舒窈就扯著白芍往最近的首飾樓鑽。

謝珣無奈，翻身下馬，跟在她身後往人群中走。

正巧側面搖搖晃晃推來一排木板車，謝珣不得不被逼得退後一步，站在原地，對一溜煙竄走的姜舒窈喊道：「小心。」

姜舒窈反應及時，拉著白芍的手臂避過，兩人轉身之際，白芍不小心踩到了旁邊書生，身子一歪，把人家撞翻在地。

姜舒窈趕忙扶著白芍，正想問那書生有沒有事，卻見那書生抬頭看到白芍的臉，驚愕又惱怒地吼道：「是妳?!」

白芍剛剛張嘴準備道歉，聽到書生的吼聲，微微一愣，突然想起來什麼似的，扶他的動作立刻收回，表情嫌棄。「是你啊。」

那書生冷哼一聲，拍拍衣袍站起身來，視線忽然落到姜舒窈身上，眉頭緊蹙，仔仔細細地將她打量著。

姜舒窈被他的眼神盯得難受，退後半步，瞪著眼看他。

那書生沒有挪開視線，不可置信地問白芍。「這是妳家小姐？」

姜舒窈成親以後和以前的打扮有著天壤之別，再加上養了點肉回來，嬌豔了不少，與以前那副瘦如乾柴、敷粉塗面的滑稽模樣大不相同。

白芍雙手抱臂，斜斜地瞥了書生一眼，對姜舒窈道：「小姐，咱們走。」

姜舒窈一頭霧水，正要轉身，那書生卻幾步跑過來擋在她們跟前。「站住。」

白芍扠腰，厲聲道：「你想做甚？」

那書生並沒有回答她的問題，看著姜舒窈高梳的婦人髻，表情古怪。「妳嫁人了？」

白芍這才想起謝珣還跟在她們後邊，連忙轉身找謝珣的身影。她忙著心虛，沒顧上呵斥那書生，姜舒窈便成了和書生對峙的人。

姜舒窈感到莫名其妙。「你有事？」

「不知姜小姐如今嫁予何人？呵，妳夫君是為了權？還是為了錢？竟能容下妳這般女子做妻。」

這人長得倒是眉清目秀的，沒想到一開口如此刻薄。

白芍看到了站在她們身後幾步的謝珣，又聽到書生說這種話，頓時慌張，跺腳罵道：「你胡說八道什麼？」

「我胡說八道？」他想到這便怒意上頭。「姜小姐當日以詩戲我可是真？以錢辱我可有假？最後害得張某被趕出文社，前程被毀——」

白芍本想著謝珣在身後不遠處，她應該扯著小姐快快避過這人，但聽到書生的話一時氣血上頭，衝動地道：「呸！你自個兒沒才學、沒本事還能怪到我家小姐頭上了？真不要臉。」說完，扯著姜舒窈往前走。

那書生緊追不捨，撞開人群。「姜小姐，世上怎會有妳這樣不知廉恥的女人，妳那夫君可知妳曾經的行事做派？他是不知情呢？還是本就是個烏龜窩囊廢，跟妳結髮為妻不嫌臉面無光嗎？」

他這麼一說，路人漸漸止住腳步，隱隱有圍著他們看熱鬧的趨勢。

姜舒窈欲哭無淚，所以這是原主欠下的風流債嗎？她抬頭望天，原主妹妹啊！妳再怎麼也是個伯府嫡女，不至於這麼花癡吧？最後還因為花癡謝珣，把命都給丟了。

這邊白芍被書生的話氣得臉皮一陣青、一陣白的，若是平常她一定一腳踹過去撒潑開罵了，可是現在姑爺就跟在身後，聽到這些話可怎麼辦呀？

她不知如何是好，扯著小姐躲開顯得太過心虛，在這兒與他糾纏，讓姑爺看見了更是不好，急得額頭冒汗。

姜舒窈討厭被人圍觀，左閃右閃想要繞開，卻始終被那書生擋著，終於惱了，不耐煩地道：「這位公子，我看你是位讀書人，空口白牙地潑人髒水，損人聲譽，這就是你們的文人做派嗎？」

「呵，妳可是敢做不敢當？妳當初看上了張某的皮相後便糾纏不休，還贈予我金銀信物，以圖和我結交相識——」

「等等。」姜舒窈打斷他，盯著書生的臉瞧了幾眼。「看上你的皮相？」

書生聞言昂起首來，似乎對自己的外表很自信，想讓路人一看便知他沒有說謊。

說實話，這人長得還真不錯。眉清目秀，面皮白嫩，穿著寬大的長袍有種書生獨有的文弱感。可是對於看慣謝珣的姜舒窈來說，他這樣差遠了，不說長相，光是氣質謝珣就甩了他十條街。

她自不可能揹下原主留下的黑鍋，坦蕩道：「我不知你今日將我攔下百般羞辱有何目的，我自問坦蕩無愧，清清白白，你若是執意糾纏，那我便讓你看看什麼叫有權有錢。」

她本身就生得雍容華貴、嬌豔明媚，今日又刻意打扮過，穿金戴銀，富貴大氣，一番話說得氣勢壓人，周遭起著看戲心思的路人不免被嚇住，紛紛散開。

書生噎了一下，曾經的姜舒窈對他卑微體貼，砸錢送禮的，他隨意呵斥便是，她哪曾拿過身分壓人？

他氣勢弱了幾分。「我是舉人，官府上掛上號的，妳膽敢胡作非為。」說到這，又氣了起來。「若不是妳，我也不會失了顏面被逐出文社，今秋必會高中進士，入天子堂——」

「就憑你？朝廷還不至於如此瞎眼。」

書生一口氣沒壓住差點被嗆著。又是誰打斷他的話？怎麼這一個、兩個、三個的全愛打斷別人說話！懂不懂得尊敬別人！

謝珣終於穿過人群，來到了姜舒窈身旁。

姜舒窈聽到他的聲音，忍不住一抖。雖然以前那些胡鬧的事不是她做的，但是她還是有些心虛，更可況謝珣的語氣冷颼颼的……這是生氣了吧？

她僵在原地，古人思想保守，多有大男子主義，即使她只是個掛名妻子，估計也少有人能容忍這等事。

書生被嚇了一跳，抬頭看向謝珣。

謝珣身形挺拔，足足高了書生一個頭，往姜舒窈旁邊一站，長身玉立，面如冠玉，通身氣度懾人，讓書生不得不生起自慚形穢的心思。

書生連忙收回視線，那自慚形穢的心思底下又生出幾分嫉妒，看向謝珣身上穿著的做工精緻、價格不菲的袍角，心中一嗤。

「對，就憑我，我可是青雲先生門下弟子，當朝舉人，你又是誰？在這兒大放厥詞。」他生起一股底氣，他也曾與上層人接觸過，明白姜舒窈名聲有多臭，能和她混在一起的是什麼好貨色？無非又是個不學無術、腦中空空的富家子弟罷了。

謝珣語氣平淡。「承平二十七年探花，謝珣。」

書生都做好嘲諷他的準備了，突然聽到這句話，一時呆若木雞。

謝、謝珣？那個文采斐然的謝伯淵？自己昨晚睡前還在拜讀他的文章。

他不願相信，但看到謝珣那綽約風姿已信了八成，離開文社後他少了消息渠道，沒搞懂這天差地遠的兩人如何會湊在一塊兒。

他面色鐵青，腦中一片混亂，半晌只對姜舒窈說出一句「妳好自為之」後便匆忙離開。

姜舒窈沒想到這場鬧劇解決起來如此簡單，她偷偷看了謝珣一眼，見他神色冷若冰霜，一副不爽的模樣，心下發虛。

「那個……」她想解釋，謝珣卻抬步邁開了。

「妳不是要買首飾嗎，走吧。」語氣生硬冰冷，乍聽之下還以為他在責問自己。

姜舒窈見他幾步就走遠了，連忙跟上。

謝珣邁入銀樓，店裡客人一見他這要凍死人的模樣紛紛避開，他才意識到自己面色不佳，蹙起眉頭壓下心頭的煩躁。

姜氏這個女人果然如傳聞中荒唐。

那個書生三言兩語就抖出了過往，再瞧白芍慌張的模樣，他還有什麼不明白的？

謝珣看著姜舒窈跟著過來面帶苦惱的模樣，更來氣了。

就剛剛那人，看上去年歲比他癡長了一截還只是個舉人，相貌平平、舉止猥瑣，配上那副做派更是獐頭鼠目、面目可憎，這也能入她的眼？

他看著姜舒窈的身影，咬牙切齒地想，這種人也值得她贈詩、贈銀的另眼相看？真是、真是……眼光奇差！

姜舒窈偷瞄著謝珣的臉色，生怕他責難自己。

她暗自懊悔，誰能想到一出門就遇見原主糾纏過的男人呢？

謝珣胸口悶得慌。他本來就知道姜舒窈出嫁前做的荒唐事，既然娶了她就不會計較前事，再說了，家裡讓他娶她無非是想躲過皇后的賜婚，先應付罷了，畢竟賜婚要和離不容易……如今為此生氣實在不應當。

他在這邊生悶氣，姜舒窈也有些尷尬，但很快就被琳琅滿目的金飾吸引了目光。

光是陳列出來的首飾就讓她看得眼花繚亂，這些可是純手工的首飾，卻能做到這般精緻華麗，勾絲嵌珠，手藝紛繁複雜。

掌櫃的見她模樣就知她出身不凡，來到她身前客氣地問：「夫人可是有意添置些首飾？不如上二樓看看，本店的藏品都置於二樓。」

姜舒窈點頭答應，有錢的感覺真好。

掌櫃的引她上二樓，丫鬟自然跟在身後，謝珣頓了一下，也跟了上去。

二樓常人不能踏入，門外有護衛守著，推開門後入目便是幾套木櫃。

掌櫃的引姜舒窈坐下，用鑰匙打開其中一組木櫃，拿過來擺在桌上，為姜舒窈展示介紹。

謝珣在一旁站著無聊，想離開去茶館坐著等姜舒窈，還未開口，姜舒窈忽然站起身朝他走來。

屋內不同於一樓的熱鬧，安靜極了，腳踩在波斯毛毯上毫無聲響。

姜舒窈在他面前站定，謝珣一低頭，正對上她癡迷的眼神。

她皮膚白嫩無瑕，眉目若畫，離近了看謝珣才發現她今日掃了一層輕薄的霞色胭脂，輕暈至眼尾，襯得五官靈動嬌麗，眼波盈盈。

他心跳忽然慢了半拍。他還是第一次被姜氏這般看著，眼裡的癡戀驚豔毫不收斂。合該如此，她不惜以性命相脅也要嫁給他，怎麼可能不心悅他呢？

他這般想著，紅暈悄悄爬上後頸。

至於過往的是非，無非就是小女兒不懂事罷了，他有哪點比不上那些人的——

他還在胡思亂想中，姜舒窈一把推開了他。

然後繞過他，將剛才那癡迷的目光投向他身後的金麒麟鳳凰紋鑲珠頭面。

「掌櫃的，這套頭面我要了。」姜舒窈眼神黏在奢華精美的頭面上，驚喜地道。

一行人從銀樓走出，姜舒窈買到了心儀的珠釵、首飾，白芍也飽了眼福，各自臉上都透著輕快歡愉，唯獨謝珣臉上神色怪異。

姜舒窈正準備踏入布莊，謝珣忽然站定，強作雲淡風輕地對她道：「我去那家書肆尋一本書，妳有事差人叫我。」說罷落荒而逃。

姜舒窈看著他離開，未做多想，畢竟男人一向不喜歡逛街，尤其是逛首飾、衣裳。

她財大氣粗，揮金如土，一入布莊就開始買買買，價格不論，看上的就讓人包好，樂得掌櫃一直跟在她身後吹捧。

姜舒窈買夠了衣裳、首飾，便想著去香料鋪轉轉，看看有沒有什麼香料可以當佐料來做菜。才剛走到布莊門口，就被人叫住，她循聲望去，只見一位碧衫少女瞪圓了眼看她。

白芍看姜舒窈一副困惑的樣子，悄聲提醒。「這是陶家小姐，當日因姑爺的事小姐還與她爭吵過，您忘啦？」白芍說得委婉，當日可不是爭吵這麼簡單，兩人直接互扯頭髮打了起來。

姜舒窈無語，這出一趟門太不容易了，前腳遇著原主的爛桃花，後腳遇見謝珣的愛慕者，以後她還是安心在家宅著養膘吧。

姜舒窈對陶君玉點點頭，轉身要走，卻被陶君玉攔住。「等等！」

「妳……」情敵見面分外眼紅，陶君玉的目光掃向姜舒窈的芙蓉面上，更是憤恨。「妳不在家好好待著，出來做甚，還嫌謝郎沾上妳後惹來的非議不夠多嗎？還是……妳自覺嫁了謝郎便得意忘形，出來招搖過市了？」

姜舒窈不想和一個陌生人糾纏，不搭話，領著丫鬟往外走。

陶君玉看她這樣更是惱怒，橫跨一步擋在她面前，正想開口，被身後跟來的男子呵斥住。「小妹，不得無禮。」

男子沒看過姜舒窈，見自家小妹無禮糾纏，趕忙上前對姜舒窈道歉。「小妹嬌縱，望夫人見諒。」

陶君玉有些懼怕自家大哥，不敢讓他知道自己為謝珣爭風吃醋的事，收起那副跳腳模樣，委屈道：「大哥！」她視線掃到布莊娘子們一疋接一疋拿下布疋包好，憤怒道：「哪有這麼霸道的人？這布莊裡好看一點的布全讓她挑走了。」

陶公子對於姜舒窈的闊綽也很驚訝，但聽小妹如此抱怨，哭笑不得。「這與妳何關？又不是強買強賣，這家沒有合心意的，咱們換一家便是了。」

陶君玉不敢撒潑了，只是嘟嘴道：「不必了，今日本就是為大哥挑布裁衣。」說完又酸溜溜補充道：「有些人只顧著自己花枝招展，卻不見為自家夫君買上一疋，真是可笑，還當有幾個臭錢就了不起了呢。」

「小妹！」陶公子臉一黑，不敢置信自家小妹如此刻薄無禮，正想再次和姜舒窈道歉，卻聽姜舒窈忽然開口。

「哈，妳可提醒我了。」她轉身邁向懸掛著最昂貴的男式布疋的一面牆。「我確實是該為我夫君置辦些衣裳。」

她抬起手，衣袖滑落，露出墜著玉環的纖細皓腕，手指輕點。「這疋，這疋，這疋……還有這疋。」

似是隨手點了幾疋布，但陶君玉仔細一瞧，這幾疋都是做工略差一些的布。

呵，看來也不過如此。

她面上譏笑還未堆起來，卻聽到姜舒窈接著說：「除了這幾疋，其餘的我都要了。」

陶君玉臉皮猛地一僵，一時沒控制住神情，有些扭曲，滑稽極了。

掌櫃的也驚了，詫異地看向姜舒窈。

白芍見怪不怪。「還愣著幹麼，我們小姐的娘家可是林家，你認為連這點銀子也拿不出嗎？」天下最富有的皇商非林家莫屬，傳聞中富可敵國。

掌櫃的鬆了一口氣，告罪後連忙使人取下滿牆的布疋。

陶君玉傻眼了，對姜舒窈道：「妳、妳瘋魔了不成？」

姜舒窈呵呵一笑。「抱歉，看來陶小姐和陶公子只能另尋布莊了，或者你們也可以買我挑剩下的布疋。」

陶君玉被她這副財大氣粗的模樣氣得要命。「妳不就是有幾個臭錢嗎？囂張什麼？」

姜舒窈漫不經心地糾正道：「我不是有幾個臭錢，我是有一大堆臭錢。再說了，錢這種東西，臭不臭、俗不俗的不重要，好用就行。」

陶君玉被她堵得一噎，半晌道：「妳買這麼多怎麼能用得上？何苦為了擠兌我而鋪張浪費。」

「瞧妳說的，我哪是為了妳，我是為了我的夫君啊。為了討他歡心，花點錢算什麼？」姜舒窈演起癡情女子模樣毫不費力。「這些布用不上又如何，只要我樂意，給夫君拿來縫鞋面、做鞋底都可以，唯望夫君歡喜。」

眾人被她這一番話驚住了，紛紛啞然。

「咳……」本來聽說有人欺負姜舒窈，匆匆趕來的謝珣一踏入布莊便撞見這幕，被嗆得直咳嗽。

他壓下喉間的癢意，拚命故作鎮靜。

陶公子站在一旁看著姜舒窈嬌豔明媚的面容，心頭生起一股豔羨，不知這位女子的丈夫是誰，可真是娶了位好妻子。

他這麼想著，餘光突然瞥見謝珣，頗為驚喜。「謝公子。」

他一直欽慕謝珣的才華，想要結交卻沒機會，今日偶遇連忙上前攀談。

第十三章

姜舒窈聽了一愣，抬頭望去，才發現謝珣不知何時出現在了門口。

想到剛才說那番話，她尷尬得手腳不知如何擺放。

謝珣不認識陶公子，只對他點頭示意，隨後大步走到姜舒窈跟前，故作自然道：「挑好了便走吧。」

「哦。」姜舒窈乖乖點頭，見謝珣表情僵硬，心想他不會還在為書生的事生氣吧？或者是聽到了自己剛才那番花癡的話，覺得不舒服？

她暗自琢磨著，忽視了謝珣紅得快要滴血的耳根。

兩人一前一後出了布莊，姜舒窈怕又遇見熟人生事，沒敢再逛街了，打道回府。

她坐在馬車上，偷偷掀簾看謝珣，見他還是那副僵硬冷面的樣子，不由得喪氣。

好不容易和他關係和緩了一點，怎麼又惹他不喜了？雖然謝珣與她並無夫妻情分，但好歹是個不錯的飯友，何況她能在謝國公府活得逍遙自在，多少依仗了他的縱容。

也不知道給他做點好吃的，能不能把好感刷回來？唉！

她在這兒胡思亂想，卻不知謝珣騎在馬上，只恨春風不夠涼，吹不散他面上、心頭的熱意。

他抬頭看著天，總覺得變幻不定的白雲和姜舒窈如出一轍，捉摸不透，心思難懂。

謝珣回府後，沒待多久，便出府與友人吃酒，一直到天黑才回來。他心頭煩悶，多飲了一些，渾身都是酒氣。回到院中喚人打水沐浴，身上清爽了不少，酒氣也散了。

今日他只顧著喝酒，沒怎麼用食，現下方覺腹中空空。

晚春的夜裡還是有點涼意，身上的水氣遇著風，謝珣稍微清醒了些，卻仍是迷濛。他沒喚下人，自己拎著燈籠往院外走，想著若是現在大廚房還燜有羹湯，便取一碗墊墊肚子。

剛走到月洞門處，就撞見了姜舒窈。

如今謝珣頭髮鬆散地束著，周身一層薄薄的水氣，神態也不似往常那般端正死板，眼神柔和，像是剛睡醒的貓。

姜舒窈難得見他這般模樣，心頭那點尷尬被拋之腦後，笑道：「喝酒了？」

謝珣反應稍鈍，眨眨眼，慢半拍地點頭應「是」。

姜舒窈莫名地喜歡這樣帶點迷糊的他，心下柔軟，道：「可飲了醒酒湯？」

謝珣搖頭，似乎晃動起腦袋不太舒服，眉頭蹙起。「未曾。」

姜舒窈接過他手裡的燈籠。「我給你兌點蜂蜜水吧，喝了胃裡好受一點。」

說罷，引著謝珣到東廂房，自己去屋裡取了蜂蜜罐子，為謝珣兌了杯溫蜂蜜水。

燭光柔和，屋內一片靜謐，連個丫鬟都沒見著。謝珣接過蜂蜜水，小口飲著，胃裡舒服了不少，問道：「妳屋裡的丫鬟呢？」

「我就寢遲，她們熬不住。而且她們不像我，白日還要早起幹活，都是一群小丫頭，睡不夠對身子不好。」姜舒窈轉而問道：「你呢，怎麼連倒杯水的下人都沒有？」

謝珣喝完了蜂蜜水，放下杯子，道：「我喜靜，夜裡不想特地喚人來伺候。」

「這點咱們倒是挺像。」姜舒窈說完後，謝珣沒接話，屋裡陷入一片詭異的沈默。

謝珣喝完了蜂蜜水就在那兒坐著不動了，他垂著眸子，長而濃密的睫毛在眼下投下一片陰影，安安靜靜坐著倒顯得有些脆弱感。姜舒窈這才發現，他和小姪子謝曜有幾分相似。

她本想開口告訴他喝完就可以滾蛋了，見他這模樣又莫名其妙地猶豫了，隨口問：「剛才你是打算去哪兒？」

謝珣回神，比往常語速慢了不少，回道：「有些餓了，想去大廚房尋點吃的。」

「哦。」姜舒窈點頭，兩人又陷入沈默了。

謝珣回答完，這才覺得自己該走了，站起身來，拎起燈籠準備離開。

他穿著寬大的薄衫，背影看上去有些單薄，姜舒窈盯著他邁過門檻，忽然開口將他叫住。「大廚房現在應該沒吃的了，不如我為你做點清淡的？」反正她本就是打算去小廚房搞點宵夜，做一個人的也是做，做兩個人的也是做。

謝珣愣了一下，轉過身來看她，忽而綻放出一個頗為稚氣的笑容。「好啊。」他難得將情緒都放在臉上，這般看倒像是十七、八的少年郎了。

姜舒窈起身往小廚房去，謝珣安安靜靜地跟了上來，在旁邊給她拎著燈籠照光。

晚上做的餛飩還有不少，整齊地放在砧板上，看上去玲瓏可愛。姜舒窈晚上吃得不多，本打算下一小碗就好，剩下的留在明早當早餐，現在多了個謝珣，估計是保不住早餐了。

謝珣看到餛飩，澄澈的眼眸亮晶晶的。「這是何物？」

「餛飩。」姜舒窈答道，灶下的柴火未熄，輕輕一拉，火便燃了起來。她架上鍋，將骨頭湯燒開。

謝珣腦中尚存酒意，和平常寡言模樣判若兩人，話多了起來，問道：「妳很愛下廚嗎？」

姜舒窈無聊地等著湯開，答道：「對啊。我從小就喜歡搗鼓吃食，每次做飯都感覺內心平靜安寧，看到別人喜歡我做的飯菜，也會很開心。」

「大家閨秀講究十指不沾陽春水，妳倒是個另類。」

認真算起來，無論是原主還是自己都算不上閨秀，她說道：「下廚本就圖個開心，我享受下廚，也喜歡與別人分享我做的吃食，對方吃得歡喜，我也歡喜。人生在世，不就求個自在順心，樂意歡喜嗎？」

謝珣點點頭說：「妳手藝很好，沒人會不喜歡妳做的吃食的。」

姜舒窈聞言微微瞪大眼，沒想過謝珣還有這麼……嘴甜的一面。

看來不僅有點像小姪子謝曜，和嘴甜黏人的謝昭也有幾分像。

她問：「所以你也很喜歡嗎？」

謝珣毫不猶豫地答道：「當然。吃慣了妳做的飯菜，晌午在值房都不怎麼吃得下了。」

姜舒窈沒想到自己能得到這麼高的評價，問他原因，謝珣便開始抱怨東宮飯菜寡淡，菜冷羹涼，沒有新意……

姜舒窈聽得直笑，真好奇明天早上謝珣酒醒來是個什麼反應，估計恨不得鑽地洞裡去吧。

湯燒開了，她端起砧板，數著個數下餛飩。

謝珣見狀道：「都下入湯裡吧，我能吃完。」

「晚上吃多了不好，睡不著。」

謝珣掃了一眼餛飩，頗為委屈道：「不會吃撐的，勉強飽腹而已。」

好吧，想想他確實一向飯量大。

姜舒窈取了一個海碗，放入紫菜、蝦皮，舀入一勺熱湯，紫菜被泡發，瞬間散出鮮味。同樣的，為自己用小碗準備好一碗湯料。

待餛飩煮熟後，為自己的小碗舀了七、八個後，將剩下的一股腦地全給了謝珣。最後撒上蔥花，少量鹽和白胡椒粉，最後滴一、兩滴香油，鮮香滾燙的蝦肉餛飩便做好了。

謝珣搶先取了勺，放入兩人的碗裡，嗅著濃郁的鮮味，迫不及待地端起碗往東廂房走。

他人高腿長，在前面走得飛快，姜舒服窈小跑才能跟上，見他這模樣笑得不停抿唇。

謝珣放下碗，把小碗推到姜舒窈那端，捧著自己的大碗吹了吹氣，蒸騰的熱氣帶著鮮味撲在臉上，讓他渾身難受的酒意頓時被化解了不少。

湯底清澈，飄著蝦皮和紫菜，表面浮著淡淡的清油，有翠綠的香蔥點綴，看著就叫人食慾大開。

他舀起一顆餛飩，餛飩皮極薄，煮後晶瑩剔透，軟軟地包裹著內裡的餡料，隱隱可見嫩紅的肉餡。

姜舒窈在他對面坐下，看他期待地盯著碗裡，笑道：「開吃吧。」話沒說完，還打算提醒他小心燙，謝珣就已經將餛飩送入了口中。連帶著瓷勺裡滾燙的湯，一入口就燙得他面色一變，他習慣了規矩，緊閉著嘴不張開哈氣，直到忍過那陣痛才開始咀嚼。

餛飩餡料以肥瘦相間的豬肉塊和鮮蝦仁製成，肉餡沒有剁得很碎，保留了顆粒感，吃起來帶著輕微的韌勁。鮮蝦仁充分激發了肉餡的鮮味，皮薄餡嫩，湯清味美，除了一個鮮字，其他的形容都是多餘。

姜舒窈問道：「如何？」

謝珣點頭，無須多言，他的急切進食便給了回答。

一口兩顆，嚼起來鮮香的汁水在口中迸濺，越嚼越鮮，吞下去後口中鮮味久久不散。大口喝下清爽鮮美的湯底，胃裡暖融融的，謝珣因飲酒而揪扯難受的胃瞬間感受到了溫暖的熨貼。

他不說話，埋頭享受美食，吃得很快卻安安靜靜的，沒有發出什麼聲響。不過他如今的樣子，少了最開始的拘謹，樣子十分下飯。

姜舒窈一不注意，他碗裡就下去了一半。

剛剛還在擔心他吃撐，現在開始懷疑他夠不夠吃了。

看別人吃自己做的飯菜吃得爽快，姜舒窈心裡十分受用，胃口也跟著起來了，吃起餛飩也覺得比往常做得更鮮美了。

姜舒窈放下瓷勺，擦擦嘴，撐著腦袋看謝珣吃飯。長得好看，吃飯也香，這樣的人天天投餵也不錯。

她滿意地看著謝珣吃空碗裡的餛飩，連湯底也不放過，直把最後一口清湯喝完才意猶未盡地放下勺子。

難受的胃舒服了，身上也冒出薄薄一層汗，一天的勞累全在一碗熱騰騰的餛飩中消融。謝珣眉目舒展，真誠地誇讚道：「妳若不是生在伯府，怕是靠這門手藝也能發家致富。」

姜舒窈再一次被他逗笑了，調侃道：「你明天起來了，一定會很後悔。」

謝珣不太明白她的意思，不知道怎麼接話。

他的視線落入空空的碗中，感嘆道：「若是以後日日都能吃到就好了。」

「那倒不至於，吃多了總會膩的。」

「才不會。就算日日吃，吃膩了也比值房的飯菜好。」

看來對大鍋飯怨念頗深啊！

姜舒窈今晚看他十分順眼，再加上今日沾上了原主鬧出的糗事，而他卻沒有責問，對他有一絲絲愧疚，想了一下，便道：「我想想有什麼法子做點飯食，你帶去上值，晌午拿出來吃便好。」

尋常府衙倒方便，東宮畢竟在宮中，送飯是不可能的，只能帶飯。

謝珣聞言有些驚訝，旋即驚訝化作燦爛的笑意，笑出一排白牙，眼睛彎成月牙狀，臉頰上居然還有一對若隱若現的小梨渦。

他道：「如此便說定了，可不能賴帳！」

姜舒窈看他這樣傻乎乎的，莫名被戳中了笑點，捂著臉笑個不停。

謝珣又起遲了。昨晚喝了酒，晚上睡得香甜，早晨起床實在是困難。

他匆忙洗漱穿衣，毫無防備之下，記憶猛然甦醒，昨晚的點滴全數湧入腦海。

他本來還在手忙腳亂地穿著外袍，忽然渾身一定，似被人點了穴道一般，袖子還拎在手裡，就這麼僵住了身形。

知墨見他停住了，心下困惑，忙上前提醒道：「爺，上值要遲了——」

話沒說完，就看到了謝珣異常的模樣。

白皙的臉上染上了豔麗的紅暈，臉上發燙，連眸子裡都被這熱意氤氳起了霧氣。他的黑眸明亮而水潤，眉頭緊蹙，臉上神情變幻莫測，最後轉為了懊惱和羞意。

「爺？」

知墨再次喚了他一聲，謝珣回神，臉上冒著熱氣，更加慌亂了，衣衫不整就往外衝。

「爺，玉珮！」

「爺，腰帶還未繫好呢。」

「爺，領口！領口！」

謝珣在前面悶著腦袋衝，兩個小廝在後面追，忽見他身形一頓，極為靈敏地往旁邊一跑——然後鑽入了樹叢裡。

知硯和知墨目瞪口呆，懷疑自己還在作夢，這可是他們泰山崩於前而色不變的爺啊！怎麼可能做出鑽樹叢這種事情？

他們朝謝珣躲避的方向看去，便看到了嬌麗明豔的三夫人向這邊走來。

見兩人呆若木雞地愣在原地，姜舒窈難免困惑，問道：「你們爺呢？」

兩人一時不知如何答話。

知墨腦子稍鈍，下意識要抬手朝那堆樹叢指去。

知硯連忙一把按住他，僵硬地笑道：「回夫人的話，爺已經上值去了。」

姜舒窈歪頭問：「是嗎？我怎麼沒看見他，我還以為他沒起呢。」她小聲嘟囔道：「還說讓他帶飯呢，我都做好了。」

謝珣聽不見這邊的對話，見姜舒窈被他們絆住了，連忙往月洞門跑，打算乘機溜走。

知墨和知硯看著謝珣差一點就要邁過月洞門了，剛巧姜舒窈說完話轉身，這一下就逮了個正著。

「謝珣！」姜舒窈叫住他，拎著飯盒朝他走過去。

謝珣身形僵硬，手足無措地轉身，努力裝作偶遇的模樣。

「你從哪兒來啊？我剛才怎麼沒見著你。」姜舒窈順口問道。

謝珣不知如何扯謊，頭皮發麻，心頭暗暗發誓往後再也不多飲酒了。

幸虧姜舒窈並沒和他計較這個問題，轉而說道：「昨晚……」

謝珣最怕她提到這個，連忙截住話題。「昨晚的事，是我唐突了，妳忘了吧。」想到自己跟在她身後饞嘴，還撒嬌讓她為自己做飯帶去上值，就羞到無地自容。

姜舒窈聞言一愣，捂嘴笑起來。「唐突什麼？」這事怎麼和唐突兩字扯上關係的？

知硯聞言瞪大了眼睛，昨晚？唐突？再想到爺昨晚醉酒歸來……爺失了清白了！是怎麼回事，是爺酒後亂性還是夫人趁人之危？

他猛地咬住舌尖，胡思亂想著，忘了上前為謝珣解圍。

謝珣被姜舒窈笑得更羞了，臉快滴出血了。

姜舒窈收起笑，把飯盒塞他手裡。「昨晚時辰不早了，我也來不及多做準備，今天早上隨便做了點，你若是餓了便可以隨時吃點。只不過是涼的，飯盒不保溫，我還在想法子改善。」她說到這裡眼裡帶點得意，揚眉間神采飛揚。「估計今晚可以製出新的飯盒，明日你就可以帶熱菜熱飯去上值了。」

謝珣手裡捏著飯盒提手，只覺得燙得慌，手背上青筋若隱若現，怕不用力抓不住，又怕太用力捏壞了提手。

他沒想到姜舒窈這麼用心，心中有些愕然。見她神采奕奕的模樣，愕然又轉為慌亂，不敢細看，什麼也說不出來，只能乾巴巴地道：「多謝。」

「不客氣。」姜舒窈又笑起來。「你可說過說定了就不能賴帳的。」

謝珣臉又燒起來了，拚命罵自己快些鎮定，何至於此？太丟人了！

他想落荒而逃，腳卻牢牢地黏在地面上，動彈不得。

唯有遲鈍的知墨心裡著急，因為謝珣上值要遲了。

謝珣還在那定著，正正經經道：「辛苦妳了。」

「不會。」

「我一定會全部用完的。」

「嗯，倒也不必，吃多了撐。」

「……哦，是，嗯，對對。」

「爺！上值要遲了！」知墨受不了了。

知硯回過神，不禁捣臉想：風度翩翩、坐懷不亂的爺去哪兒了？沒眼看啊！

謝珣一驚，抬頭看天色，對姜舒窈道：「我先走了！」

話音未落便匆匆跑遠，跑了一半，又忍不住回頭看她。見她站在原地望他，連忙回身繼續跑遠，袍角飛揚，束髮晃動，身影消失在漸亮的晨光中。

第十四章

謝珣踩著點趕到了值房，將飯盒放在一旁後開始做事。他博學多才，師從致仕丞相，又曾外出遊歷求學，眾人皆以他為首，遇見了難事也會找他商議。

同僚闞映捧著一本帳本走過來，放在謝珣桌上，問道：「伯淵，你看這處是否有古怪？我與李復已盯了幾天了，總算——你怎麼了？」

謝珣回神，面上神情從容淡定，就當闞映以為他要胸有成竹地為他解惑時，只聽謝珣道：「你剛才說什麼？」

周圍迅速探出幾個腦袋，個個心道：謝伯淵也有神思恍惚的時候啊？

闞映先一步說出猜想，心下不安。「可是堤壩修築出了事？」

有人探頭。「或者是北面缺乾糧的事還未解決？」

「不對，應該是那群賊商又鬧事了。」

「或是太學那邊沒壓住？」

「怎麼可能？應該是……」

謝珣無奈地推開他們的腦袋，輕咳一聲。「不是，是我未用早膳，有些餓了。」

眾人無語，有人正準備收回瞧熱鬧的腦袋，薾成不知從哪兒跳出來，一拳打到謝珣肩膀上。「騙誰呢？誰不知道你謝伯淵，就算三天三夜不吃不喝，也不會露出這神思恍惚的模樣，快說！發生了何事？」

藺成想到昨晚謝珣「借酒澆愁」的模樣，心裡一痛，怕不是未用早膳，而是食不下咽吧！

「我沒騙你們，真是我餓了。」謝珣無語，推開藺成湊過來的身子。

他飛快地跑回自己的桌案，把糕點端到謝珣桌上。「吃點糕點墊墊肚子。」

謝珣早就吃膩了東宮值房的糕點，謝過藺成的好意。

他理理領口，微微抬起下巴，用一種雲淡風輕的口吻說道：「我從家中帶了飯食。」

藺成和謝珣打從穿開襠褲起就一塊兒玩耍了，十分了解謝珣，左瞧右瞧，總覺得他語氣怪怪的，但他未做多想，道：「沒想到你還帶了糕點，正好，我也餓了，快拿出來給我也吃幾塊。」

謝珣無視了他最後一句話，糾正道：「不是糕點。」

「不是糕點？那飯菜涼了可不好吃，我又不是沒試過帶飯食。」

謝珣也好奇姜舒窈為他帶了什麼，他起身，從身後拿起飯盒放在桌上。

眾人正支著耳朵聽這邊熱鬧呢，見他動作，目光全部落在他的飯盒上。

謝珣的心情一瞬間頗為微妙。他心下飛快轉過一番心思，神態自然，淡然地坐下。「沒什麼新奇的，你們快忙手頭的事吧。」

大多數人都被他哄住了，還剩幾個不挪步，站在他桌邊盯著他。

謝珣也不好意思趕人了，有些緊張，揭開手裡的飯盒蓋子。

飯盒最上面那一層整整齊齊擺著一層繽紛的食物，細看是紫菜包著飯和一些配料，每一列樣式不同，什錦紫菜包飯、蛋黃肉絲紫菜包飯、甜玉米肉鬆紫菜包飯，還有蟹柳紫菜包飯。

一眼望去，黃、綠、白、紫多色夾雜，顏色鮮豔，飯糰小巧圓潤，精緻新奇，讓人忍不住好奇它們的味道。

「這可是米飯？竟還能這樣做，溫的也會好吃嗎？」

「快看看下層放了什麼？」

謝珣的手放在下層，頓了一下，板著日常專用的棺材臉。「你們很閒嗎？還不回去做事？」

可惜沒人吃他這一套，若是往常他們可能就被糊弄走了，但是一群吃大鍋飯吃膩的人，今天看到這些新奇的吃食怎麼可能走開？

「快拉開，給我們瞧瞧。」

謝珣無法，只能當著他們面拉開下層。

一個瓷碗裡放著晶瑩剔透的涼粉，上面澆著醬汁和辣油，灑上蔥花，紅綠相間，一打開便隱隱有麻辣酸香的味道飄了出來。

還有一個小竹籃裡裝著椒鹽酥肉，外皮焦脆，色澤金黃，切成手指粗細的長條，上面撒著薄薄一層花椒粉，中間放著兩片翠綠的香葉，香氣外溢，有炸食的淡淡油香，卻沒有油膩的氣味。

「我還沒見過這些吃食，是何物做成的？」

「這炸食直接吃就可以了嗎？聞著都餓了，有多的筷子嗎？給我一副。」

「再等等就到飯點了，去膳房要份素羹來，想來配這些菜品正好。」

謝珣垂著眸，一副溫潤冷淡的模樣，不知道在想啥。

藺成生出感慨。「上次早晨上值遇見了你，我就饞你手上的餅子，沒想到如今還有更新奇的美食，你府上是從哪裡挖來的廚娘呢？」

沈默的謝珣突然抬頭，濃密的睫毛下黑眸閃著細碎璀璨的光芒，開口道：「不是廚娘做的。」

嘰嘰喳喳討論的眾人一愣。「那是？」

謝珣道：「是我的……咳，夫、夫人。」似是第一次說這個詞，極不習慣，生怕這纏綿親密的稱呼讓自己臉上染上羞意，被人取笑。

藺成見他依舊是那副冷臉的德行，但細細一看，卻看見他輕抿著嘴，嘴角若有似無地翹著，眼尾眉梢也染上了羞澀的笑意。

嘶——可怕！為什麼他在謝珣那張棺材臉上看出了他家那隻喜愛曬太陽，一高興了就翹鬍子的傻貓樣子。

謝珣拿起筷子，在眾人虎視眈眈之下，挾起一塊紫菜包飯。

晶瑩的白米被紫菜緊緊裹住，細嗅之下隱隱約約有香油的氣味，內裡包著黃瓜、蛋皮、蟹肉，顏色鮮豔，有股清新的味道。

謝珣將紫菜包飯放入口中，細細品嚐。

姜舒窈為了增加米飯的黏性，在大米中加入了少量的糯米，咀嚼起來彈牙有嚼勁。咬下一口，內裡摻雜的黃瓜、清新的蔬菜香味與蛋餅的醇香混合在一起，爽口又不寡淡。

謝珣臉上並未露出什麼表情，又挾了幾塊入口。紫菜海鮮味十足，與飯香味中和，鹹淡適宜，吃下去口感豐富卻不會膩味，幾塊下肚，口中只留下淡淡的餘味。

藺成見他慢條斯理地吃著，看得著急。「給我吃一塊試試。」

謝珣的眼神在紫菜包飯上迅速掃了一圈，見數量不少，便把筷子遞給了藺成。

藺成挑了塊沙拉醬多的，張大了嘴往裡塞。

「這白色的醬汁倒是新奇，倒不知是何物製成。」

謝珣答不上來，正想說什麼，藺成毫不客氣地又挾了一筷子沙拉醬少的，放入口中，這下紫菜包飯沒有被沙拉醬奪去風頭，原本清爽的米香味便瞬間將唇頰間填得滿滿的。

他一邊嚼一邊點頭，品評道：「做法應該還是挺簡單的，晚上回去我讓府裡的廚子們琢磨琢磨，明天我也帶飯來。」

謝珣糾正道：「難的本就不是技藝，難的是這巧思。」

藺成沒理他，轉而誇讚道：「不過這白色的醬汁可真是美味，吃起來風味極新鮮，甜甜酸酸的，那酸卻不像醋的酸味，尤其是吃罷以後，嘴裡還留下一股回味無窮的醇香味。」他在吃這方面也有些心得。「若是單拿出來，佐些其他食物吃也好。」

謝珣管他怎麼誇，面上八風吹不動，反正誇出一朵花來，藺成也在自己府裡吃不著。

藺成毫不知他所想，湊到他跟前來。「嘿嘿，伯淵你給我帶點醬來怎麼樣？」

謝珣躲開他。「那不成，讓我夫人給你做飯，像什麼話？」

藺成後知後覺品出來了點味道。咦？謝珣的夫人不是襄陽伯府那姜大小姐嗎？不對啊，若真如他口中所言，那他這段時日神思難安，食不下咽的，又是怎麼回事？

他安靜了，也不知道想出了怎樣一番愛恨情仇，臉色複雜地看了謝珣幾眼，乖乖回座位做事去了。

還剩兩、三個人沒走，謝珣大方地遞給他們筷子，一人嚐了幾塊，紛紛讚不絕口。

吃過癮了紫菜包飯，謝珣又打開飯盒第二層，拿出裝著小酥肉的小竹籃。小酥肉雖是用油炸過，但姜舒窈刻意吸過油，想讓他當零嘴，因此外皮仍保持著酥脆。

姜舒窈在第二層備了三雙筷子，似乎是怕用同一雙筷子吃菜影響味道，這就給了旁邊饞嘴的同僚們分享謝珣愛心便當的機會。

他們在旁邊站著，也不說話，只是安安靜靜、委屈兮兮地盯著，謝珣眉角跳動幾下，忍無可忍道：「你們拿上筷子，一起用吧。」

於是小酥肉便被一搶而光，咬開酥香微麻的脆皮，內裡的肉質鮮嫩多汁，嫩而有嚼勁，和裹著椒鹽的外皮一同咀嚼，越嚼越香。

酥肉的食材選用肥瘦相間的嫩肉，肥肉過少，炸出來會老，肥肉過多，炸出來又會太油。只有肥瘦剛剛好，炸過的酥肉才會香而不膩，油膘炸化，外皮裹上蛋液製作的麵衣時，也會帶著肥肉特有的油香味。

幾人一口一個，嚼得響，酥脆可口，鹹裡透麻，那股椒麻味和肉鮮味讓人忍不住吃上了癮。

「若是每日上值時桌旁放著這等零嘴，政事也不枯燥了呢。」

「正是，正是。」

幾個厚臉皮的把謝珣的零嘴一掃而空，但並沒有得寸進尺地把筷子伸到謝珣的涼粉上。謝珣把飯盒老老實實收好，放在椅子下面看牢，等著中午用膳時再拿出來佐羹吃。

他心裡默默鬆了一口氣，幸虧他們沒動那碗涼粉，想他第一次吃到姜舒窈製作的辣油時，直把自己吃撐了還不想停，這些饞嘴的傢伙，萬不可能停住。

更何況今日的辣油似乎更為精細美味一些，他光是聞到那股酸辣的味道就能想像有多美妙。

他一邊處理事務，一邊計劃著晌午可以同藺成分享一些自己剩下的吃食。嗯，但是不能多吃，嚐嚐味道就夠了，他自己還不夠吃呢。

日暮時分，詹事府的官員們陸陸續續地邁出宮門。

藺成一邊撐著懶腰一邊追上謝珣，想和他同路回家。

這些時日謝珣總是早早地往家趕，藺成也習以為常，上馬後便下意識往家那邊走，沒想到謝珣走出了長街，往集市那邊去了。

藺成自是調轉馬頭麻利跟上，見謝珣翻身下馬往書肆林立的那條街走去，心下一喜。這才是他認識的謝伯淵嘛！

他蹦蹦跳跳地跟上，道：「伯淵，咱們好久沒來這條街淘書啦。」

謝珣點頭。「但這裡的書，終究比不上藏書閣裡的書。」

「那是，不過有些殘本倒是少見。」

兩人有的沒的地瞎聊，謝珣領著藺成先踏入最常去的書肆，翻了一圈，沒看上，轉而進去下一家。

一家挨一家，謝珣找得認真，可都沒有滿意的。

藺成生出好奇。「伯淵可是有想要尋的類目？」

謝珣手下不停，一目十行。「是，可我沒看過這種書籍。」

最後在街尾一家小書肆，謝珣終於在角落裡找到了幾本無人問津的書籍。

藺成以為是什麼奇書，探腦袋一看，只見封皮上寫著三個大字——《風月錄》。

謝珣臉色不變，彷彿手中拿的是什麼古籍一般，淡定地付了銀子，提著一大捆才子佳人的話本出了書肆。

藺成內心震動。老天爺！到底發生了何事？讓伯淵都開始看這種雜書來慰藉自己了。

謝珣買著了話本，心想以後便可以讀此書解惑了，腳步輕快地往外走。

傍晚正是熱鬧的時候，謝珣在人群中穿梭，餘光看到旁邊賣冰糖葫蘆的，猶豫了一番，抬腳朝對方走去。

賣冰糖葫蘆的正準備收攤，忽然見一個錦衣公子朝自己走來，頓時有些緊張，生怕自己怎麼了惹得貴人不快。

沒承想貴人也不問價錢，直接道：「給我來一根……兩根這個吧。」

小販連忙堆起笑，為謝珣取下兩根冰糖葫蘆。

藺成迷迷糊糊的，有種多年好友被鬼怪附身的錯覺。

謝珣上了馬，將一串雜書往馬身上一掛，手中舉著兩根冰糖葫蘆，輕夾馬腹，悠哉悠哉地往家中行去。

夕陽灑在謝珣身上，為他勾勒出了一圈朦朧溫暖的光圈，讓他挺拔的背脊也透出了幾分懶散。藺成看著他身下駿馬上掛著的飯盒和雜書，再看他風度翩翩地舉著糖葫蘆，眼皮直跳。

雖然他從小到大都希望謝伯淵身上能沾點人氣，但也不是這種沾法啊。

謝珣回到府裡，下人們一擁而上為他牽馬提書，而他卻逕自舉著糖葫蘆，在下人們驚訝的目光中穿堂過院。

姜舒窈每日在屋中宅著，閒了便做些吃食，懶了便在院裡曬曬太陽。

前一陣子徐氏把兩個小姪子管得緊，如今似乎是鬆懈了，他們便時不時偷偷溜到她院子裡，不過徐氏執掌中饋，哪能不知？想來是睜一隻眼、閉一隻眼罷了。

姜舒窈每每見著兩個小傢伙就極為歡喜，今日他們一來，她就興沖沖地衝到廚房為他們做蛋塔吃。

餅皮製作費了些工夫，等到蛋塔出爐時，已到了黃昏時分。

滿院子都飄著香甜奶味，謝昭饞得在麵包窯前直打轉，等到蛋塔烤好，姜舒窈往外拿時，恨不得立刻張嘴等投餵。但剛出爐的蛋塔很燙，她沒直接給他，而是細細端詳蛋塔是否成功。

只見餅皮層層疊疊膨脹開來，內層的蛋漿凝固，嫩黃軟香，有幾個鼓起的小泡被烤出了棕黃的色澤，看上去極為誘人。

謝昭饞了，好話直往外冒。「三嬸，妳真厲害，聞著好香，我可以吃一塊嗎？」

在古代沒有錫箔紙，姜舒窈選擇用牛皮紙代替，所以烤窯的溫度便燒低了些，多烤了一會兒。

她嚐了一口，覺得口感還是差了些，外皮沒那麼鬆脆，內裡也不夠嫩。

謝昭眼巴巴地看著她吃，口水都要滴了出來，生怕她不給自己吃，扯著她的裙角撒嬌。「三嬸，三嬸，給我吃一口好不好？就一口！」

姜舒窈見他這樣不由得發笑。「本來就是為你們做的。」

她把烤盤放在桌上，拿起一個蛋塔遞給謝昭。「小心燙。」

謝昭迫不及待地接過，姜舒窈又給了謝曜一個，謝曜小聲地道謝後，方才接過。

謝昭可是全程觀摩姜舒窈做蛋塔的，過程很是繁複，總覺得費了這般工夫，又用了新奇的烤法的蛋塔是什麼不得了的吃食，吃起來都斯文許多。

他先咬了一小口，咬下了外層的酥皮，層層疊疊，鬆脆到牙齒一碰就碎，帶著絲絲甜味，嚼起來又帶著輕淡甜蜜的油香。

光是酥皮就這般美味，謝昭幸福地瞇起眼睛，再咬了一口。

這次咬到了內餡，剛出爐的蛋塔內餡極為燙口，但也因為這溫度讓內裡更加軟嫩香甜，濃郁醇厚的奶香味在口中化開，水潤軟彈，甜而不膩。

謝昭小口小口品完了剩下的蛋塔，唇齒留香，舌尖似乎還殘留著內餡醇厚水嫩的味道。

他吃完了，謝曜才吃了一半，似乎也捨不得狼吞虎嚥，只想細細品味。

謝昭對著姜舒窈傻笑，水靈靈的大眼睛眨個不停。「三嬸，嘿嘿嘿，再給我一個吧。」

姜舒窈點點他的鼻頭，調笑道：「剛才那麼嘴甜，現在好話說完了？」

謝昭搖頭：「當然不是，三嬸最好了，嗯……生得好看，說話也好聽，手藝也極好。」

姜舒窈失笑，拿起一個遞給他。

謝昭得了好，不忘多拍幾下馬屁。「對我們也好，對下人也和藹可親，三叔娶了妳真是天大的福氣。」

平素裡安靜乖巧的謝曜突然張嘴，小聲地說道：「三嬸蕙質蘭心，花顏月貌。」

謝昭驚了，姜舒窈也愣了。

謝曜伸出雙手做出捧狀，抿著嘴看姜舒窈，好似在說：我的呢？

姜舒窈要被這對寶貝小姪子融化了，揉揉謝曜的腦袋，遞給他蛋塔。

謝昭感覺到了競爭，十分不服氣。「三嬸天生麗質，傾國傾城。」

謝曜一邊啃著蛋塔，一邊接上。「遠山芙蓉，燕妒鶯慚。」

謝珣踏入院中便聽到了孩童稚氣的嗓音，仔細一聽，發覺這話裡內容有些奇怪。

他朝姜舒窈屋那邊走去，就見到樹下搖椅上，姜舒窈笑靨如花，面前兩個姪子好話不要錢似的往外蹦，還全都是誇讚她容顏的詞句。

尤其是謝昭，扯著她的袖子，恨不得下一刻抱住她的小臂一般，極為親暱。

真麼看著如此扎眼呢？

謝珣走過去，打斷他們。「謝昭，你在幹麼？」

謝昭嚇了一跳，但看到謝珣手裡拿著的冰糖葫蘆，又乖乖地、甜甜地叫了聲「三叔」。

「咳，平日裡學的君子之風都去哪兒了？規矩禮儀全忘了？」謝珣一板一眼地教訓道。

謝昭還是有點怕他的，微微縮頭，不敢看他了。

這院子裡不怕謝珣的唯有姜舒窈一人，偏偏她還看不慣謝珣這副對小孩嚴格冷淡的樣子，依舊毫無坐姿的半倚在搖椅上，出聲道：「至於嗎？」

謝珣看向她。「妳也是……」

「我是什麼？」有著曾經的前科，姜舒窈以為謝珣是藉著訓斥小姪子來訓斥她，陰陽怪氣挑她規矩，便毫不留情地駁了回去。「我沒規矩？」

謝珣愣住了，只可惜面上不顯，依舊是棺材臉。

姜舒窈一看，以為自己說對了，心裡哼一聲，轉而對謝昭道：「瞧你三叔，吃醋了。」

第十五章

轟——謝珣腦子裡一聲巨響，心下波濤洶湧。

她她她她說什麼，我吃醋了？我怎麼可能吃醋？我吃誰的醋？她為什麼知道我在吃醋？不對不對，我沒有吃醋！

他心潮起伏，差點拿不住糖葫蘆，姜舒窈卻慢條斯理地接著道：「你們只誇我，不誇你三叔，他不樂意了。來來來，說說你們三叔是什麼？」

謝昭反應靈敏，姜舒窈說什麼他都信，聞言立刻接道：「我知道、我知道！三叔是沈魚落雁，閉月羞花，傾國傾城的絕世大美人！」

謝珣呆了。

他還未轉過腦筋來，又聽到那個自小寡言安靜、有禮規矩的小姪子謝曜難得沒有似往常一般聲若蚊蠅，而是小心翼翼但頗為流暢地接道：「三叔是花容月貌，國色天香，麗質天成的大美人。」

姜舒窈也傻眼了，她可真沒想到這兩個小傢伙這樣接話，待她反應過來後，差點沒從搖椅上笑得滾到地上。

她笑得花枝亂顫，謝珣面色逐漸轉紅，被她笑得泛出羞惱之意，咬牙道：「姜舒窈！」

姜舒窈勉強收住笑，上下打量了謝珣一番。「雖然你們這樣說也沒有錯……但是還是不要這樣誇男人，得說三叔丰神俊美，風姿無雙。」
謝珣已經不知作何反應了，羞也不是、惱也不是，耳根越來越紅。
偏偏謝昭還沒有眼力見，盯著謝珣手上的糖葫蘆，開口問：「三叔，你這是給我們買的嗎？」
謝曜聞言，也抬頭好奇地看著他。
當然不是！謝珣回府前哪知道他們會來自己院裡。
他眼神瞥向姜舒窈，見她毫無反應，賭氣似的把糖葫蘆遞給謝昭、謝曜，裝作默認。
謝昭還沒有吃過外頭賣的吃食，開心地接過，向謝珣道謝。
姜舒窈看著糖衣剔透，山楂飽滿鮮豔的糖葫蘆感嘆道：「我倒是好久沒吃過糖葫蘆了。」
謝昭聞言立刻遞給姜舒窈糖葫蘆。「三嬸嚐嚐？」
姜舒窈也不客氣，咬下頂端那顆，嘎嘎地嚼起來。
謝珣看著他們親親熱熱、毫不疏離的模樣，心裡忽然冒起泛著酸意的泡泡，一戳破，溢出滿腔的委屈。
他轉身走回書房，院裡的熱鬧還在繼續。
到了書房後，謝珣把剛買的那沓話本拿出來，一本本翻閱。
可偏偏裡頭開章便是才子佳人一見鍾情，繼而兩心相悅互訴衷腸，怎麼鍾的情，為何鍾的情卻是語焉不詳。

他煩悶地快速翻過所有的話本，最後也沒找到答案，真是恨不得把那些寫書的秀才抓過來按著重寫一本。

他走到銅盆前淨手，看著水面上倒映出的自己的影子，隱約有些什麼想法。

才子鍾情佳人，是因為她美貌如花，那姜舒窈鍾情他呢？

他彎下腰，仔仔細細地打量水中的倒影。

他一直不怎麼在意自己的面貌。當年高中探花打馬過長街時，擲向他的香囊、錦帕都要將他淹沒了，而狀元、榜眼似乎沒什麼人扔花，當時他只嫌煩躁，怎麼全扔他身上來了，如今細想，會不會是因為他生得確實比別人好看一些？

對自身美貌沒有明確認知的謝珣陷入了困惑，連晚飯都忘了，姜舒窈聽下人回稟他書房房門緊閉，以為他生氣了，也沒管他。

等到謝珣發現過了飯點，姜舒窈那邊都已經用完了晚膳。他這才發覺腹中饑餓，連忙喚人去大廚房看看可還有剩下的飯菜，最後小廝只帶回來一碗肉羹和一碟小菜。

這顯然是不夠他吃的，知墨問道：「爺，可要喚大廚房再做點？」

謝珣擺擺手。「罷了。」打算等會兒吃些糕點墊墊肚子。

但夜晚食些糕點終究是不夠飽腹，謝珣沒過一會兒又餓了。

他出了書房，正想喚人去大廚房讓廚娘做點吃食，忽然聞見一股濃濃的滷香味。

謝珣順著香氣摸到小廚房，發現小廚房沒人，只是灶上架著一口鍋在燜煮，當下十分失望。聞著這濃郁鮮香的滷味，他肚子叫了兩聲，餓到等不及讓下人來回大廚房取膳，也沒敢去動那口鍋，自己快步朝大廚房的方向去了。

姜舒窈今晚熬燉滷味，覺得自己身上、頭髮絲上全是那股味道，換了件衣裳後，在府中慢慢蹓躂散味。

她嫁入謝國公府後，除了去大房、大廚房和壽寧堂外，基本沒有去過其他地方，偌大的國公府只走過一角。

今晚夜風清爽，皎月清亮，她心情不錯，沒讓人領路，自己踏著月華在府裡瞎逛。

國公府不愧是傳承百年的公侯之家，府裡院落布置講究，通道寬闊，宅院古樸雅致，府裡既有華貴大氣的山石長廊，也有娟秀風雅的水池綠柳。

她隨意地走動，竟尋到了一片小竹林。

她沒敢進去，打算往來的路原路返回，卻走錯了方向，繞到了小竹林旁的曲水亭處。亭中有兩人對坐而弈，身著寬袍，一派風流。仔細一瞧原來是謝珣的大哥謝理和二哥謝琅。

姜舒窈沒帶丫鬟，大晚上的在府裡瞎蹓躂，此時見他們目光投過來有點尷尬，遠遠見禮後就打算溜走。

謝理卻將她叫住了。「三弟妹，妳的丫鬟呢？」

姜舒窈頓住，解釋道：「我本來只想在院子旁轉轉，沒忍住就走遠了……」

謝理放下手中的棋子，嚴厲地道：「這裡不是襄陽伯府，行事不可再像閨中那般任性，在後院轉轉就行了，不要到外院轉。」

姜舒窈挨了一頓訓，悶不吭聲走了。

走到一半，又覺得憋屈。別的不說，就算要訓責，也是老夫人的事吧？怎麼連謝珣他大哥也摻和了一腳。雖說謝理大了他們一輪，長兄如父，但也沒必要對她如此嚴苛吧，好好說不行嗎？

她越想越憋悶，什麼叫不在襄陽伯府，合著她嫁到這邊來，連後院也不能出了嗎？整日悶在自己院裡，再宅的人也得悶出病來吧。

就算是在謝家人面前氣短的原主也不能受這氣，更可況性子一向直去直來的姜舒窈。

她沒走多遠又風風火火地調頭。

謝理剛剛為自己倒了一杯酒，正欲舉杯，便看到姜舒窈面色不佳地跑了回來。

他放下酒杯，皺眉道：「果真如傳聞中所言，行事跳脫啊。」

對面的謝琅還未搭話，姜舒窈已先一步開口。「大哥剛剛所言不妥，我雖不是謝家女兒，但我既然嫁了過來，便是謝珣的妻，三房的夫人，難道我連在府中自由行走的資格都沒有嗎？」

謝理多年浸淫官場，雖然隨了謝家人的好相貌長相俊美，但給人的感覺更多是嚴肅古板，威嚴赫赫，在他面前行事下意識會放輕動作，生怕被他挑出什麼毛病。

他聞言皺眉，看上去更是嚴苛凜然了些。

「我知道我嫁過來之前名聲不好，但嫁過來後我沒惹過麻煩，也未曾冒犯過長輩，乖覺地縮在房裡——」

她氣勢洶洶地辯駁，說到此處，忽然被一聲溫潤中透著無奈的聲音打斷。

「弟妹。」謝琅沒忍住笑意。「妳誤會了。」

上次新婦敬茶是姜舒窈第一次也是唯一一次見著謝珣的兩位兄長，作為弟媳，她自是不敢抬頭細看他們長什麼模樣，只記得兩人威嚴的官服袍角。

現在月色皎潔明亮，姜舒窈總算看清了他們的長相。

兩人皆和謝珣模樣相似，只是大哥謝理更為威嚴，眉間有一道常日皺眉留下的淺紋。二哥謝琅卻與之完全相反，脫下官服換上寬袍，不像個侯府老爺，更像個縱情山水喜愛遊歷的騷人墨客。

他舉止風流倜儻，聲音溫潤有磁性，對姜舒窈道：「妳對謝國公府不甚熟悉，若是誤入無人偏僻之處，碰著心懷歹意的下人怎麼辦？」

姜舒窈微愣。

謝琅又道：「不過我們府裡對待下人管束嚴苛，且都是家生子，這等惡事想必不會發生。只是剛才我與大哥才在此處與吳王飲酒議事，吳王好色，行事無禮，雖不至於讓弟妹在我們眼皮子下吃虧，但若被他看上了，也會膈應不是？」

姜舒窈被他溫柔有禮的語氣臊得臉皮發紅，原來不是他們對她有偏見，而是她自以為他們對她有偏見，還因此生出事端。

她扯著袖角，語氣頓時軟了，羞愧難當。「抱歉，是我誤會了，剛才出言無禮，望大

「二哥、二哥見諒。」

謝琅看她低著頭臉皮發燙的模樣，笑著搖頭。「這模樣與老三那個木頭性子倒是天差地別。」

這副長輩態度讓姜舒窈更羞了，再次道歉。「是弟媳剛剛莽撞了。」

「行了。」謝理出聲，瞥了眼謝琅，示意他別欺負人家小姑娘了，對姜舒窈道：「三弟妹，妳喚個丫鬟領路，莫要迷路了。」

他的語調依舊氣勢威嚴，但姜舒窈現下已知他不是訓責的意思，紅著臉應是。

她越想越丟人，轉身往聽竹院方向走，路上正巧碰著個丫鬟，便讓她領路帶自己回去。

回到院裡，謝珣也剛巧從大廚房回來，兩人在院門口碰見，謝珣見她神色奇怪，出聲問道：「妳剛才去哪兒了？」

姜舒窈還在想事，他突然出聲喚她，她慢了半拍才回答。「剛才我去外面轉了會兒。」

「哦。」謝珣點頭，正在努力找話時，姜舒窈一拍腦袋，匆匆往小廚房走去。

謝珣見狀好奇地跟上。

小廚房灶下粗柴已燃盡，只留下餘溫慢慢地燜著滷味，姜舒窈打開鍋蓋，濃郁鮮香的滷味瞬間撲鼻而來。

滷味最重要的就是滷水的調製，最基本的蔥薑蒜，還有糖、八角、桂皮、香葉、白蔻、陳皮等等常見的香料是必不可少的，缺了的乾辣椒用茱萸油代替。

此外，姜舒窈讓白芍去藥房抓了藥，甘草、草果、胡椒、紫雲、沈香、當歸、白果等等，用細紗布包裹住，放入鍋底，慢熬慢燉。

她拿起大鐵勺，撈出滷好的肉類放於碗中，濃郁的滷香味讓謝珣瞬間後悔剛才跑去大廚房加了頓餐。

再看這碗中的滷味，色澤棗紅，味道鮮香醇厚，表皮掛著一層暗紅的滷汁，透亮誘人。

謝珣看了一下碗中的食材，疑惑道：「這是何物？」

時人肉食以牛羊為貴，非老死或病死的牛不得宰殺，所以姜舒窈並沒有滷製牛肉，而是選擇了鴨、豬等肉葷。

「滷味。這個是鴨翅、鴨脖……還有這個是剁成小塊的豬蹄。」姜舒窈一一為他介紹。

前面聽著還勉強能夠理解，姜舒窈一說出「豬蹄」二字，謝珣頓時錯愕地看著她。

雖然高門貴族也會食用豬肉，但並非是主流。食材更多地會選擇海鮮、河鮮、鳥類以及家禽，或許是因為豬肉生長環境髒污，又或許是未閹割過的豬吃起來腥臭味重，飯桌上很少見到豬肉，即使有，也是肉片而已，像姜舒窈這般吃豬蹄的可是聞所未聞。

謝珣瞧著剁成塊狀的豬蹄，隱約可以勾勒出豬蹄原本的形狀，壓下剛才蠢蠢欲動的饞蟲。

在現代，豬蹄賣得很貴的好不好。

「我都是仔細處理過的，一點也不髒，而且真的很美味。」姜舒窈解釋道，不過她說完自己也猶豫了。「估計大哥、二哥也不能接受吧。」

謝珣耳根動了動，嗯？大哥、二哥？誰？

姜舒窈挾出豬蹄，把其餘的滷味擺好，再澆上一層滷油，喚丫鬟給謝理他們送過去。

「就說是我賠罪的，若是不嫌棄，大哥和二哥可以用來下酒。」

丫鬟應是，恭恭敬敬地走了。

謝珣左思右想也沒想到姜舒窈和自家兩個哥哥有什麼交集，便問：「妳為何要給他們送吃食？」

「不都說了是為了賠禮道歉嗎？」姜舒窈沒打算細說，把鍋蓋蓋上，轉身出了小廚房。

謝珣半晌反應過來，他還沒嚐過呢！怎麼就走了？若是大家都沒吃到也就算了，大哥、二哥怎麼還獨得一份呢？

他鬱悶地跟了上去，大致有了猜想。「妳剛才出去轉的時候碰見他們了？」

姜舒窈點頭。

「他倆又在亭子裡下棋？」

姜舒窈好奇道：「你怎麼知道？」

當然知道，那兩個臭棋簍子，一年到頭都坐那兒下棋，棋藝卻不見提高半分！

謝珣回房後，靜不下心看書，一邊想著剛才鮮香的滷味，一邊又想著大哥、二哥吃著是什麼味道，喜不喜歡。

最後，他乾脆起身往竹林那邊去了。

他知道兩個大哥的性子，一個老古板重規矩，一個喜好附庸風雅，說不定不喜歡吃新奇的吃食，白費了姜氏一番心意，那他就去把碗端回來，自己解決乾淨。

謝珣剛出門，姜舒窈送的滷味已經擺到了曲水亭的石桌上。

謝琅提起寬大的袖口，放下碧玉棋子，猶豫道：「這……看上去倒是不錯。」

謝理表示贊同，說出的話和他板正的語調完全不符合。「聞著滋味也不錯。聽說三弟妹慣愛鼓搗美食，上次她往大房送的糕點，我也有幸嚐了一塊，那細嫩香甜的味道我到現在還記著呢。」

謝琅飲下一口清酒，忽然伸手拿起筷子。「那我便試試。」

他不拘小節，並不在意盤裡的鴨翅、鴨脖等物。不過仍保守地先挾起一塊藕片，還未放入口中，便能嗅到一股濃郁的滷香味。

藕片還是溫的，放入口中後，香味瞬間溢滿唇頰間。這還是他第一次吃到味道如此濃郁豐富的食物，滷藕的辣味激發了味覺，讓鮮味更濃，麻味更重，明明是素菜，卻有股葷腥的香味，風味複雜，卻品不出是染上了哪類葷腥的味道。

藕片清脆，悠長的滷香越嚼越濃郁，偏偏藕片自身還有回甘，口味更加豐富了不說，也抵消了他第一次吃辣帶來的刺激感。

謝琅咽下滷藕，不發一言，仰頭往口裡倒下一杯清酒。微苦的涼酒順著喉管流入腹中，謝琅不由得舒服地嘆了口氣，太爽了。

謝理還等著他品評呢，見他飲完酒又準備動筷，而且還是朝著盤中最大的那根鴨翅下筷，連忙也拿起筷子。

自己的弟弟自己明白，謝理曾嚐過蛋糕，對姜舒窈的廚藝十分認可，當下也不猶豫了。

謝琅挾起鴨翅，艱難地開始啃食，鴨肉燜燉得嫩滑，保留了肉質本身的彈性，一口下去鮮香四溢，豐富的大料和藥材讓鴨肉不留腥味，只餘肉香。滷汁入味，內裡也鹹香麻辣，謝琅恨不得將骨頭上的鴨肉全部啃乾淨。

偏偏鴨翅用筷子挾著不太好啃，等他啃乾淨半截後，對面的謝理已經啃了一個鴨脖，吃掉兩塊藕片了。這下謝琅顧不得儀態了，袖子一撈，速度飛快，大口大口啃起來。

等到謝珣趕到曲水亭時，只見到往日那兩個頗重儀態的哥哥正神色猙獰地啃鴨骨頭，注重外貌的二哥居然嘴角還掛著滷汁。

而往日愛拿架子的大哥一拍桌子，向遠處吩咐。「來人，再續一壺酒。」

謝琅杯裡空著，辣味的後勁逐漸上來了，他只能輕而短促地嘶嘶吸氣。「別用壺了，把我珍藏的蒲中酒拿來。」

謝珣走進亭中，只見那瓷盤上只剩下了兩、三片藕和孤零零的鴨脖了。

謝理和謝琅同時下筷，一同挾住了那鴨脖。

兩人暗自僵持中，謝珣輕咳一聲，嚇得他們馬上鬆筷。

見來人是謝珣，兩人皆鬆了口氣，沒有在下人面前丟臉就好。

「三弟，你怎麼來了？」謝琅又恢復了那副端著的清風明月般的作態，撫袖問道。

謝珣本想給他們留點面子，但見狀實在是沒忍住，嫌棄道：「二哥，擦擦嘴。」

謝理倒是坦蕩許多。「三弟，弟媳做的這份吃食可真是美味，用來下酒真是一絕。」

謝珣不接話，坐到他們中間的石椅上，看著一片狼藉的餐盤，道：「明日還要上值，少喝點。」

謝理想著也是，贊同地點頭。「罷了罷了，那就休沐再飲。」

「只是，不知休沐日弟媳可還會做這吃食？」謝琅試探道。

謝珣答道：「我不知道。」

第十六章

謝琅厚著臉皮道：「那就請三弟回去問問弟媳，若是還做，就拜託她給我倆捎上一份。」

謝珣冷淡地瞥他一眼，鼻腔裡發出一聲極為輕小的哼聲，不細聽是聽不見的。

謝理沒察覺他的不對勁，自家弟弟成日裡板著臉做個老成持重的冷漠樣，他早已習慣，不打算從他面上探出什麼情緒來。

「原來弟媳廚藝如此精湛，真是叫為兄羨慕。就說這吃食，讓我和你二哥忍不住喝了好幾壺酒，現下腹中還有些脹呢。」

「是嗎？我不知道竟然如此美味。」他都沒吃過呢，哼哼。

可惜他十幾年來習慣了平淡的語調，連陰陽怪氣也不會，說出來謝理還回了「正是正是」，氣得他更是委屈。

謝珣吐出一口氣。忽然提議道：「大哥、二哥，不如我們下會兒棋？」

謝珣棋藝高超，謝理和謝琅每次和他對弈都能收穫良多，聞言樂意至極，畢竟以往他們邀他下棋他總是推託。

謝理先和他對弈，謝珣三下五除二就將他殺了個片甲不留。

「三弟，幾日不見，你的棋藝竟然如此精進！」

謝珣臉上表情不變，又和謝琅對弈，每一次落棋都讓謝琅心肝一顫。

「三弟，你這棋路和棋風怎麼大變樣了？」

兩人感嘆不停。

謝珣道：「廢話少說，還來嗎？」

「來來來！」兩人趕忙應下。

可惜謝珣再也沒放水，短短兩刻鐘就將他們虐得懷疑人生，恨不得在亭中枯坐到天明。

謝珣痛快了，起身欲走，卻被謝理叫住。「三弟，你最近可是得了什麼棋本？」

謝琅補充道：「或是突然頓悟，可否將感悟告知二哥？」

謝珣聞言十分無語，他的兩個哥哥在官場混得風生水起，居然連這點小事都想不明白？他都走到了亭外，身後兩位哥哥還在喚他，讓他分享感悟和棋譜。

謝珣忍無可忍，一個轉身，大步向他們走去。「你們真的不知道嗎？」

兩人見他回頭面上升起欣喜之意。「知道什麼？」

想著多年來被臭棋簍子折磨的苦，謝珣一字一頓道：「你們的棋藝——真、的、很、差。」

說完，謝珣俐落轉身，背影挺拔而無情。

月華冰涼，曲水亭中，兩個棋癡相對而坐，身形僵硬，久久不敢接受事實。

心碎無痕啊。

謝珣回到聽竹院時，姜舒窈正在到處找他，見他神清氣爽地回來，眉頭一皺。「你去哪兒了？」

謝珣收住腳步，語焉不詳。「我去院子裡轉了一會兒。」

「這麼巧？」

謝珣移開目光，垂下濃密的睫毛，僵硬地點點頭。

姜舒窈跟他相處一段時日後，漸漸能從他臉上看出點情緒了。比如現在，臉上依舊冷淡平靜，實則是透著心虛。

但他面對自己有什麼好心虛的呢？

「我把明日的午飯準備好了，你跟我過來。」

謝珣被她盯著，差一點就交代了去處，聽她忽然話鋒一轉，暗自鬆了口氣，連忙乖乖跟在她身後。

在古代找個手藝人不容易，幸虧姜舒窈有錢，一天不到就找人製作出了新飯盒。

飯盒用兩層大小不一的木盒嵌套而成，中層留有空間，並用鐵片鑲了一層皮，防止漏水。盒蓋戳了幾個透氣孔，以供散熱。整個飯盒的製作全仿造著現代的自熱飯盒，加熱包用焦炭粉、生石灰、鹽……製作而成，成本不算高，只是取了個巧思。

她把飯盒打開，拿出上面一層，指著加熱包對謝珣道：「我把這個加熱包放在這裡，你不要隨便動，不要用手碰，知道嗎？」

她有一種害怕熊孩子見著什麼都往嘴裡塞的擔憂。

謝珣點點頭，問：「這是何物？」

姜舒窈不會解釋化學原理，只是說：「這個東西遇水會發熱，切記切記，一定要加涼水，看到這條刻線了沒？涼水加到這就好了，不要超過。加完涼水後就把這個小一點的盒子重新放回，再蓋上蓋子，不要碰這幾個孔。」

姜舒窈說完，還不放心，讓謝珣複述一遍。

謝珣人生頭一回被人懷疑了記性，但還是一字不落地重複了一遍。

姜舒窈滿意了，最後叮囑。「我會把你的午飯放在這個小盒子裡面，你加了水，蓋上蓋子後等個六、七分鐘……嗯，半刻，就可以打開吃了。」

謝珣第一次見這麼神奇的飯盒，想到明天晌午用飯都緊張了起來，迫不及待地想試一試。

目光在飯盒上多打了幾轉，他意識到一件事，忙問：「妳做這些可有從公中撥銀子？」

姜舒窈不怎麼在意錢這件事。「沒有啊。」

謝珣愕然，沒想到這些時日在她這兒吃飯，全是她出的錢！

他以為開了小廚房就等於過了大房的明路，花銷採買全由公中撥銀兩，卻不知姜舒窈這個富婆在和徐氏商量開小廚房時，直接說了所有錢自己出。

姜舒窈十分富裕這件事京中沒誰不知道，前些日子她大手一揮差點買空布莊，謝珣還提心弔膽的，生怕欠了她銀子，後來買來的男式布疋全送至襄陽伯府了，謝珣雖然有些酸意，但也放下心來。

他對姜舒窈道：「妳等我一下。」然後心急火燎地跑遠，不久便抱著個小木箱跑過來。

他把木箱往桌上一放，打開鎖，取出厚厚一疊銀票。「這是我多年的積蓄，這是地契——」

姜舒窈趕忙制止他。「等等，你拿這個幹麼？」

謝珣也察覺到有些過了，咳一聲。「我只是想說，我有足夠的積蓄還帳。」

他拿出銀票放在姜舒窈面前，說道：「我現在俸祿雖然不高，但每月的銀兩也能抵掉日常食材採買。」他一邊說，一邊解下腰間的荷包放在桌上。「這多餘的銀票就當是我提前做抵押。再說妳下廚耗費精力，不能單用價錢來衡量。」

姜舒窈瞅了一眼銀票面值，頗為無奈。「這也太多了吧？你是打算把這輩子都定了嗎？」

姜舒窈的意思當然是指「這輩子的飯」，但謝珣卻理解成了其他意思，突然愣住了，連說話都帶著結巴。「不、不是這個意思。」

姜舒窈根本沒接上他的思路，只是拿走了他的荷包，掂量了幾下。「就這個吧，夠了，我平日做飯也不會用到什麼山珍海味。」

謝珣還因為剛才姜舒窈那句話而恍惚，沒有多說，聞言只是點點頭。「那以後我會定時向妳上交銀兩的。」

「好。」姜舒窈也不推拒。

翌日清晨，謝珣早早地起床用膳，天色還未全亮時就已經收拾完了。

等到姜舒窈起床用膳，為他裝上午飯，喚人送到書房後，他才假裝剛收拾完，正巧準備上值去的樣子。

出府不遠，又碰見了騎在馬上啃餅的藺成。

藺成見到他，把馬靠過來，指指自己馬上掛著的飯盒。「伯淵你瞧，今日我也帶了飯。」

謝珣點頭。

「我回去便跟府裡廚子說了你帶的那種吃食，他們略一思考，便做了個差不多的出來。」藺成得意洋洋。「不過昨天你帶的那個酸酸辣辣的吃食他們倒是從未聽聞，那個用來佐素羹可真是美味。」

謝珣冷漠地掀起眼皮看他，想起昨天給他分享涼粉，說好的只有一筷子，結果他一筷子就下去小半碗。

藺成還在那兒喋喋不休。「昨日他們都說你帶的炸食美味，這可提醒我了，我今兒也帶了幾條炸酥魚，餓了便當零嘴解解饞。」他說完，看向謝珣的飯盒。「你呢？帶了什麼？」

謝珣只是道：「就是普通的飯食罷了。」

藺成傻乎乎地信了。

到了飯點，大家陸續從桌案前起身，兩、三人一起，一邊聊著事務一邊朝飯堂走去。

藺成雖有帶些吃食，仍是去取了肉羹和小菜，抱怨道：「怎麼每天都是溫的，什麼時候晌午才能吃上一口熱的？」

謝珣沒搭話，只是對他道：「不用幫我取了。」

「這不行吧？總得吃點，要不是下午會餓的。」

謝珣有點不好意思了。「我有飯了。」

藺成還在勸。「吃些溫的總比涼的好。」

謝珣雖然相信姜舒窈所說的能讓飯食變熱的法子，但未曾試過，謝珣還是有些忐忑。

「應該會是熱的吧。」

「嗯？」藺成嘴裡還叼著炸酥魚，瞪大眼睛看向他。「早上帶來的飯食，再熱也得涼嘍。」

謝珣便從飯盒中取出姜舒窈為他做的木盒，按她的叮囑操作，倒進涼水後，蓋上蓋子等飯變熱。

一番動作看得藺成眼花繚亂，嘖嘖稱奇。「伯淵，你這是在幹麼，變戲法嗎？」

他本意是調侃謝珣，卻不想剛才平靜的木盒漸漸發出聲響，上方的小孔冒出連綿的熱氣，整間屋子的人都朝這邊看來。隨著米飯的加熱，香味逐漸溢出，多日用慣溫熱寡淡羹菜的同僚們一聞到熱飯的香味，紛紛放下筷子圍了過來。

謝珣面上不顯，心裡「咯」了一下。

待到時辰差不多了，謝珣便揭開了蓋子。

濃厚的蒸氣夾雜著米飯的香味蒸騰而起，待霧氣散去，眾人才看清他飯盒裡裝的飯菜。

飯盒呈方形，靠右處有一塊木板將盒子一分為二，左邊盛滿了晶瑩剔透的大米飯，上面澆了一勺濃稠的魚香肉絲，色澤棕紅，肉絲與胡蘿蔔絲、木耳絲混在一起，顏色豐富，芡汁濃稠。

右邊盛了幾塊顏色透亮棗紅的小塊肉食，眾人無法判斷此為何物，謝珣卻是知道的。這應該是姜舒窈剁小過的滷豬蹄，大小正適合一口一個，放入口中慢慢剔骨吐出，吃相也不會太難看。

魚香肉絲蓋飯加熱後氣味霸道，鹹鮮酸甜，光是聞著味道就覺得開胃。再看那芡汁浸透到了白米飯裡，飽滿的大米沾上亮澤棕紅的湯汁，賣相極好。

謝珣拾起筷子，眾人的目光不約而同地落到他的筷尖處。

他將沾上芡汁的米飯稍微拌了一下，挑起混合著魚香肉絲的熱米飯大口放入口中，滾燙的熱氣讓他差點沒忍住張嘴哈氣。

米飯與芡汁的鹹香交融，酸甜中透著微微的辣，辣意卻只是輔佐，不會像普通辣味那般刺激，只會激發酸甜中的鹹香，咀嚼吞咽後，口中全是濃郁的酸甜鮮味，十分下飯。

藺成饞得要命，又不好意思去刨人家的飯碗，只能眼巴巴看著他。

謝珣被他們盯得難受極了，百般糾結，還是給他們一人挾了一筷子到碗裡，順道一人給了一塊豬蹄。

他們先是迫不及待地吃了那口魚香肉絲蓋飯，一入口就後悔了，這種鹹香的滋味只會讓他們還捧著的素羹更顯得寡淡，似乎還沒咀嚼就吞下了米飯，嘴裡只剩下回味無窮的酸甜。

眾人饞得已經開始準備找太監商量商量改善午膳，之前吃習慣了就還好，現在看著謝珣那熱氣騰騰鹹香美味的盒飯，誰能忍？

他們一邊想著，一邊往口裡投入滷豬蹄。

這竟是從未吃過的食材，骨頭連著的地方是瘦肉，剩下的厚厚的一層便是精華所在，軟而不爛，肥而不膩，稍微彈牙，嚼起來有股醇厚濃郁的肉香。

滷豬蹄醃製得入味，連骨頭都浸著滷味，啃完骨頭上包裹的肉後，眾人皆把骨頭放在舌尖滾了一圈後才以袖掩面吐出來。剛才口中酸甜的魚香味被滷味取代，又辣又鮮，帶著微微的回甘和中藥材的清爽，層次豐富，香味久久不散。

他們把目光投向謝珣，有的心中已經開始計劃打聽一下他府上到底去哪挖來的頂級大廚，竟有這般手藝。至於謝珣提過的這些是他夫人準備的事，他們沒一個信的，畢竟姜舒窈渾不吝的名聲可是如雷貫耳。

有的還在回味豬蹄，問道：「伯淵，這是什麼食材製作而成的？」

謝珣咽下口裡的飯，十分平淡地吐兩個字。「豬蹄。」

他們已經做好準備聽到某種稀奇山珍的名字了，忽然聽見豬蹄，全部人都傻眼了。

有的面色一變，不知道想到了什麼畫面，忙飲水漱口；有的失望地想如此美味的食物竟是那般下賤的食材做的；有的心裡盤算著回家也讓府裡廚子做做看，不知道會不會被爹娘罵……

謝珣才不管他們心裡如何想，大口大口地吃著蓋飯，心裡冷哼，有些人就不配享用姜氏做的美食。他風卷殘雲般把蓋飯吃完，連芡汁也刮得乾乾淨淨。

這才算不辜負美食和姜氏的心意。

謝珣最近受到了排擠。

想他活了二十年來，最不缺的就是圍在他身邊的友人，如今晌午吃飯對面沒人就算了，連周圍一圈桌子都空盪盪的。

但是謝珣一點也不鬱悶，每日中午到了飯點往那兒一坐，盒蓋一開，滿屋子都是誘人的飯香味，若他是整日只能吃東宮菜食的同僚，也會不想挨著他坐的。

藺成離他遠遠的，瞧見謝珣姿態優雅地吃著蓋飯，嫉妒地快要把骨筷咬出牙印了。不行，他忍無可忍，下午下值的時候扯著謝珣非要去謝國公府上坐一坐。

兩家人離得近，在謝珣成親前藺成老往謝國公府跑，算起上一次去他府裡，已有很長一段時日了。

藺成這次想去謝珣府裡主要有兩件事。一是看看謝珣府裡的廚子到底為何方神聖，想出了可以無火燒飯的飯盒不說，每日做的菜食也是鮮香新奇。他們府裡的廚子可是花大價錢請來的，聽說祖上是跟著太祖皇帝做過廚子，是第一批學會炒菜的人，仍是比不過謝珣家的廚子。

第二點，就是去看看謝珣成親後的日子過得怎麼樣。他整日好奇謝珣成親後日子有多苦，既然抓心撓肺地難受，就乾脆去瞧一瞧好了。

謝珣聽藺成表示要去自己家，下意識就點頭答應了，走了幾步才反應過來，不對，自己已經成親了，該多注意一下。

他對藺成道：「你去我府裡有事嗎？」

藺成厚著臉皮道：「沒事不能去坐坐嗎？」

往日藺成都是白日去的，兩人作畫寫字或是去亭中飲酒對詩，可現在……

謝珣抬頭看看天色，對藺成道：「你不會是想留下用晚膳吧？」

藺成被戳破了心事，咳了幾聲，解釋著。「我也好久沒見你大哥、二哥了，還有伯母，不知她老人家身體是否安康，兩個小侄子有沒有用功唸書——」

謝珣冷淡地看他一眼，藺成就知道自己胡扯是不可能糊弄過謝珣的，乖乖閉嘴了。

謝珣大步往前走著，語氣頗為無奈。「我都說了我每日的午膳是由家中夫人做的，你就算去了，咱們也只能一起吃大廚房做的飯食。」

藺成見他語氣坦蕩，不像是騙人的樣子，開始猶豫了，道：「無妨，我本來也不是為了吃。」

到了謝國公府，兩人一前一後進了聽竹院，在書房待了一會兒，謝珣便吩咐人擺飯。

藺成往桌案前坐下，看著下人傳膳，一時有些緊張。

直到看到與自己府裡無甚差異的晚膳擺到桌上，藺成的心碎了。

不對啊！難道謝伯淵有交代過今晚不讓那位大廚做飯？或者是謝國公府上晚膳從簡，只有午膳讓大廚做？

藺成腦筋轉得飛快，謝珣只當作沒看見他臉上的失望，拾起筷子，道：「動筷吧。」

自從姜舒窈無須討好謝珣以後，她就沒有刻意同謝珣一同用過晚飯了。只有謝珣下值早，匆匆趕回府裡正巧趕上飯點時，姜舒窈才會順便邀請他一同用飯。

今天他回到院子裡直接領著藺成去了書房，並沒有去姜舒窈的小院裡露臉，所以姜舒窈親手做的晚飯，是肯定吃不到了。

唉！今日下值早，他明明可以趕上飯點的，硬生生被藺成攪和了。

藺成還在細想究竟是哪點出了錯時，從屋外進來的小廝突然打斷了他的思路。

「爺，夫人差丫鬟過來問您可要同她一起用膳。」

第十七章

謝珣愣住了，姜舒窈突然想起他來可真是意外之喜。

他還未回答，跟在小廝身後的白芍見到了藺成，連忙行禮道：「夫人不知爺有客人，奴婢這就去回稟。」

謝珣趕忙阻止。「等等！」

白芍轉身，朝謝珣再一次行禮，等候吩咐。

「咳。」謝珣意識到自己剛才突然開口顯得太著急了，連忙放緩語調。「她今日晚膳做得多嗎？」

「回三爺的話，夫人今日確實做太多了。」

昨天姜舒窈滷了鴨子，剩下一堆鴨肫、鴨心、鴨肝、鴨腸還有一大盆鴨血，怕放久了壞掉，乾脆都處理了，做了一大鍋鴨血粉絲湯。那一大鍋她這邊都是女子，肯定吃不完的，發愁地看著一大鍋鴨血粉絲湯時，忽然想起了隔壁飯量大的謝珣。

謝珣面上依舊如往常般從容清俊，然而眼神卻亮了幾分。「妳告訴她我現在屋裡有客，不能去她那邊陪她用膳，請她讓下人送過來一些飯食。」

白芍應了，行禮告退。

藺成聽謝珣這般客氣，十分驚訝。他不是看不慣那個死賴著他非要嫁給他的姜氏嗎？

他越想越迷惑，腦子裡一團亂麻，忽然聞見一股極為鮮香的味道，抬頭一看，小丫鬟正端著餐盤往這邊走。餐盤上放著兩個海碗，碗口冒著熱氣，一走近，那鮮味更重了。

藺成看著丫鬟擺飯，雙眼微微瞪大，好奇地看著碗中的鴨血粉絲湯。

湯底清澈，表面浮著一層淡淡的金黃色浮油，粉絲晶瑩剔透，碗中央是赤紅色的鴨血，旁邊放著切成小塊的鴨肝、鴨肫、鴨腸等等，灑上翠綠的蔥花，顏色誘人，食材豐富。

丫鬟記著姜舒窈的吩咐，為他們介紹道：「此乃鴨血粉絲湯，麵上的配菜是鴨血、鴨雜。夫人為爺準備了辣油，若是想吃辣，便澆上一勺。夫人說，清湯和辣味都好吃，爺可以吃一半再澆辣油。」

沒有姜舒窈在旁親自介紹，謝珣覺得鴨血粉絲湯都沒那麼香了。

藺成支起耳朵聽，錯愕地張著嘴，原來姜氏竟真是那廚藝高超的廚娘……等等，鴨血？他低頭看向那赤紅色的血豆腐，結巴道：「可是流血的那個血？」

丫鬟不知道怎麼回答，謝珣擺手讓她退下。他對於藺成蹭到了姜舒窈親手做的飯這件事有些不豫，聲音冷淡道：「不吃就算了。」

說完才意識到自己竟然氣量如此之小，以前是個貪嘴的幼童時，還會與玩伴分享飴糖，怎麼越活越回去了？

不做多想，他深深地嗅了下濃香的鮮味，拿起筷子吃起來。

藺成見狀，也不再猶豫了，先是試探著挾起了一筷子粉絲放入口中，裹著老鴨湯的粉絲帶著湯底的香醇鮮美，軟綿彈牙，纖細滑爽，吸入口中後鮮香味在口中散開，再飲上一口浮著鴨油的老鴨湯，腸胃瞬間就暖了起來。

藺成吃飯少了幾分講究，窸窸窣窣的吸著粉絲，連喝湯也是直接端碗，狼吞虎嚥的模樣看得謝珣眉角直跳。

謝珣無不得意，自己卻不用如此心急，畢竟每日都能嚐到姜氏做的美食。

不知為何，她最近開始琢磨起用常人厭棄的食材做飯，比如這碗鴨雜，謝珣大約能猜到是用何種內臟做成的。

他挾起一塊鴨血，醬紅色的血豆腐在筷間微微盪漾。放入口中，鴨血軟嫩細膩，比豆腐要更為彈韌，味道鮮美，口感奇特，吃起來有些令人上癮。

那邊藺成已經快把這麼一大海碗的粉絲都吃光了，對留下的鴨雜也不再介意了，試探著挾起幾塊鴨雜放入口中。

鴨肫筋道、鴨肝香糯、鴨心厚實耐嚼，煮得入味，鹹香可口，越嚼越香，鴨雜獨特的醇厚肉香後勁十足，嚼完後還有點捨不得咽下。

再吃那鴨腸段，更是美味。鴨腸微卷，裡頭還帶著一些鮮美的湯汁，甫一入口就極為鮮嫩。而且鴨腸口感特殊，竟是脆的，嚼起來口中輕響，香脆可口。

一邊嚼著，一邊喝下一口清澈香濃的老鴨湯，讓香而不膩的鴨油從舌尖滑過，那滋味真叫一個妙。

他連忙吃完了剩下的鴨腸，然後兩眼發光地看向謝珣碗中的鴨腸。

謝珣安靜吃飯，渾然不知自己的鴨雜被盯上了。他的視線裡突然出現兩根筷尖，緩慢地緩慢地移動，伴隨著藺成討好的聲音。「伯淵，給我分一根，就一根。」

謝珣見他筷子馬上就要伸自己碗裡了，忍無可忍。「藺文饒！」

藺成嚇了一跳，委屈地縮回筷子，與他商量道：「你能不能讓丫鬟再給我舀一勺上面這些東西，我沒吃過癮呢。」

謝珣語氣有點冷。「哪有你這樣的，來我府裡吃我夫人做的飯食已經夠逾越了，居然還想大吃特吃吃個過癮？」

「就添一勺，又不是特別矜貴……」藺成在謝珣面前素來是想什麼說什麼，不在乎規矩的，可是剛說出口就察覺了謝珣面色陡然轉冷。

識時務者為俊傑，他立刻閉嘴，老老實實地把自己碗底剩下的吃乾淨，連口湯都不剩。

吃完以後藺成往後一仰，撐著上半身感嘆，這頓飯吃得可太舒服了，腋下、背後都出了汗，渾身輕鬆，連關節都是溫暖的。吃飽後他的腦筋終於靈光了一點，後知後覺想到了剛才謝珣不快的原因。

他似乎並不是嫌棄自己吃太多，而是因為不想讓他吃太多姜氏做的飯食？

天啊，他發現了什麼不得了的秘密，這是吃醋還是……

他打了個飽嗝，連忙捂住嘴，生怕自己自言自語點破了秘密，被謝珣殺人滅口。

看著謝珣不疾不徐地慢慢吃完這麼大一碗鴨血粉絲湯，藺成心下那個可怖的猜想逐漸凝實——當初謝珣主動娶妻難道不是因為想推拒皇后的賜婚，以便日後有機會和離，而是因為姜氏擅廚藝？

不至於吧？這可是光風霽月的謝伯淵，不是他藺成，真的會為了一口吃的犧牲色相嗎？太可怕了，他以後要常來拜訪壓壓驚。

就當姜舒窈每日吃吃喝喝做一條快樂鹹魚的時候，襄陽伯府那邊遞來了口信，驚得她從搖椅上彈了起來——襄陽伯夫人懷孕了！

襄陽伯府已經多年沒有喜事了，四個大丫鬟開心極了。而且若是襄陽伯夫人能一舉得男，那後院的鶯鶯燕燕哪還敢放肆？

她們雀躍歡喜著，卻見姜舒窈面帶憂慮。

「小姐？」白芍輕聲喚她，猜測道：「您是想家了嗎？」

姜舒窈搖搖頭。「不，我只是在擔憂。」她穿過來以後占了原主的身子，受了襄陽伯夫人的母愛，本就心懷愧疚。嫁過來以後吃穿不愁、錢財富足，卻無法回報對方一絲一毫，更是坐立難安。

「我要回一趟娘家。」她決定道。

「小姐！」白芍大吃一驚。「哪有沒甚大事就往娘家跑的啊？」

「我娘懷孕了還不是大事嗎？」她轉身回屋開始換衣服收東西。

「那……那也等產子了再回啊。」白芍見她打開衣櫃開始挑衣裳，一副打算回府長住的模樣，頓時焦急不已。

姜舒窈收拾的手一頓，嘆了口氣。「我回門的時候娘胃口就不大好，現下懷孕了胃口定是更差，這樣怎麼能好好養胎？再說了，娘與爹感情不睦，後院的鶯鶯燕燕還老找她麻煩，娘只有我一個女兒，我不關心她誰關心她？」

她頂著原主的身子，總得對人家娘親上心吧。況且襄陽伯夫人是真疼她。

「可是……」白芍不敢縱著她，她只聽說過娘家來人照顧女兒安胎的，可沒聽過女兒回娘家照顧娘的。

但姜舒窈對古代這些規矩禮儀仍一知半解，白芍不好好對她講，她就不太理解行事的度，執意要回娘家。

兩人僵持中，下值趕回家蹭飯的謝珣到了院裡，見姜舒窈沒在院裡也沒在小廚房，有些疑惑，正四處尋她時，就聽見了屋內隱隱傳來的說話聲。

他後退幾步準備迴避，姜舒窈突然風風火火從屋內出來，見著了他也沒什麼表情，停下腳步告知。「我要回娘家。」

這話如同驚雷在頭上炸開，謝珣腦海空白了一瞬，一時驚訝到不知道如何反應。

姜舒窈沒理他，匆匆忙忙往壽寧堂去了，準備再去告訴老夫人一聲。

謝珣站在原地，腦子裡一團亂麻，心中慌亂失措。

他顧不得多想，幾步上前追上姜舒窈。

姜舒窈見他臉色不好，茫然道：「你有事？」

謝珣幾次開口又閉上，最後只是無力地道：「有人來這裡鬧事？」

「嗯？沒有。」姜舒窈更茫然了。

「那是誰欺負妳了？」

「也沒有。」姜舒窈看著天色，不願和他聊天。「你有事就直說，沒正事我就先去壽寧堂了。」

說完見謝珣抿著嘴不知如何開口，乾脆就先走了。

謝珣看著她的背影決然遠去，卻再也邁不開腳步追上。

有些事若是在開端行差踏錯，究竟是難以繼續走下去。

當初姜舒窈以死相逼並且借皇后之勢強嫁給了他，他總是不快的，從她嫁入府中就冷臉相待，家中人雖然不曾刁難她，但是冷遇苛責也是不少的。他也說不清對姜氏是什麼感覺，聽著她要回娘家心裡又悶又堵，這鬱氣來得莫名。

大約……因為他們也算是朋友了吧？

他抬頭看向姜舒窈離開的方向。

對啊，是朋友。若是朋友有難，他怎能乾看著？

他突然想通了，瞬間收拾好心情，不顧禮儀飛快地往壽寧堂方向跑去。

若是母親為難她，他總得擋著；若是她想找回場子，他這個做朋友的怎麼也得撐腰。

他狂奔著，在壽寧堂門口追上了姜舒窈。

齊整的髮束亂了，鬢角有髮絲垂落，氣息不穩，不待姜舒窈詢問，便喘氣問道：「妳是要回娘家？」

姜舒窈不懂他今天是怎麼了，答道：「是啊。」

見她答得痛快，眉目間全是不耐煩，謝珣突然升起一股不妙的念頭。

「妳可是有意──」和離兩字在舌尖打轉，他終究沒說出口，而是換了個詞。「妳可是有意離開？」

這不是廢話嗎？姜舒窈沒懂，不耐煩推開擋路的他。「是。」

謝珣的心似乎被捏了一下，酸酸脹脹的。

他不知道自己為何這般難受，被推得踉蹌了一下，見她毫不猶豫往屋內走，來不及細想，想到什麼便說出口，大聲道：「放妻書我會給妳的。」

他抬起頭，看著姜舒窈轉身，靜下心來，無比認真地說道：「我會寫明妳與我之間並未……」

這樣她之後也能覓得稱心佳偶。

這樣想著，他突然豁然開朗，拋開那些細細密密的不快情緒，露出一個釋然的笑。

「走吧，我陪妳進去。」

姜舒窈全程就一個字：呆。

「你在說什麼呢？」她費解，鬱悶扠腰。「放妻書？你要休了我？」

剛剛露出釋然的笑準備揮別友人的謝珣臉上一僵，笑容消失，結結巴巴道：「妳、妳不是要同我和離嗎？」

姜舒窈鼻腔發出哼聲，瞥他一眼，轉身進入壽寧堂，拋下一句話。「我娘懷孕了，我只是要回娘家看看她。」

謝珣再次懵了，見姜舒窈掀簾子進了屋，連忙甩了甩一團漿糊的腦子跟上。

不管怎麼樣，為友人解難的目的不變，姜舒窈要回娘家，他總得開口相幫吧？

謝珣面對不按常理出牌的姜舒窈總是犯傻，但是對著其他人還是無比清醒的。他舌粲蓮花、能言善辯，三兩下把老夫人忽悠得答應姜舒窈回娘家，只是不能長住，兩天而已。

在屋外候著的白芍聽到姜舒窈如此說，驚得下巴都要掉了。

謝珣送佛送到西，乾脆把姜舒窈送到了襄陽伯府門口，見她下了馬車，轉身進入襄陽伯府，忍不住叫住她。「兩天後我來接妳！」

姜舒窈回頭，皺眉。「嗯？」

謝珣莫名嚇得斂了聲氣，小聲道：「妳莫要忘了。」竟然有些委屈的味道，說完又立馬補充道：「那什麼，下次我也會幫妳說項的，來了一次就有第二次、第三次。」

姜舒窈突然走向他，謝珣差點沒忍住倒退幾步。

她在他面前站定，視線在他臉上掃了一眼，直看得謝珣心虛不已，也不知道為何心虛。

「你不會是……怕吃不到飯了吧？」

謝珣那顆吊起來的心瞬間落地，又揪起來。「妳怎生認為我是那般——」

說到這裡他突然啞了，不是為了吃，那他是為什麼？

他閉嘴了，乾脆任由姜舒窈誤會。

姜舒窈睜著美目看他，在他忍不住要躲閃開時，突然抬起手捶了他肩膀一下，笑道：「等我回來吧。」說完俐落轉身進府。

直到襄陽伯府的大門關上了，謝珣還僵硬地站在原地，他歪歪腦袋想了一會兒，什麼也沒想明白，最後摸了摸自己肩膀。

奇怪，酥酥麻麻的。可是她沒怎麼用勁啊？怎麼還能痛麻了？

他想不明白，翻身上馬回府，想著她剛才突然綻放的明豔燦爛的笑，嘴角上揚。

他馭馬慢悠悠回府，心情甚好地欣賞著天邊晚霞，餘暉溫暖柔和，薄雲染上赤紅色，邊緣綻出金光，紅得好似姜氏為他做的魚香肉絲裡的胡蘿蔔絲……

等等！姜氏回娘家，那他豈不是沒熱飯吃了？

謝珣的笑臉垮了。

姜舒窈到了襄陽伯府，襄陽伯夫人把她唸了一通，責怪她嫁了人還往娘家跑，不守規矩，但見她回來又甚是歡喜。

「快，叫廚房給妳做些吃食，今日剛巧有牛肉，妳可是回來對了。」她活力恢復了幾分，拉著姜舒窈進屋，上下將她打量。「怎麼胖了這麼多？」

「娘！這哪裡叫胖？」原主以前餓得面黃肌瘦的，現在剛剛長了點肉回來，才顯出她本該有的姿色。

林氏欲言又止，最後轉為輕笑。「也是，妳嫁了人了，娘也就不管妳了。」她拉著姜舒窈的手道：「吃好的，穿好的，想怎麼樣就怎麼樣，咱們賴定謝國公府了！」

姜舒窈聽到她最後一句愣了一下，她可是有想過和離歸家的人，試探道：「謝伯淵又不待見我，萬一休了我可怎麼辦？」

林氏得意挑眉。「不會的，娘當初為妳選中謝國公府不是沒有理由的。娘計謀不足，這輩子心思全花在經商上了，過得十分糊塗，但在這事上，敢說為妳挑了最合適的婆家，妳姨母也贊同。」姜舒窈的姨母，可是過五關斬六將登上貴妃之位的女人。

姜舒窈聽她話裡有意，不待細想，林氏便出聲打斷她的思路，讓人為姜舒窈做碗牛肉羹。

姜舒窈回神，觀察林氏，見她面色蒼白，雖然她回來以後她精力恢復了一些，但也只是強撐著，身上罩著一層薄薄的暮氣，似乎僅剩的鬥志在嫁出姜舒窈以後就散了。

「娘最近可有好好用膳？」

林氏聞言有些欣慰，摸摸她的臉。「長大了，知道關心娘了，不似以前那般渾不吝的。」

見她避而不談，姜舒窈皺起眉，嚴肅道：「娘，您本來就身子虛，如今更是懷了身孕，不好好吃飯可不行。」

徐氏搖頭，嘆道：「什麼身孕不身孕的？誰知道這胎……」她扯開話題。「最近胃口不好，就只能入口些酸的，總吃梅子也膩了。」

「做些酸湯呢？」

「酸湯可是醋湯？那多難吃。」林氏嫌棄道。

姜舒窈站起身。「不難吃，我去為您做。女兒親手做的，您總得多吃兩口是不是！」

說完不等林氏答應就跑了。

林氏看著她離去的方向發了會兒呆，回過神後，突然笑了一下，抬起袖口擦了擦眼角。

第十八章

姜舒窈來到廚房時，廚娘正在準備剁牛肉配豆葉做肉羹。在禁令宰殺耕牛的本朝，牛肉可是奢侈品，拿來做肉羹太不划算了。

姜舒窈阻止了廚娘，道明自己想親手為襄陽伯夫人做晚膳。

廚娘們聞言便誠惶誠恐地收了手，退到一邊為姜舒窈打下手。她們是府中老人，知道小姐和夫人自小就關係不睦，時時爭吵，如今見姜舒窈親自下廚為夫人做飯，心裡都有些感慨。

嫁了人，終究是懂事了，也不知道在謝國公府裡過的什麼日子，下廚看起來頗為俐落。

姜舒窈在數道欣慰的目光下取過牛肉，切成薄片。

酸湯肥牛的關鍵是酸湯，酸中帶辣，湯香濃郁，但一是現在缺少野山椒，用茱萸油替代少了獨特的酸辣味，二是林氏胃口不佳且懷有身孕，最好少碰刺激的辛辣物，所以她只用泡薑和蒜來提供酸湯中的辛味。

為保證酸湯的鮮香，油選用鮮味十足的雞油，燒化後往鍋中投入泡薑和蒜，爆香後舀入高湯，濾去浮渣，放調味料和適量花雕酒，湯汁熬出味時下入肥牛片，稍煮一下便倒入鋪滿擇頭後的豆芽的碗裡，濃香的酸湯肥牛就做好了。

不同於一般的醋酸味，酸湯肥牛的酸少了幾分刺激，多了幾分濃郁綿長的鮮香。因此當丫鬟們把酸湯肥牛放在林氏面前時，哪怕她這些時日一直胃口不佳，食慾不振，此刻也忍不住稍稍分泌了些口水。

不只味道誘人，酸湯肥牛的賣相也上佳，金黃色湯底看上去極為濃厚，淺棕色的肥牛薄片堆在金燦燦的湯汁中，連乳白色的肥肉部分也顯得十分可口。

姜舒窈在林氏對面坐下，吩咐丫鬟取了勺來，道：「娘，吃酸湯肥牛還是用調羹最痛快。」

說罷為林氏舀了一勺澆在米飯上，白米飯淋上金黃的湯汁，色彩誘人，酸香撲鼻。

林氏看著這一幕，忽然回憶起上一次食指大動的時刻，舀起那勺裹滿湯汁的白米飯放入口中。

酸湯入口，那股濃郁的酸香味一下子傳到舌根，一下子激活了久久沈寂的味蕾，酸中透著鮮，從舌根到喉嚨，溫暖的湯汁讓胃也甦醒了，林氏這才深切感覺自己腹中實在空虛。白米飯蒸得蓬鬆香軟，顆顆飽滿，吃起來帶著微甜的米香味，配著鮮香的酸湯，滋味美妙極了。肥牛雖有嚼勁卻不老，極其軟嫩，湯汁入味，肥牛被酸湯去腥，咀嚼時口中生香。

這道菜真是開胃卻不刺激，林氏兩口下肚，全身漸漸暖和起來，又多喝了幾口湯，感受酸味在口中散去後留下的鮮鹹味。

酸湯肥牛十分下飯，林氏面前的小碗下去了一半後才慢慢放緩進食的速度。

湯喝夠了，肥肉吃過癮了，還剩碗底的豆芽，林氏就著酸湯慢條斯理地吃豆芽，清脆爽口，回味微甜，配著濃郁的湯汁倒是十分適宜。

姜舒窈在旁邊看林氏用膳，揪起的心鬆快了不少，若是林氏能一直這樣好好吃飯，那她也不用如此擔心。

想到這，她又想了些酸鹹鮮香的菜品，挑選出幾道營養價值高的記在心裡，飯後將菜譜一一寫下，並細心地教了一遍廚娘菜品的做法。

然而，第二日並沒有用上姜舒窈花心思的食譜，林氏點名要吃酸湯肥牛。

這次她吃得沒那麼講究了，直接將白米飯倒入酸湯肥牛中，拌了拌就開吃。湯泡飯的吃法喝起酸湯來更暢快，米飯泡在湯汁裡，顆顆分離，濃稠鮮香的湯底將米飯浸透入味，吃起來又是一番風味。

林氏小口小口地吃著，吃到渾身微微冒汗後才打住，但依舊把湯汁喝完了。

姜舒窈有些無奈，又想了幾道類似的菜譜。她也算誤打誤撞，竟然第一次就猜中了林氏孕期時的口味。

姜舒窈既開心又發愁，正思考著牛肉沒了明日做什麼菜式，有下人稟告姑爺來了。

她摸著下巴看看天色。天幕透著一種黯淡的青灰色，府裡已經點起了燈籠，時候不早了，謝珣跑襄陽伯府來幹麼？

謝珣其實不是來尋姜舒窈的，他用完晚膳後在書房看書，明明喜好清靜的他卻莫名覺得院子裡太過安靜了，乾脆滅了燈去院中散步。

走了幾步又開始嫌棄院子空盪盪的，直接出了聽竹院，偏生正是過了晚飯點，府裡上下都很安靜，乾脆出府去街上沾沾熱鬧。

夜幕還未降臨，茶樓酒肆剛剛掛上燈籠，街市小販才到攤位，遊人尚在家中，繁華前的安靜與忙碌更顯得孤寂了。

謝珣繞過長街，走過鬧市，踏過彎橋……最後晃悠到了襄陽伯府門口，手裡還拿著兩個油紙包。

倒也不是刻意買的，只是站在小攤前，他就忽然想起了姜舒窈說自己許久沒吃過冰糖葫蘆了，他便想著，那她應該也很久沒吃過街市小食了，鬼使神差地掏了銅板買了兩包。

直到此時此刻晃到了襄陽伯府門口，他才恍然回神，看著手裡捏著的油紙包，他懷疑自己是被鬼上身了，怎麼行事如此莫名其妙。

剛準備走，就聽到了一聲嘹亮的「姑爺」，嚇得他一激靈，油紙包差點掉地上。

襄陽伯府的下人在謝珣回門的時候見過他，沒看幾眼就記住了他的長相。實在是京城裡長相這般俊俏的郎君不多，今日見他站在府門口，他們一眼就認出來了。

隨著一聲接一聲的嘹亮喊聲響起，謝珣走也不是，留也不是，眼見著腿快的往裡跑去稟告姜舒窈了，只能趕忙先把油紙包塞袖裡。

油紙包藏在袖子裡很是難受，謝珣覺得油紙似乎隔著幾層袖子貼到了他的手臂，溫溫熱熱的，全是他犯糊塗的證明。

姜舒窈以為謝珣有事，匆匆忙忙地跑出來，卻見他垂眸站在大門口發呆，幾步走近，出聲拽回他的魂。「你有什麼事嗎？」

謝珣回神，聽她這麼問十足的尷尬，解釋道：「我只是正巧路過。」

「正巧路過？」姜舒窈揚起尾音。

謝珣點頭。「我嫌府裡悶就出來散散步，從東街那邊繞了一下，然後就到了這裡，被門房認出來後叫住了，大約是誤會我找妳有事，我還未出聲，他們就一溜煙進去找妳來了。」

姜舒窈不懂京城的地形，聽他這麼說，只是懵懵地看著他。

謝珣以為她不信，連忙掏出剛剛藏起來的油紙包作為佐證。「我到那邊時還順手買了兩包零嘴。」

姜舒窈注意力被吸引了，好奇地瞧著他手裡的油紙包。「這是什麼？」

謝珣拆開油紙，一個露出外層白、餡黑的糯米糕，一個露出邊緣微黃的白色麵餅。

「這個是沙糕，這個是麵衣。」他介紹道。

「瞧著挺新奇。」姜舒窈一邊觀察著，一邊默默猜測糕點的做法。

其實原主以前有事沒事都在街上晃，沒吃過這些糕點才是真稀奇。但謝珣沒細想，聽她這樣說鬆了口氣，把油紙遞到她面前。

「妳要嚐嚐嗎？」

兩個人一個沒想著邀夫君進府再敘，一個沒想過讓妻子站在府邸大門前吃糕點不妥，就這麼一個拿著，一個伸下巴吃了起來。

沙糕應該是用糯米粉蒸出來的，夾了芝麻、糖屑，口感軟糯，外層黏牙，夾層微甜，嚼起來有一股糯糯的甜香味。

「這個味道不錯。」她點頭評價道。

謝珣嘴角跟著翹了起來，又讓她嚐嚐另一個，姜舒窈毫不客氣地答應了。

糖水溲麵，下油鍋炸過，夾起後成餅狀，這就是麵衣。

麵食炸過有種獨特的香味，甜味不重，不會太過於油膩，帶甜的麵皮碰上油香，微微酥脆，倒挺適合解饞。

「這個也不錯。」油炸麵食吞下後，口裡那股淡淡的甜香味最是美妙。

謝珣聞言緊張的情緒終於散盡了，將兩個油紙包遞給她，說道：「那妳拿回去吃吧。」

姜舒窈沒有接過，只是疑惑地看著他。「你呢？」

謝珣躲開她的目光。「我回府路上再買，咳，那什麼，既然如此，我就先走了。」說完後把油紙包塞她手裡，大步落荒而逃。

姜舒窈看著他的背影，嘀咕道：「前言不搭後語，不是說了繞路了嗎？難道又要去繞一回？」她往嘴裡放入一口糕，幸福地瞇起眼睛，感嘆。「不過關我什麼事呢？又不是我瞎晃悠。」

她拍拍落在油紙邊緣的糖屑，無情地轉身入府。

用冰鎮住的牛肉只剩一小塊，林氏執意要求姜舒窈繼續做酸湯肥牛。

姜舒窈哭笑不得，好說歹說把林氏勸住了。

昨天她吩咐下人出府買酸菜，他們一路找到了京城外邊，總算在農家買到了一罈。

古人會將白菜醃製後用罈封存以延長保存期限，酸菜在這時候已經出現了。

但這種食材富貴人家不會沾，所以姜舒窈交代下人採買酸菜時，下人們都十分驚訝。

酸菜味重，揭開罈蓋後，滿廚房都飄散著鹹酸味。

此時的醃製方法和後世稍有不同，味道有些許差異，但沒有差太多。

姜舒窈一邊挑出酸菜切段，一邊想著若是在聽竹院吩咐丫鬟們醃製酸菜畫面會不會太違和了些。

即使不喜食酸之人，也多多少少會吃些以酸菜為佐料的菜品。比如酸菜肉末粉條包，酸菜牛肉、酸菜白肉等等，或者是煮麵、做米粉時，湯裡擱點酸菜提鮮也很是美味。

酸菜的酸比起醋來更為溫和，開胃提神，醒酒去膩，韻味絕不輸於鮮菜。

姜舒窈今天要做的是酸菜魚。

酸菜魚實際上算是一道家常菜，做法不難，稍微難的可能就是片魚。廚娘想上前搭手被她溫言拒絕，自己索利地剖魚切片，她總覺得處理食材這一步解壓又安心。

比起麻辣水煮魚，酸菜魚更適合不太能吃辣的人，清爽開胃，去膩解饞，味道鮮鹹卻不會太刺激。

她在廚房做飯，林氏乖巧地坐在飯桌前等吃飯。這兩天被姜舒窈好好照顧著，她總算恢復了些體力。

嬷嬷見狀十分欣慰，誇讚姜舒窈有孝心，又感嘆她嫁過去短短時日竟然廚藝如此精進。

原主以前一天到晚在外面跑，除了惹是生非沒有幹過正事，回府後又老是與林氏爭吵，所以林氏其實也不太了解這個女兒。

她聞言垮下肩膀，嘆道：「曾經怨她不爭氣，也縱著她、由著她，如今見她這一面，才知曉她也有藝在身，並非別人眼中的一無是處。」說到這兒，臉上露出自豪的笑意。「我林家女兒就是厲害，我精通行商買賣，三歲就會打算盤，我的女兒也頗具巧思，極擅廚藝。」

這般想著，又是歡喜、又是憂愁的，嬤嬤想勸又不知從何說起。

所幸姜舒窈及時出現解圍，林氏一見了她，臉上的愁色頓時就散開了。

姜舒窈臉上始終掛著開朗明媚的笑容。「娘！餓了嗎？」

即使不餓，看著她的笑容，林氏也要順著她答。「餓了。」

「今天吃酸菜魚。」她挨著林氏坐下。「您看看合不合胃口。」

林氏拾起調羹舀上一口湯汁，酸菜魚湯底香滑，表面浮著一層薄薄的油脂，又因酸菜解膩，所以即使是沾著浮油的湯底品起來也酸香清爽。

她點頭。「合，當然合胃口。」

姜舒窈得了好評笑得更燦爛了。「別光喝湯，嚐嚐魚片。」

林氏又挾起一片魚片，竟是難言的鮮美。

魚片片得厚薄適宜，每片厚度均等，鮮嫩可口，爽滑彈牙，魚的鮮味被微酸的湯底充分激發了出來，沒有一絲一毫的腥味，只有鮮美酸香。

「這魚片做得如此鮮倒是難得。」林氏以往吃過的魚或多或少都差了點意思，配料清淡的，吃起來有些寡淡；配料重的，又會掩蓋魚的鮮味。

而這碗酸菜魚就正正好，極合她的口味。

但她不想再配白米飯吃了，用筷子挾起白嫩軟彈的魚片，一片接一片地不停往口中塞，只盼舌尖留住那鮮嫩可口的滋味。魚片咽下後，又迫不及待喝上一大勺湯底。

湯底酸香微辣，從舌尖到舌根一路酸得過癮，酸勁過了以後，鮮味越發濃郁。喝下以後口舌生津，渾身暖和。

姜舒窈看著擔憂，問道：「娘可是不愛吃米飯？不如晚上我為您做麵吃？」

林氏總算被她逗笑了。「怎麼嫁了個人就大變樣了，妳娘哪有那麼嬌弱？還不至於如此操心。」

姜舒窈心中嘆氣，明明之前林氏雖然胃口不好但依舊虎虎生風的，如今懷了孕卻憂思難解，毫無鬥志，看得姜舒窈心裡發堵。

到了晚上該回謝國公府時，姜舒窈遲遲不願離去，倒叫林氏好一陣笑話。

「多大的孩子，還離不得娘。」她戳戳姜舒窈的腦袋，母女之間已經很多年不曾如此親近過了。

姜舒窈不是在撒嬌，是真的很擔心她，脫口而出道：「要不我和離吧，我回來陪您。」

本來溫溫柔柔笑著的林氏面色忽然一變，皺起眉頭訓斥她，語氣嚴肅。「胡說八道！妳既然嫁了人就在婆家好好待著，我問妳，這京城妳哪能找著第二個謝珣那般的夫君？」

「可是我不需要夫君，自己一個人過得挺痛快的。」姜舒窈被林氏的態度嚇了一跳，據理力爭道。

「我以為妳長大了、懂事了，沒想到還是如以前那般愛胡鬧。」林氏推開她，這般模樣又像曾經母女倆爭吵的樣子了。

姜舒窈不解，林氏如此愛女，為何執意要讓她嫁人？而之前原主那麼胡作非為，她也沒管著，反而是百般縱容，怎麼嫁了人規矩也變了。

林氏見姜舒窈蹙起眉頭看自己，那模樣又倔又委屈的，還是軟了聲音。「妳不是告訴娘妳心悅謝珣嗎？怎麼眨眼又變了？」

姜舒窈胡扯了個藉口。「我也只是看他模樣生得俊俏。」她轉回原話題。「娘，我不懂，我為何不能離開謝國公府，若是怕名聲有損，我還差這點污名嗎？」

林氏沈默了一會兒，看著姜舒窈的目光多了幾分愧疚，輕聲道：「林家再有錢也無法給妳庇護，只有謝國公府可以。」

姜舒窈有些呆滯。

林氏猶豫了一下，想著姜舒窈不似曾經那般了，直言道：「林家無子，女兒便是香餑餑，是珠寶金銀，妳又生得美——」她話音一頓，有些話還是不敢說出口。「當年若不是我嫁給了妳爹，我就要隨著妳姨母一同入宮了。」

這幾句話超出了姜舒窈的想像範圍，她半晌回過味來，驚愕地看著林氏。

林氏作為數一數二富商的當家人，卻不得不在襄陽伯府後院和那些妾室爭鬥，姜舒窈初聞只覺得不值，這麼有錢難道不該痛痛快快地活嗎？

如今經林氏一點，方才明白自己的愚鈍，她思維模式終究還是停留在了現代，以為有錢就是一切了。

想著林氏這些年受過的委屈與苦楚，她還是忍不住問道：「娘當年可是與爹情投意合？」

林氏以為她還想爭辯她對謝珣無意，依舊想和離，便道：「傻孩子，又想要世家權貴的庇護，又想要兩情相悅，哪有那麼容易的事？我……不過是求個庇護罷了。」

姜舒窈的現代思維還是有些難以立刻消化這些事，她懵懵地盯著衣角，直到下人前來稟告謝珣到了府門口，她才慢步出了府。

謝珣今日直接坐馬車過來，沒有騎馬。

他下了馬車站在襄陽伯府門口等姜舒窈，見她魂不守舍地踏出府門，提前想好的話全部吞回了喉嚨。

姜舒窈招呼也沒給他打，自顧自地鑽進了馬車裡，叫謝珣頓時不安起來，思索一番，還是跟著鑽了進去。

她把馬車內的矮桌放了下來，把腦袋側趴在上面不知道想什麼。

自從兩人成親後，謝珣還沒見過她這樣沒精神。

他貼著車廂坐下，不知手腳如何擺放，見姜舒窈悶悶不樂的樣子，覺得馬車裡悶得慌。

他取了茶壺來，問道：「妳要喝茶嗎？」

姜舒窈慢吞吞地搖搖頭。

「那吃些糕點？」
姜舒窈再次搖頭。
謝珣閉嘴了，對自己的口拙有些頹然。

第十九章

姜舒窈突然抬起頭來，嚇了正在苦思的謝珣一跳。

她迷迷糊糊盯著謝珣，讓他下意識地往後躲閃，緊貼著冰涼的木板。

她剛才趴在矮桌上，搖頭的時候把鬢髮蹭亂了，散著骨頭半癱在軟椅上，極為符合謝珣眼裡的「沒規矩」。可見著這一幕，他卻全然忘了所謂的規矩禮儀，心頭更加堵了，只想摸摸她的腦袋。

「謝伯淵。」姜舒窈開口道。

這還是她第一次叫他表字，狹窄的車廂裡，她一開口彷彿是在他耳邊說話，語氣有氣無力的，聽著像是受了委屈在撒嬌。

謝珣心肝顫了一下，連忙焦急地問道：「怎麼了？」連上半身也忍不住朝她傾斜。

姜舒窈看著謝珣，苦悶地問道：「你是不是很聰慧？」畢竟是赫赫有名的才子。

若是常人這麼問，對方多半覺得無禮至極，以為是挑釁侮辱，可對於她，謝珣卻完全沒往那方面想，聞言擔憂地「嗯」了一聲，生怕她覺得自己不夠聰慧。

他說話的聲音更輕柔了，像是在哄小孩子，連語氣都變得軟了。「怎麼啦？」

「我有些事想不明白。」姜舒窈嘆口氣，苦悶至極。

見她這樣，謝珣心下又軟又酸，非常耐心地接話，希望她能開口說出煩心事。

「什麼事情？」一向冷淡的聲線也變得溫柔。

「好多事情。」姜舒窈道：「比如，婚姻是什麼？」

林氏那般烈性子，卻在十年如一日的後宅中搓揉下沒了生氣，即使林家富有，可她離了林家二小姐的身分，也只是個夫君不喜、小妾輕視的襄陽伯夫人。

想著她出府時回頭看見的林氏的身影，單薄而寂寥，像是會隨著日光的黯淡而消失一般。

她心中更加難受了，似被人重重捶了一拳。

謝珣雖是學富五車，卻回答不了她這個問題，聞言稍愣。

想到了兩人之間關係，他的語氣既困惑又不安。「我……我也不太明白。合兩姓之好，上以事宗廟，而下以繼後世者也？」

姜舒窈挪開視線，呆呆盯著車廂壁。「真難。我娘說，女兒出嫁是願夫家庇護。」

不知道為什麼，謝珣的心沒來由地融化了。

他腦海裡一瞬間閃過無數姜舒窈入府後的待遇，懊悔又自責，不安又擔憂。

他蹙起眉頭，突然開口，鄭重地對姜舒窈道：「我會護好妳的。」

「嗯？」姜舒窈還在回味林氏的話語，沒聽清他說什麼。

謝珣和她視線對上，低頭看她，神情竟是難見的溫柔，又輕聲重複了一遍。「我會護好妳的。」

說完，終於做了上車以來就很想做的事情——抬起手臂，輕輕地揉了揉姜舒窈的頭頂。

姜舒窈回府後，徑直回了東廂房。

謝珣記掛著她，看一會兒書就蹓躂到廊下看看東廂房的燭光。

一次、兩次、三次……看多了才發現，姜舒窈好像並沒有在屋內。

他在院子裡尋了半圈，頓住腳步，朝小廚房走去。

廚房架了好幾個燈籠，光線柔軟又明亮，姜舒窈正站在桌前。

她將髮髻索利地紮起，袖子古古怪怪地綁住，渾身凝著一股勁，將大團軟麵反覆搗、揉、抻，然後捏住麵條兩端，不斷摔打。

安靜的廚房全是響亮的摔打聲。

謝珣不知道她在做什麼，朝她走過去，「這種事讓下人做就是了，何必自己親自動手？」

他的聲音輕，姜舒窈也沒被嚇著，見他來了也沒什麼反應。

「我就想自己來。」

這是她的習慣，壓力大了就做做飯，揉麵、拉麵是其中最解壓的。額前有一縷髮絲垂下，搔著臉皮有點癢，姜舒窈抬起手臂，皺著鼻子蹭了蹭癢處。

她再次將麵條拉長，重重地摔打在砧板上，然後對摺拉長，繼續摔打。力道極大，用力的時候活像麵團跟她有仇，看上去有些傻乎乎的。

謝珣沒走，也沒出聲，安安靜靜地站在原處看了一會兒，嘴角忍不住露出笑意。

兩人不交談，一個執著摔麵，一個在旁邊看著。

一會兒姜舒窈停下動作，轉頭對謝珣，氣息不勻，惡狠狠地道：「咱們吃了它吧！」多大仇啊？謝珣沒忍住笑了出來，黑眸裡映著點點燭光道：「好啊。」

姜舒窈拍拍手上的麵粉，得意地道：「看我給你露一手。」

她往砧板上抹上油，拿起整好的麵條，手握兩端，胳膊用力，快速地向外抻拉，然後對摺，手指翻飛，手腕抖動，幾番動作，麵條就在她手裡變成了散開的凌亂麵絲。

謝珣看得好奇。「妳從哪兒學來的這些？」

姜舒窈懶得說謊，直接把他堵了回去，道：「你要拜師嗎？」

謝珣閉嘴了。

湯是蘭州牛肉麵的靈魂，用豬大骨、肥土雞和林氏執意讓姜舒窈帶回來的牛肉為主料，加調料和中藥慢熬而成，湯底清澈見底，但香味完全融入到了湯中。即使放了多種葷腥骨頭也不羶不腥，湯清味鮮。

待水滾開時，姜舒窈丟入拉麵，滾水煮了一會兒，看準時機及時撈出，時間精確，煮出的麵才會勁道又柔韌。

最後澆上一大勺鮮香味濃的湯，放上清煮蘿蔔片和牛肉片，再撒上香菜、蔥花，多倒點香醋，頓時醋香撲鼻，味清卻不寡淡。

謝珣自告奮勇端盤，兩人回到東廂房，開吃。

湯底清亮，麵條白皙，蔥花翠綠，蘿蔔片白透，清淡的顏色顯得牛肉片極其醒目，光是看一眼就能想像到牛肉的醇香。

謝珣挾起一大筷子麵條放入口中。

麵條雖細，卻又柔又韌，鮮濃的湯汁浸透到了細麵裡，每一根麵都鮮美入味。麵湯中帶著微微的醋香，開胃又提鮮，包裹著湯汁的麵一口下肚，渾身都舒暢熨貼了。

「真美味。」謝珣感嘆道，愛極了宵夜。

姜舒窈道：「當然。」

謝珣感嘆完了，低下頭吹開麵上的蔥花和浮油，喝下一口味濃熱燙的湯底，舒服到瞇起了眼，活像一隻饞嘴的貓。

他看上去高挑清瘦，實則是個能吃的主。那不知道從哪兒找出來的海碗已經成了他的專用碗，姜舒窈的小瓷碗和他的對比起來，完全不夠看的。

她還是照例提醒道：「別吃撐了。」

謝珣臉埋在碗裡，用鼻腔「嗯」了一聲，繼續大口吃麵。

霧氣騰在臉上，把他熏得臉頰微紅，感覺鼻腔、口裡全是鮮美的味道，不禁再次感嘆這清亮如水的湯底，怎麼能有如此醇厚的香味。

夜晚總是讓人放鬆的，他沈浸在美食中，大口吃麵，大口喝湯，覺得要大口嚼麵條才最過癮。

姜舒窈吃完時，他也跟著吃完了。兩人舒舒服服地往後一仰，慢慢等汗散去。

謝珣突然想到什麼，提醒道：「明日要去長公主府赴宴，妳可別忘了。」
「嗯，白芍一直念叨呢。」
「別再因為收拾誤了時辰。」上次出府那一遭可是有夠等的。
「不會，我一定早早起來梳妝打扮。」
姜舒窈心情鬆快了不少，面上也不見鬱色了。
謝珣見機便問道：「襄陽伯府可是出什麼事了？」
他話題轉得突然，姜舒窈有些疑惑他為何提起這話題，但也沒有排斥，搖頭道：「不是，是我娘，我總覺得她鬱氣凝結，悶悶不樂的，像是失了盼頭和鬥志，一下子沒勁了。」
她願意與他談天，謝珣有些開心，很想為她排憂解難，道：「妳娘平日愛做什麼？」
「愛……賺銀子？」姜舒窈回憶一下剛穿來的時光，細數道：「平日裡找找妾室麻煩，算算帳，經經商，然後盼著我早點嫁出去——」
說到這尷尬地住嘴，畢竟她和謝珣的結親絕對算不上愉快。
謝珣毫無察覺，聞言輕笑。「那就讓她重新找到幹勁吧。」困擾她的問題沒有想像中的難，謝珣鬆了一口氣，續道：「妳娘愛經商，就讓她經商。林家現在插手的生意都是行當頭籌，那就換一個行當。」
「比如？」姜舒窈眼睛一亮，腦子靈光的就是不一樣啊。
謝珣微微直起身，臉上帶著朝氣的笑，與有榮焉。「比如酒樓食肆啊，妳這一手廚藝，總不能全浪費在謝國公府吧？」

「啪！」

姜舒窈站起身來，袖角把碗掃落在地也沒管，拎著裙子飛快地跑到謝珣旁邊坐下。「你詳細說說。」

她靠得這麼近，眼裡全是絢麗的神采，巴巴地看著他，讓謝珣莫名有些害羞，矜持地收住了臉上的笑意。

「林家如今在本來的行道上做到了頂峰，再進一步也沒什麼意思，但換個行當就不一樣了。一切從頭開始，前路未知，新鮮新奇，想必熱愛行商的岳母會對此有意的。」

姜舒窈雙手拍拍地面，激動道：「說的有道理啊！可是開酒樓林家怎麼脫穎而出呢？」

謝珣看她這麼激動，實在是忍不住再次笑了起來，眉目俊朗溫潤。「這就要看妳了。不過我倒是有個提議，林家富裕，想必對發家賺錢反而沒多大興致了，那就換一個盼頭，比如賺錢的同時，做些有利於百姓的事。」

「這……聽上去好難。」姜舒窈沒想到謝珣能給她派這麼偉大高尚的任務。

謝珣道：「又不是什麼拯救蒼生的大道，別皺眉。說起來也不難，比如你們林家的船行，統領航運行當，掃清河匪，讓百姓行路方便，商貿往來方便，這不是有利百姓嗎？當初太祖皇帝扶持林家，便是此意。」

太祖皇帝，那位同為穿越老鄉的搞基礎建設皇帝。

姜舒窈想到他，不由得感嘆，別人穿過來搞建設，她過來吃吃喝喝。只是太祖上到社會制度，下到衣住行，就是沒發展一下「食」，讓商隊出海尋種子，也只是找玉米、紅薯之類管飽的食物，連個辣椒都不找找。

她點頭。「好！我會向母親提議的。」

謝珣繼續為她出謀劃策。「酒樓往往只有富貴人家出入，講究精細，一般百姓不會踏入。不如想想有何食材低廉又味美的食物，開食肆售於普通百姓，妳覺得如何？」

別說林氏了，連姜舒窈自己都有幹勁了，她激動地再次拍地面，不過癮，又拍拍謝珣的肩膀。「謝伯淵，你太厲害了！一語驚醒夢中人啊。」

謝珣本來還很害羞，但見她落落大方、激動不已的模樣，心中只剩下無奈好笑了，任她大力地拍自己的肩膀。「我只是瞎出出主意，具體如何，妳還是與岳母多商議商議吧。」

「嗯！」姜舒窈點頭，慢慢收回手，一臉鬱悶。「手臂怎麼硬邦邦的，吃這麼多不長胖嗎？」她最近臉圓潤了不少。

謝珣聞言一愣，哭笑不得，真不知她腦子裡每天在想什麼稀奇古怪的東西。

「我——」

他正要說話，姜舒窈突然伸手探向他的腹部。

謝珣腦子頓時一片空白，陷入呆滯。

溫軟的手貼在他的腹部，隔著層層布料，似乎還能感覺到她手掌的柔軟。

謝珣渾身僵硬如石，連躲開都忘了，「唰」地一下，整張臉紅得滴血。

姜舒窈只是摸了一下就收回來了，又摸摸自己的腹部。「你怎麼還有腹肌啊！真是不公平，我感覺我肚子馬上就要有贅肉——喂，謝伯淵你跑什麼？」

謝珣猛地站起身，跌跌撞撞飛奔而出，滿臉通紅，狼狽至極。
下人們只感覺一陣風鑽進了書房，「砰」一聲摔上了門。
謝珣臉上的熱度遲遲不散，燙得他心裡發熱，腦袋快要冒煙了。他圍著屋子來來回回地踱步，可就是消不了熱度。
燭光太亮了，似將他的害羞無措全部攤在了面上一般。
他趕緊過去吹滅燭光，等屋內黑下來了，才鬆一口氣，有氣無力地把臉埋在牆角。
他抬手摸摸臉，感受到燙手的熱度後羞惱地將腦袋往牆角磕了又磕。
姜氏真是……真是……真是拿她無可奈何。

翌日，謝珣用完早膳，收拾完畢，東廂房那邊還沒動靜。
他有一種「我就料到會是這樣」的感嘆，一路走到東廂房門口，院子裡一個大丫鬟也沒見著，全都窩在東廂房裡，也不知道在幹麼。
謝珣走到門口，欲跨過門檻，猶豫了一下，還是先敲敲門框。
「謝伯淵嗎？」裡面傳來姜舒窈的喊聲。
「是我。」謝珣答道。
「快過來！」她的聲音帶著驚喜。
謝珣往屋內走，一路上看到了桌案上一大堆繡工精緻的腰帶，屏風旁十數雙精巧的繡鞋，繞過屏風，又看到一張被衣裳淹沒了的貴妃椅。

他的眉角跳了跳。
再往裡走，見到了正坐在梳妝檯前的姜舒窈。
周圍的丫鬟正不約而同地屏著氣，屋內極其安靜。
謝珣疑惑，正要開口，姜舒窈猛然轉身，他的話語頓時卡在了喉嚨。
日光從雕窗處傾瀉而下，襯得她烏黑雲鬢上的銜珠鸞釵熠熠生輝。金步搖綴著細碎流蘇在她臉上灑下搖晃著的細碎光影，唇點薄丹，輕著胭脂，一直暈染到眼角，讓本就靈動的雙眸染上嫵媚嬌豔，眸含春水，顧盼生輝。
謝珣恍惚了一瞬，眼神似被燙著一般，飛快地挪開。
「謝伯淵，你過來。」她說，語氣因著急而帶點鼻音，像在撒嬌。
謝珣背在身後的手猛地捏緊，依言走向她，只是目光不敢再落到她的芙蓉面上。
「銅鏡照不清楚，你幫我貼一下花鈿可以嗎？」她道：「我讓她們幫忙，她們都不願動手。」
謝珣聽她抱怨，心下明白為何丫鬟不願幫忙。
多半是怕自己手拙，毀了她眉目間的嬌麗豔色。
他心中嘆口氣，沒敢拒絕，接過花鈿。
姜舒窈仰起頭，朝上看時眼尾上揚，染著胭脂的眼尾眉梢多了幾分勾人的婉轉風情。
謝珣手一抖，差點沒夾住花鈿。
只可惜他越緊張，臉上越緊繃，本就長得清冷，一皺眉抿嘴，更顯疏離冷漠。

姜舒窈見狀，有點不好意思。「生氣啦？」

「嗯？」謝珣平日能拿筆提刀的手，總覺得快要夾不住輕飄飄的金箔。

姜舒窈乖乖地仰著頭，視線從他眉目間掃過，他專注的時候冷著面，顯得有點凶，她不敢細看。

「我讓你等煩了嗎？對不起。」她輕聲說話。

謝珣把金箔正正地貼在她額間，嗓音緊繃。「沒有。」

唉！姜舒窈心想，果然是等生氣了。

「還有昨天摸那一下，是我冒犯了，對不起。」兩人現在關係逐漸親近，姜舒窈看他就像看一個老愛臭著臉的鄰家優等生弟弟，忘了男女大防，太過跳脫了。

幸虧花鈿已經貼好了，否則謝珣必定要手一抖，歪到天邊去。這回他倒是沒有回答了，把東西遞給丫鬟，一聲不吭，冷著臉轉身走了。

姜舒窈蹙起柳眉。「怎麼辦，好像很生氣的樣子。」

美人蹙眉，連丫鬟們都看得心疼了，連忙安慰。

謝珮到了堂屋前，見姜舒窈還沒到，抱怨道：「怎麼如此拖沓，只剩她一個人——」

話沒說完，就看到拎著裙子匆匆趕來的姜舒窈。

入目便是一襲豔麗的紅，似火如芙蓉，姜舒窈頭上簪釵戴珠，明明是滿頭俗氣的金飾，卻絲毫不顯豔俗，只餘富貴大氣。

即便如此，全身上下最奪目的還是那一張燦如春華的面容，華服金釵瞬間淪為陪襯。

謝珮突然想到了冬夜宮宴上的林貴妃，雲堆翠髻，雍容華貴，身姿婀娜，往皇上身側一坐，真叫一個六宮粉黛無顏色，明明是姝色無雙的美人，卻叫人不敢細看。

謝珮心像是被人捏了一下。

她趕緊瞄了一眼自家三哥，見他一如往日冷著臉，鬆了一口氣。

就說嘛！她的三哥可不是會被美色誘惑的人。

眾人前往長公主府，姜舒窈與謝珮、徐氏同坐一輛車。

徐氏見了她，也是愣了一瞬，然後便毫不扭捏地誇了幾句，坦蕩極了。

幾句誇獎聽得謝珮耳尖發癢，又往姜舒窈臉上掃了一下，見她微微抬眸準備看過來，心尖一顫，飛快地躲開。

她捏緊身下的布疋，將緞子做的椅面捏得縐巴巴的。

謝珮咬著牙根想，明明她以前生得那般俗豔刻薄，短短時日怎麼變成這般富貴嬌豔？

她想到以前姜舒窈的打扮，再對比如今，隱約明白幾分，但也有些困惑，曾經她若是這般打扮，哪會被那些貴女嘲笑？

第二十章

公主府門前雖然寬闊大氣，卻依舊被來府的馬車擠滿了。日頭上來了，曬起來煩悶，眾人被堵得有些焦急，家中勢大的早有人認出馬車來伺候，官位稍低的就只能候著。

藺成下了馬車，正巧看到了不遠處剛下馬車的謝珣。

他穿過人群和馬車，來到謝珣身邊打招呼。

上次去他家蹭飯，藺成回來便讓廚子試了試鴨血粉絲湯的做法，也不知殺了多少鴨子取血，弄得雞飛狗跳，挨了老爹的一頓罵。

他曾聽說襄陽伯府家的大小姐那些糟心事，也見過她那副造作刻薄的面相，但因為一碗鴨血粉絲湯，如今對她十分看好，恨不得她與謝珣忘掉往事恩怨，夫妻恩愛一輩子。

車伕往馬車前拜上馬凳，丫鬟把車簾掀開，珠釵輕響，藺成下意識轉頭看去。

日頭晃眼，他沒來得及閃避，直愣愣地盯著姜舒窈，連心跳都慢了半拍。

芳容麗質，嬌靨如花，芙蓉不及美人妝。

他慌張地垂下眼，扯著謝珣害羞緊張地悄聲問：「伯淵，令妹初長成，端的是國色天香。」

謝珣斜眼瞟了他一下，冷淡地道：「那是我的夫人，姜氏。」

藺成倒抽一口涼氣，差點沒把自己嗆住。

他腦子一團漿糊，半晌才聽清謝珣那句話。

「怎麼可能?!」

同樣的一句話，在另一邊響起。

李大小姐扯著宋二小姐的衣袖，難以置信地看著姜舒窈。

「不可能！」她道：「短短時日，怎麼會變了一個人似的？明明她曾經還不如……」不如自己生得好看。這也就是她日夜咒怨姜大的原因，那麼一個醜婦、無才女，怎麼可以攀上了謝郎那星月般的人物。

「我見她倒是有以前的模樣，換了打扮，點了盛妝，眉目也長開了，看上去變了個人似的也正常。」

「哼，不過是靠一身衣裳、一頭珠釵襯的。」凌四小姐說道，眾人皆沈默了，雖然心底都知道不是這個緣由，還是努力地騙自己正是如此。

眼見著謝珮過來了，一擁而上將她團團圍住，嘀嘀咕咕說著姜舒窈的壞話，畢竟姜舒窈待嫁時，謝珣可是把那個厚顏無恥、名聲掃地的女人罵了個狗血淋頭。

謝珮臉色不妙，眾人心頭一喜。

「阿珮，妳怎麼臉色不好？」

「是被姜大氣的吧？」姜大，這是她們奚落姜舒窈的稱呼。

「是呀，我瞧著她那矯揉做作的模樣也難受呢，一身珠釵給誰看？這是赴宴，又不是相看。」這話說的就有點重了，可是沒人反駁。

謝珮抬眼看向說話的人，那人以為自己合了謝珮的心意，連忙補充道：「就算如此打扮，也只能稱得上一個俗字，哪能配得上妳哥哥那般明月風清的君子呢？」

旁邊的貴女嘰嘰喳喳附和道：「是啊是啊。」

謝珮臉色不好，語氣更不好。「她配不上——」

所有人臉上都泛出了喜色，謝珮可是謝郎的親妹妹，這樣罵姜大，想必謝郎對姜大也……

念頭剛起，就聽到謝珮接著道：「妳又配得上嗎？」

所有人都愣住了，不敢相信自己聽到的話。

謝珮在這些人臉上掃了一圈，對著剛才出言附和的人說：「還是憑妳？」又轉頭，掃過另一人。「或是憑妳？」

這些人，刻意梳妝卻連現在姜舒窈素顏布衣的模樣都比不上。

不論是被點中的，還是旁邊站著的，所有人的臉色都一下子鐵青，面上燒得慌。

謝珮的眼神明明只是輕飄飄地落在她們臉上，卻像明晃晃的日光，把她們內心的陰暗嫉妒全部照得一清二楚。

謝珮刁蠻慣了，毫不在意她們的臉色，況且她並非不知事，姜舒窈嫁給她哥，已成定局，幫著外人詆毀自家人，那是蠢人。「算了吧，我看這京城上下，也只有她能配得上我哥哥了。」

終於有人忍不住了。「謝珮！妳這話什麼意思？京裡的人家，誰能待見她？我們不過是說幾句，妳至於嗎？」

「說幾句？」謝珮才不理會她們的惱怒。「妳們在別人面前隨便怎麼說我管不著，在我面前說，我怎麼不至於了？我難道聽著謝家人被別人嚼舌根還要忍著嗎？」

她用肩膀大力撞開擋路人，滿臉不豫地走了。

待她走後，剛才有怒不敢言的眾人終於敢開口了。

「有什麼了不起的，擺臉色給誰看？」

「不就是仗著謝國公的勢？呵，她敢這麼對葛丞相家的大小姐嗎？」

像是看到了希望般，所有人開始附和。「對呀，京城第一才女總能配得上謝公子吧？」

「而且葛小姐冰雪聰明，脫塵出俗，姜大那種草包，給她提鞋也不配！」

馬車駛過，她們口中的葛小姐葛清書掀開車簾一角，五官清麗，一身白衣，宛若不食人間煙火，連開口的語氣也是淡淡的。「凝冬，妳說她們所言可是當真？」

凝冬把頭垂下，恭敬道：「自然是。」

姜舒窈進府不久，長樂郡主派來的太監就找到了她，直接領著她穿過人群往裡走，省了亂七八糟的規矩。

按理說，姜舒窈已嫁做人婦，應當同徐氏她們一道拜見長公主，但長樂郡主不介意，這些規矩便形同虛設。

但即使這樣，她還是比謝珣晚了一點到達長公主的宴亭。

長公主是很喜歡謝珣的，長得好，才華又出眾，只是少了點人氣。

她內心點評道，也正是因為他身上這冷淡的仙氣才惹得京中貴女們芳心亂顫啊。

謝珣恭恭敬敬地拜見了長公主，兩人一問一答，聊得十分愉快。

而另一邊，插隊的可不僅姜舒窈一人。

葛丞相的女兒葛清書也是插隊的，她家中勢大，太后抬愛，七拐八拐還能叫長公主死去的駙馬一聲十三表叔。

長公主正在感嘆謝珣的氣質中，餘光處悠悠然飄來一身著月白的仙女，渾身素淡典雅，禮儀得體，一舉一動都挑不出錯來。

多虧了穿越老鄉太祖皇帝，此時男大女防並不嚴苛。所以葛清書在見到謝珣時，也只須微微垂頭避開他。

謝珣聽到太監稟告，感覺有人進來了，沒多看，袖手往旁邊挪了一步。

長公主看著兩人這番動作，心道可真是巧了，一個京中第一才女，一個京中第一才子，兩個都是仙氣飄飄的主。

可她仔細一瞧，卻覺得兩人站在一起怎麼看都很怪異，一個冷若冰霜，一個雪中寒梅，一個還好，湊一塊兒就顯得冷過頭了——活像道士和尼姑。

她朝謝珣點點頭，示意他可以退下了，太監的尖銳嗓音突然響起。「謝國公府三夫人謝姜氏——」

話還沒說完，長樂郡主就拍拍手，激動道：「是窈窈來了嗎，快讓她進來！」

宮女掀簾，姜舒窈走了進來，一襲明豔的紅裙瞬時讓屋內鮮亮了不少。

饒是見慣美人的長公主也驚豔了一番，她見過的女人中能把紅衣和金飾壓住的，除了林貴妃也就只有姜舒窈了。

謝珣聽到布疋摩擦的聲音，毫不猶豫地轉了頭。

姜舒窈視線和他對上，他又立刻移開。

姜舒窈心裡嘆氣：謝珣怎麼還在生氣啊？

長公主瞧著兩人站一塊兒，一個豔麗嫵媚，一個清冷孤傲，恨不得拍手。

這才對了嘛！道士合該配妖精。

她腦中瞬間閃過無數齣戲文，書生與精怪，仙尊與妖女……她的眼神亮了亮，把兩人剛才的一舉一動全看在了眼裡。

有意思，看來這小道士破了戒律、動了心，妖精卻不懂人間情愛啊。

她胡思亂想，恨不得馬上把戲班子叫過來排一齣戲，咬牙忍住，和幾人說了幾句話就放他們走了。

姜舒窈剛走出去就被長樂郡主截胡，扯著她跑遠了。

謝珣站在原地看著她們遠去的背影，不禁開始擔憂。

以前長樂郡主就愛帶著姜氏看美男，如今姜氏嫁了人，郡主不會再胡鬧了吧？

他一愁，那臉色更冷了，嚇得本在偷瞄他的宮女紛紛垂頭。

擺宴後，姜舒窈全程挨著郡主坐，惹得一眾貴女暗自嫉妒，盤算著等會兒玩樂時一定要如以前一般狠狠地下她的面子。

她們計劃的機會很快就來了，撤席後，長樂郡主提議道：「府裡最近鑿了幾條清渠，不如我們移步去那邊，學學騷人墨客曲水流觴可好？只不過規矩改改，咱們還是玩行酒令，酒杯停在誰面前誰就接，誰接不上誰就飲酒。」

姜舒窈聽著就頭暈，悄悄扯扯長樂郡主的袖子。「郡主，我肚子裡可沒墨水呀。」

郡主面上還是那副端莊大氣的笑，咬著牙回道：「妳以為我想玩這個嗎？都是我娘逼的，說我到了相看的年紀，不能再胡鬧了，讓我沾沾文氣，名聲也好聽點。」

姜舒窈默然無語。

長樂郡主捏住她的手腕打氣。「不就是接不上就喝酒嗎？怕什麼，咱倆喝他娘的，不醉不休。」

姜舒窈哭笑不得。也不用把輸酒說的這麼豪氣吧？

於是兩個沒墨水的人，選了個最不容易停酒杯的地方坐下。可惜時運不濟，一開場酒杯就停到了姜舒窈面前，所有人頓時齊齊朝她看來。

雖然她早有準備，此時此刻還是覺得十分尷尬，彷彿在一眾學霸中被老師點名起來回答問題的學渣。她僵硬地扯了個笑，俐落地遮面仰首喝下一杯酒。

姜舒窈本就生得明豔嬌麗，以袖掩面喝酒的模樣又讓她帶了幾分俐落，不少郎君的目光都忍不住投在了她的身上。
謝珣看到這一幕，渾身的冷氣都快把渠水凍結成冰了。
行酒令再次繼續。
過了三輪，酒杯再次停在姜舒窈面前，姜舒窈內心咒了一句，再次痛快喝下。
謝珣看得著急，頻頻朝她使眼色，示意姜舒窈坐過來。
姜舒窈收到謝珣的目光，見他棺材臉冷得嚇人，默默地縮了縮。
不至於吧？她輸酒這麼丟臉嗎？氣成這樣。
眼見酒杯再次停到姜舒窈面前，謝珣突然開口，幫她接了。然後在眾人難以置信的目光下，走到姜舒窈旁邊坐下。
「這是什麼規矩，還能替人接的嗎？」有人不服道。
謝珣面不改色。「夫妻本為一體，有何不可？」
無論是看不慣姜舒窈的貴女，還是仰慕謝珣才華的郎君，抑或是姜舒窈本人，全體都傻眼了，四周陷入詭異的安靜。
謝珣恍若未覺，拿過姜舒窈手裡的酒杯，往渠面上一放，輕輕一推。「繼續吧。」
有瞧好戲的，有嫉妒姜舒窈到發狂了的，也有心碎了一地的……各種的目光投在姜舒窈身上，讓她坐立不安。
她悄聲對謝珣道：「你幹麼呀？」
謝珣眼風掃了她一下，恨鐵不成鋼地道：「一開始怎麼不坐我旁邊，我還能讓妳輸酒不成？」

姜舒窈傻了，眨巴眨巴眼望他。這到底是生氣還是沒生氣啊？

謝珣「哼」了一聲，移開目光，微微側身為姜舒窈擋下眾人投在她身上的目光。

姜舒窈半晌道：「嗯……喝酒我又不怕，我挺能喝的。」

謝珣側過頭來，蹙眉冷眼看她，姜舒窈閉嘴了，乖乖縮好抱學霸大腿。

行酒令玩到後來便無趣了，長樂郡主乾脆讓沒接上的人退至一邊，最後留下的人便是勝者。

然後大家便一個接一個被淘汰，渠水邊漸漸地就只剩下謝珣夫婦和葛清書了。

這也太尷尬了，作為一個抱大腿的人，姜舒窈很想自己舉手退出。

謝珣本來也不願爭這個頭籌，畢竟勝不勝對他來說又不重要，但是姜氏坐在他身後，他總不能在她面前輸吧？但若是執意不讓，一直接下去，會不會顯得爭強好勝，姜舒窈會不會不喜呢？

他胡思亂想著，下意識一直接口。

葛清書答得快，他接得快，一來二去就過了十幾輪，葛清書回答得越來越慢，最後力不從心，飲下一杯酒表示退出。

眾人可算看到了好戲，往謝珣臉上瞟。

謝珣還在糾結，突然就贏了，頓時忐忑地看向姜舒窈。

姜舒窈卻沒看他，而是接過再次飄過來的酒杯，一口飲下，對葛清書道：「葛小姐好才華。」畢竟謝珣是自小就奔著科舉去的，葛清書能堅持到現在，算是十分優秀了。

葛清書面色冷淡，輕聲道：「謬讚。」

眼見兩人對話，剛才就等著看好戲的貴女們頓時激動起來。沒想到姜舒窈卻沒有再多說什麼，只是對著葛清書笑了笑，而葛清書也只是對她點了點頭。

戲臺還沒搭好，旦角就下場了。

總算熬過了曲水流觴，長樂郡主火速派出弟弟讓他把這些公子才俊領走，再吆喝著貴女們去投壺。

文采姜舒窈不行，投壺她更不行，果斷拒絕了。

長樂郡主疑惑道：「妳以前不是最愛投壺了嗎？」

姜舒窈撒謊道：「我身子不太舒服，就在這兒坐著吧，景色挺美的。」

長樂郡主神經大條，連自己小姊妹換了芯都沒發現，更不會發現姜舒窈說謊了。她把大批人領走了，剩下幾個不喜歡投壺的閨秀和姜舒窈留在了這裡。

她們圍成一團說話，完全不給姜舒窈眼神，她只能形單影只地坐在角落裡……喝酒。

長公主府的果酒太好喝了。

葡萄酒色澤紫紅，甜味濃郁，遠遠壓住了酒的澀，帶著清新爽利的酸，回味綿長。

再說桃酒，一口喝下去，嘴裡居然會有清冽的新鮮桃子味，味微酸，甘甜純淨，桃香味醇厚。

還有金桔酒，清透澄澈，喝到底部居然能品到細密的果肉，果香純正，清雅甜蜜，尾香清淡，倒不怎麼像酒，而像是帶著微澀味的鮮榨橙汁。

她不太喜歡宴席上的飯菜，只吃了幾口，現在酒喝多了，胃裡不太舒服，往袖子裡一摸，摸出一個油紙包。昨天謝珣說了那個提議，她一晚上興奮地差點沒睡著，便想著先弄出個方便攜帶的菜品出來，在廚房裡鼓搗了很久。

因為開國皇帝修路的關係，商人百姓們行路比以前輕鬆很多，但行路時往往一行就是大半天，路上若沒有茶攤，喝口熱水都要自己煮。所以這時候人們喜歡在前一個歇腳處買點乾糧，在路上用熱水煮一煮、泡一泡，勉強可以下肚。

之所以不會買肉餅、肉饃，是因為它們涼了就不好吃了，再加上處理葷食的技術不夠，除了餅皮難吃，涼了的肉也會太過腥羶。

想到這個，姜舒窈便思索著怎麼改進一下，最後她想到了漢堡。

漢堡雖然也是熱的時候最好吃，但是涼了的麵包也不會太難吃，況且裡面夾的肉處理方式特殊，可以很好的避開肉涼了就腥羶的毛病。

姜舒窈想到了這個，昨夜便做了兩個漢堡，打算今天帶過來看看是否難吃或是不方便。

這時天熱，放在袖口裡的漢堡沒冷透，常溫狀態下勉強算是溫的。

她拆開油紙包，一口咬下去。

嗯，麵包依舊蓬鬆香軟，烤得正正好，麵香味十足，有著本身食材自帶的甜味。

昨晚做漢堡時，她下意識就挑了最大眾口味的兩個漢堡，一個是紐奧良烤雞腿堡，一個是香辣雞腿堡。

只是她做完了才意識到，這時用雞肉成本會比豬肉高，應該先試驗豬肉，比如黑胡椒豬排堡，照燒豬排堡等等。

她捏著油紙，咬下一口香辣雞腿堡，雞腿裹著麵包糠炸過，外皮酥脆。鹹香味主要在外皮，內裡更多的是鮮，帶著極其微弱的辣，正好祛除了雞肉的腥味，咬下去鮮嫩多汁，隔著麵包和清脆的生菜也能感受到雞汁在口中炸開。

沙拉醬酸甜可口，用蛋黃和油製成，有著蛋黃獨特的醇香味，讓味覺體驗更加豐富。

她正吃得開心，面前突然出現月白繡清蓮暗紋的袍角。

姜舒窈順著袍角往上看，就看到了葛清書那張脫塵出俗的臉。

「這是何物？」她面色依舊冷淡，語氣卻是極輕，搭配起來十分違和。

姜舒窈愣住了，嘴裡還有一大口漢堡，半晌沒回答。

葛清書端莊優雅地在她面前坐下，禮儀絲毫不錯半分，語氣和緩。「見妳一個人坐在這兒，我就過來了，無意打擾妳用食，抱歉。」

然後不染塵埃的仙女微微一笑，雖然一看就是因為不熟練而十分僵硬，但是依舊給她冷淡的面孔添上了幾分鮮活。

她直勾勾地看著漢堡，對姜舒窈說：「看上去可真是美味呢。」

姜舒窈與葛清書對視，看著她臉上僵硬到不能再僵硬的笑容，差點沒被漢堡哽住。

她掩著嘴，用力咽下口中的食物。

葛清書見狀挎了笑容，重新變回那副不染凡塵的高冷模樣，把酒杯遞給姜舒窈，抬袖動腕的模樣活像酒杯裡裝著瓊漿玉露。

姜舒窈猛灌一口，總算舒服了，對葛清書道：「謝謝。」

「不必。」

姜舒窈對她笑了笑，抬起手準備繼續吃，就見葛清書眼神隨著她的動作移動，一刻也沒離開過漢堡。

嗯……用這種斷絕七情六慾的眼神盯著一個漢堡是鬧哪樣？

姜舒窈在她的視線下，十分不自在地把漢堡往嘴裡放，一口咬下，青菜和雞腿脆皮發出「喀嚓」的響聲。

然後她就看到葛清書平靜無波的眼神亮了亮。

如果可以控制，姜舒窈的額角一定會滑下一滴冷汗。

這種場面，這種詭異的熟悉感……

她試探地問道：「那個，妳要嚐嚐嗎？」

話音還沒落，清冷的嗓音便迫不及待地響起。「好啊。」

可能因為見識了謝珣的轉變，所以姜舒窈對葛仙女下凡這件事接受得還算良好。她扯下一角油紙，給葛清書分了一小塊。

葛清書接過，姿態優雅地……塞入口中。她嚼完吞咽後，先是用嘴抿了抿回味一番，然後才開口說話。「抱歉，剛才宴席沒怎麼用食，一時沒忍住粗魯了些，讓妳看笑話了。」

「不會。」姜舒窈聽郡主說過這個才女可是高高在上，金口難開。

嗯，果然傳言不可信！

「這吃食叫什麼名字？」葛清書用一副探討詩文的嚴肅口吻問道。

第二十一章

「漢堡。」姜舒窈說道：「這是我自己做的。」

「哦？」葛清書眼睛又亮了幾分，往日那雙縹緲如煙的水眸變得明亮生動，往姜舒窈這邊挪了挪。「這餅皮用何物做成，為何吃起來這般鬆軟可口，細品居然還有淡淡的奶味回甘？還有裡面夾著的肉食是什麼？外皮酥脆、鹹香微麻，內裡卻細嫩香滑，一咬下去全是肉汁。」

飛快的語速差點沒把姜舒窈問暈了，她難以置信地看著葛清書，怎麼有人可以在臉上表情紋絲不變的情況下，口吻如此激動？

她忍住笑意，為她講解道：「外面的餅皮是麵包，以麵粉、雞蛋、油等主料製作而成；裡面則是雞肉，醃製以後裹上麵包糠用油炸過，再擠上沙拉醬，放上生菜就行了。」

說到美食，她就停不下來了。「不過這只是最簡易的做法，若是可以，我更愛再夾上起司片，剛出鍋的炸雞和溫熱的麵包會將起司融化，全部一口咬下，可香了。」

她一邊說一邊吞口水。「還有牛排漢堡，牛排不能太薄，小火慢煎後把肉汁都牢牢鎖住，夾在撒著芝麻的小圓麵包裡面，鮮美多汁，配上生菜、蛋黃醬還有融化了的起司，最是美味了。」

葛清書沒聽懂一些食材，但仍覺得聽她描述自己就犯了饞蟲，點頭道：「原來如此，受教了，還有嗎？」

姜舒窈想到了什麼，一拍腦門，從另一隻袖口拿出紐奧良烤雞腿堡，隔著油紙掰開，遞給葛清書一半。「妳嚐嚐這個口味。」

葛清書沒有推辭，道謝後迫不及待地把油紙打開，掰開時漢堡被捏了一下，形狀不夠圓潤蓬鬆，但依舊誘人。

葛清書抬起手臂，以袖掩面，然後在袖子後面大大地張開嘴，一口咬下去三分之一。這個竟然比上一個漢堡更美味，裡面那層雞肉又鮮又甜，卻甜而不膩，細品又有點點的辛辣味，依舊鮮味十足。

她把麵包掰開，看到了裡層的雞肉。色澤紅棕，上面刷著一層油亮亮的蜜汁，難怪吃起來有點甜味。兩口下肚，她放下袖子，取出錦帕沾沾嘴角。「謝夫人真是好手藝。」

姜舒窈笑道：「哪裡哪裡，葛小姐謬讚了，我也就是隨便做做準備而已，打算試一試是否方便攜帶。」

「謝夫人聰穎，這種吃食攜帶確實方便，如今天氣熱，涼了也美味。」葛清書好話不要錢似的。「謝公子能夠覓得賢妻如妳，實乃大幸。」

姜舒窈聽得臉紅。「不不不，我不是為他琢磨的。」

葛清書身子猛地前傾。「可是要放在林家的鋪子裡賣？」說完才想起好像林家不涉獵酒樓食肆，眼神頗為失望。

誰知姜舒窈接口道：「正是，我打算在商道上的行腳店賣，這樣行路的百姓也能吃點好吃的，不用再泡乾糧忍餓了。只不過還得改進，雞肉換成豬排，麵包烘烤也要改進，用大窯烤，省柴。」

葛清書聽她這麼說，忽然開口，語氣柔和。「既然都是行路人，那麼有貧苦百姓，也有做小本買賣的商人，為何不兩種肉餡都做呢？」

她眼裡露出笑意。「虧太祖皇帝的福，如今家禽雖說貴了點，卻也不算矜貴，除了商人，手有餘錢的百姓也可以買。再說，為何光在行腳店賣呢？就拿京城來講，從每日上朝、上值的官員至碼頭上工的漢子，都會時不時買上肉餅、肉饃來吃，我想他們也會想嚐嚐口味獨特的漢堡。」

姜舒窈隱隱約約有點想法，撐著下巴思索。「也是，而且冬日漢堡也會冷，吃下去照樣難受，是我想岔了。或許確實更適合在食肆裡面賣，至於方便攜帶又不怕涼的吃食，我還得再琢磨琢磨。」

葛清書道：「我於行商方面所知不多，只是說說自己的想法，望謝夫人不要介意。」

姜舒窈自然道：「不會不會。」

葛清書本來還想聽她談談美食，見她正在思索，便不好意思再打擾，蓮步輕移飄開了。

等到宴會散了，眾人在府前上馬車時，謝珣總算再次看到了姜舒窈。他正要過去，就見葛丞相家的大小姐朝姜舒窈走過去。

這兩個人可是完全不相干，京中貴女中的兩個極端，她們是何時認識的？

他心下疑惑，沒有出聲，抬步朝她們走去。

他這般想，其他人也是同樣的疑惑，邊上等待馬車的貴女們紛紛站在一旁瞧熱鬧，怎麼也沒想到姜大和葛小姐能「對」上，可有好戲看了。

葛清書與姜舒窈寒暄了幾句後，說道：「不知謝夫人可願意與我來往些書信？」她有意交好姜舒窈，雖然唐突，但還是提了出來，現在放跑了姜舒窈，以後再見著也不知道什麼時候。

姜舒窈點頭。「自然願意，葛小姐不嫌我粗鄙就好。」

葛清書連忙道：「哪會！」猜想姜舒窈是在指自己在京中的草包名聲，勸慰道：「名聲傳聞都是人云亦云，不必看重。」

姜舒窈對她燦爛一笑，笑容明媚如春華，看得葛清書心頭一軟，餘光瞟到指著她們小聲議論的貴女們，想到了今早她在馬車上聽到的對話。

她爹是丞相，所以她對京中各家高門多多少少都有些了解，想到姜舒窈的處境，不免皺起了眉。「妳若是遇到了什麼難事，也可寫信告訴我。」她雖然還沒有嫁人，但對後宅之事了解不少，處理些心懷鬼胎的鶯鶯燕燕還是輕而易舉的事。

姜舒窈沒聽懂她的言下之意，只當她客氣。

葛清書看她於人情往來方面如此遲鈍，難免有些急，朝她靠近一點，放輕聲音說：「我的意思是無論是待嫁時、還是為人妻，萬萬不能因為些許糟心事而讓自己受了委屈。」

葛清書想到謝國公府娶姜舒窈時的不情不願，周遭貴女的貶低和蠢蠢欲動，以及今天曲水流觴時謝珣給姜舒窈的冷臉她就不爽，卻忘了自己表情的溫度也不太高，又補上一句。

「若是過得委屈了，可記得不要強忍。」

姜舒窈還未答話，謝珣已經走了過來，葛清書聽聲回頭，就見到了謝珣冒著冷氣的不快臉色。

哼！就是這個模樣，甩臉色給誰看呢？媳婦是他娶的，在宴席上冷遇她算個什麼道理？

旁邊看好戲的貴女們差點忍不住叫了出來。「啊啊，謝公子與葛小姐站一塊兒真是般配。」

「是啊，兩人看上去都似不染凡塵的模樣，登對極了。」

葛清書在心中冷哼，移開目光，對謝珣點頭。

謝珣離得近，自然聽到剛才她的話了，心頭可氣了。

笑話！居然挑撥他與姜氏的夫妻關係。

「葛小姐。」語氣依舊平淡無波，但能感覺到濃濃的冷意。

葛清書聽他的聲音更不悅了，想到姜舒窈這麼明朗活潑的人，配了個這樣的冰塊，肯定很委屈，她的語氣也不好。「謝公子。」

一旁貴女激動地扯錦帕。「啊啊啊，我看他們口形是在互相打招呼，妳瞧見沒？」

「瞧見了瞧見了！哼，我看那姜大得意不了多久了吧。快看快看，她上馬車了，怎麼？是待不下去了嗎？」

與她們的想法完全不一樣，等姜舒窈上了馬車後，謝珣眼神看著馬車，話鋒直指葛清書。「葛小姐，君子敏於事而慎於言。無多言，多言多敗。」

葛清書面若冰霜。「謝公子才華橫溢，想必行事上處處合乎君子之風，於友人、於妻子，皆是如此。」

謝珣冷哼一聲，眼神冰涼地看她。

葛清書以同樣的眼神回他，兩人視線相撞，火花四濺，葛清書譏笑一下，收回目光面色冷寒地走了。

另一邊看戲的人越發激動。

「啊啊啊，他們視線對上了。」

「我瞧見葛小姐還笑了一下，她這般性子，何時那樣笑過啊？」

「我就說姜大早晚會被謝郎一腳踹開，還是葛小姐才能配上他。」

謝珣站在原地收斂了下臉色，猶豫一番，還是掀簾子鑽進了姜舒窈的馬車。

謝珮也在裡頭，見他進來嚇了一跳。「三哥？」

謝珣撞見妹妹，有些不好意思。「妳同母親一道坐車吧，我有話對妳三嫂說。」

謝珮看他臉色不佳，幸災樂禍地看一眼姜舒窈，掀開簾子下了馬車。

姜舒窈納悶地問謝珣。「你想說什麼？」

謝珣臉色不好，道：「剛才葛小姐說的妳不要往心裡去，我看她有意挑撥我們兩人關係。」

姜舒窈驚了。「怎麼可能？她就是讓我不要在意流言，不要委屈自己。再說了，你我有什麼好值得挑撥的？」

聽她這樣說，謝珣收斂起神色，面上竟有些委屈。「是我多慮了。」

姜舒窈看他的眼神也變得古怪起來。「葛小姐雖然看上去不好接觸，其實人很好的，還想與我來往書信做好友呢。」

雖然她能交到朋友謝珣也開心，但聽她這麼說，還是有些不悅。內心哼哼，把臉扭到一邊，嘀嘀咕咕小聲道：「看上去跟個冰塊一樣，有什麼好的？恨不得把周圍人都凍住一般。」

「……你要不要借我梳妝鏡照一照你現在的樣子。」姜舒窈忍不住話。還說別人冰塊，這兩人在冷臉這件事上根本不分伯仲好嗎？

謝珣「唰」地把臉轉回來，氣得直抿嘴。「妳……妳……哼！」

姜舒窈哪明白他的心思，不再看他，轉而撩起車簾一角看外面的風景。

馬車駛在大道上還算平穩，轉入小道後就開始顛簸，姜舒窈被晃得有些頭暈，放下車簾靠在車壁上。

謝珣一直在偷看她，見狀問：「喝茶嗎？」

他的聲音聽上去竟然有些模糊不清，姜舒窈後知後覺意識到自己可能醉了。那些果酒雖然度數不高，但她喝得多又喝得猛，後勁上來了有點扛不住。

她把小矮桌拿出來攤開，趴在上面，回答道：「不喝，我睡一會兒。」

聽到響動，謝珣才正眼看她，發現她面色酡紅，眸裡染著朦朧醉意，疑惑道：「妳喝醉了？」就輸酒喝的那幾杯還不至於吧。

姜舒窈沒理他，閉上眼睡覺，難受地皺著眉。

謝珣便道：「我叫丫鬟進來照顧妳。」正準備掀簾叫車伕停車，突然聽到身後傳來抽泣聲。

他詫異地回頭，就見姜舒窈眉頭緊蹙，面帶幽色，眼裡氤氳著盈盈淚意。

「怎麼了？」謝珣嚇了一跳，連忙坐到她身邊把她扶起來。想到剛剛葛清書說的話，他心中揪了起來。「誰給妳氣受了？妳怎麼受了委屈不跟我講，去找一個剛認識的人訴苦。」

姜舒窈腦子昏沈，自己也不知道在哭什麼，就是很難受，想半天才找到自己哭的理由。關鍵時刻依舊不忘把葛清書踹開。

「我擔心我娘。」

謝珣心一下子就軟了，把她扶著靠著自己的臂膀。「別怕，岳母一定會好起來的。」

姜舒窈搖頭。「不是這個，只是覺得她好可憐，明明家財萬貫，該是無憂無慮被人寵著的大小姐，卻在後院裡爭風吃醋、勾心鬥角，被磨了性子，成了現下這般鬥志全無的模樣。」

謝珣還是第一次聽姜舒窈說這種話，嘆了口氣，幫她把眼淚擦掉。「這是妳娘自己的選擇，萬般皆是命，她至少還有妳，也算安慰了。」

「我知道。」她靠在謝珣肩膀上落淚。「她說不是，但若非鍾情於我爹，她大可挑其他人，何至於嫁過去受罪？當年情投意合怎麼就落得了這番下場，為何就負了她？」
謝珣也不知怎麼安慰她，只能幫她擦淚。
姜舒窈心裡憋悶，藉著酒意開始發酒瘋，也不知道自己在想什麼、說什麼，一邊啜泣邊罵男人都是負心漢。
謝珣默默聽著，見她哭得妝容都暈成一團，又是眼淚、又是鼻涕的，還是絞盡腦汁勸了幾句。「也不至於此，妳瞧瞧我大哥、大嫂，兩人成親這麼多年，依舊恩愛如常，大哥待她始終如一。」
他幫她擦了臉、髮髻理正，嘆息道：「移情別戀終究是用情不夠深。」
這句話不知怎麼地把姜舒窈勸住了，她收住淚，靠在謝珣身上垂眸發呆，正當謝珣以為她酒勁過了的時候，她突然開口問道：「那我呢？」
謝珣不懂她所言何意，低頭看她。
姜舒窈微微仰頭，未乾的淚滴垂在鴉黑的睫毛上，迷茫憂愁，楚楚可憐。
「那我呢？會有人心悅我，對我從一而終，恩愛不移嗎？」
謝珣輕笑道，把她蹭掉的花鈿貼正。「會的。」
姜舒窈卻又開始泫然欲泣。「什麼人會喜歡我這種一個人能啃掉一整隻雞的人呢？」
謝珣愣了，嘴快接道：「肉鋪戶？」
姜舒窈啜泣聲一哽，視線和謝珣的對上，車廂裡陷入詭異的寂靜。
「嗚嗚嗚哇——」隨即，哭嚎聲響徹馬車車廂。

謝珮坐在後面的車廂，聽到這哭聲愕然不已。

不至於吧？姜舒窈惹出了什麼禍事，三哥居然把她訓哭了？她心裡默默給謝珣記了一筆，雖然她不喜姜舒窈，但是罵女人，還罵哭了，這算什麼君子。

姜舒窈嚎了幾嗓子後就靠在謝珣身上睡著了，眼淚鼻涕蹭了他一身，毀了上好的緞子。

馬車到了謝國公府後，姜舒窈悠悠轉醒，在丫鬟們的攙扶下回房，丫鬟們伺候著她洗漱淨面後，她便往床上一倒，睡得昏沈，直到第二日才醒來。

這一覺睡醒，全然忘了昨日自己發了酒瘋，更忘了自己還毀掉了謝珣一件衣裳。

正巧她讓人打的平底淺口鐵鍋送到了府裡，才睡醒後也沒什麼胃口，只想吃點小吃，她便打算做一做自己想了很久的烤冷麵。

烤冷麵的冷麵皮做起來很講究，麵粉要用到蕎麥和小麥麵粉，另加澱粉、鹽、鹼拌勻，用涼水揉成比較硬的麵團，醒半小時後成麵皮。再用熱水煮麵片，撈出過涼水晾乾。

趁著麵皮晾乾的其間她開始做火腿腸。從大廚房拿來剁好的雞肉糜便派上了用場，加入調料調味，最後加入糯米飯和澱粉攪拌均勻。取肉糜隔著油紙擠成長條狀，放入窯裡烘烤，含肉量十足的火腿腸就做好了。

醬汁用自己發酵的甜麵醬、黃豆醬、蒜蓉醬調製而成，鹹香甜辣，醬香撲鼻。

等到麵皮稍乾後，鐵鍋淋油，放下麵皮，「刺啦」一聲，水氣蒸騰。

打一顆雞蛋，用鍋鏟將雞蛋液攤開，蛋液由透明狀漸漸凝實以後刷上厚厚一層醬汁。

烤冷麵最忌諱麵皮烤乾了，所以中途要不斷往麵皮下灑水，等到麵皮、雞蛋全部熟透以後，再放入火腿腸段，最後撒上蔥花、香菜，裹成卷切開裝盤。

冷麵麵皮白中透黃，切開後露出裡層白黃夾雜的蛋餅以及深粉色的火腿腸，蔥花、香菜夾在其間，顏色豐富。尤其是冷麵上那層沾著芝麻的棕紅色醬汁，色澤濃郁，有些地方還黏著翠綠的香菜末，看上去可口極了。

烤冷麵的精華就在於冷麵皮上，麵皮口感勁道，有嚼勁，有韌性。而煎烤過程中又不斷灑水，烤出來不會太硬，反而有些濕軟。搭配蒜蓉醬的辛辣和甜麵醬的鹹甜融合在一起，一口下去，醬香、蛋香、肉香味濃厚。

姜舒窈顧不得燙，狂塞幾口烤冷麵下肚，方覺得解了饞意。

她很快吃完一盤，又烤了一片，吃得撐了才停手。

到了晌午飯點，也不想吃飯了，又烤了兩片冷麵，依舊不夠，晚上打算繼續吃。

只是晚上謝珣回來了，想著廚房僅剩的兩張冷麵皮，姜舒窈猶豫了。

謝珣見她臉色不好，以為她還在介意昨日醉酒的事，心下好笑，朝姜舒窈走過去，遞給她油紙包。「下值回來路上見著賣麻花的，給妳捎了一包。」

姜舒窈拆開油紙包，裡面盛著如粗繩相擰的麻花，摸著還是溫熱的，炸的火候剛好，介於金黃色和棗紅色之間。

拾起一塊放入嘴中，麻花酥脆，外層透著油香，裡層沒有被油浸入，有種純純的麥芽香氣，雖是油炸物，卻一點兒也不膩。

姜舒窈把油紙包合上，決定給謝珣分一張烤冷麵。

她做菜，謝珣慣是愛湊到旁邊看的，此刻自然是跟著她進去。

見著廚房新添一個鐵鍋，好奇地問：「怎麼想著打個這種形狀的鐵鍋？」

姜舒窈便為他解釋。「這種鍋能做很多菜的，等我喚人打的鐵爐回來了，咱們就可以吃烤肉了。」

等他吃到烤冷麵後，就恨不得日日吃，頓頓吃，覺得這鐵鍋真是打對了。

兩人意猶未盡地舔舔嘴巴，然後姜舒窈才意識到自己忘了做晚飯。

於是兩人只好去大廚房要了晚膳。

第二十二章

翌日，姜舒窈去壽寧堂請安時，恰巧大老爺、二老爺也在。

他們正在說話時姜舒窈進來了，兩人對姜舒窈這個弟妹都挺有好感的，便朝她點點頭。

老夫人看得不痛快，拉下嘴角。

但哥兒倆看不到這個，繼續撿起剛才的話題，說到過幾日藩屬國來朝進貢，皇上便打算大開朝會以彰顯我朝威赫，然後前往帝王廟祭祀太祖。上至丞相，下至小官都得到場，而且往往從天還不亮就得到場，從朝會到帝王廟，一站幾乎就是一整天。

老夫人提起這個也挺愁的，囑咐道：「記得帶上糕點，餓了就吃些墊墊肚子。」

姜舒窈等謝珣回來後便問這事，謝珣習以為常。「就餓一天，又不礙事，況且日頭曬著，吃些甜甜膩膩的糕點反而心煩。」

姜舒窈好奇地問：「那不帶餅嗎？」

「一般是不帶的，饃涼了乾硬，餅涼了腥羶。」

姜舒窈挑眉。「怎麼會腥羶呢？不如我給你做吧，種類多樣，保證你一天都不餓。」她一拍手，躍躍欲試。

說到餅，姜舒窈能想出一大串來，醬香餅、蔥油餅、牛肉燒餅、千層餅……

而說到饃，那躍入腦海的首先便是肉夾饃。

肉夾饃是陝西地區的特色美食，顧名思義，饃夾著肉。饃是指外皮酥脆，內裡蓬鬆軟綿的白吉饃；肉有滷肉、臘汁肉等等，剁成肉糜往白吉饃一夾，饃香肉酥，一口下去滿口留香。

姜舒窈沒有太趕著為謝珣做試驗菜品肉夾饃，畢竟做飯這件事對她來說是享受，若是著急了便少了那種治癒的滋味。

所以直到午後陽光正好時，姜舒窈才踏進了小廚房，架起陶甕準備臘汁肉。

臘汁肉與滷肉略有不同，不加薑蔥、料酒，只須將豬肉與丁香、蔻仁、良薑、花椒、冰桂皮、大小茴香等中藥材和香料，小火慢煨，直至香味進入肉中，肥肉被燉得軟爛如糜。

日光暖融融的，曬在人身上叫人昏昏欲睡，牆角的小奶貓曬著太陽打盹，聞見臘汁肉的香氣，悠悠轉醒，翹著尾巴朝小廚房走來。

也不知道是哪個小丫鬟偷撿的野貓跑了出來，姜舒窈丟給牠一塊燉肉，牠立馬過來狼吞虎嚥吃了個乾淨。

沒有謝珣在旁邊看著她做菜，卻多了一隻乖乖坐好撒嬌喵喵叫的小貓，姜舒窈幾次回頭都正巧看見小貓天生的翹嘴角。嗯……倒有幾分相似，乾脆叫謝珣養了牠算了。

她一邊想著，一邊準備白吉饃。

白吉饃是用發麵和普通麵團揉製而成的，餳麵後，分成劑子，壓成圓餅。平底鍋燒熱，不用放油，直接放入小餅蓋上鍋蓋烙餅，烙到兩面呈金黃色即可。

餅烙好時，臘汁肉也燉夠了。

打盹的小貓咪醒了，「喵」了一聲，叫聲剛落，另一個清越的嗓音響起。
「做了什麼？」
謝珣剛剛下值，還未換上常服，他一邊嗅著香味一邊走進來道：「明日朝會，我現在要去和大哥、二哥議事，就不在這兒用晚膳了。」
姜舒窈掀開鍋蓋看了一眼臘汁肉，燉爛後的臘汁肉，黑裡透紅，泛著一層紅亮的光澤，問道：「你確定？」
「……若是可以留飯，就給我留一份吧，我回來再熱。」
姜舒窈再問：「現在不吃？」
本來不餓的謝珣被她問得有些饞，但還是拒絕了。「大哥、二哥正等著我呢，不能耽擱。」
姜舒窈看出了他的遺憾，笑道：「正巧今日我做的是饃，你拿上就可以吃了，不耽擱。」
「那便再好不過了。」謝珣聞言眸色一亮，背著手探身看向鍋裡。「什麼饃呀？」
說完旁邊響起一聲喵叫，謝珣側頭便看到了一隻伸長了脖子討食的小貓。
他隨口問道：「哪來的貓？」
「不知道，我瞧毛髮都是乾淨的，應該是哪個小丫鬟偷偷養著的。」
謝珣點頭，轉頭看著那隻舔鼻頭的貓，十分幼稚地道：「饞嘴的貓呀。」
然後他回身繼續探頭往鍋裡瞧。

姜舒窈索利地從陶甕裡撈出一塊燉得軟爛的臘汁肉，往砧板上一甩，湯水淋漓。

提刀一陣亂剁，軟糯糜爛的臘汁肉兩下便被剁成了肉糜，剁出了濃郁的肉汁，和爛乎乎的臘汁肉裹在一起，呈糯膠狀。掀起鍋蓋，取白吉饃中間劃刀，把臘汁肉肉糜夾進去，舀上一勺鹹香味肥的湯汁澆在饃裡面，便往謝珣手裡一塞。

謝珣拿著肉夾饃，其散發的油香氣讓他口舌生津，再瞧這白饃，蓬鬆香軟，內裡的肉餡瘦肉末色澤紅潤，肥肉末晶瑩剔透，不由得道：「再給我做一個吧。」

說完不甘心地補充道：「若還有剩餘的便給我留著，我晚上回來吃。」

姜舒窈知他飯量大，便又給他弄了一個，邊做邊說：「饃我用餘溫熱著呢，臘汁肉也是用小火燜著的，你沒吃夠就差下人來說一聲，我給你做了讓他們送過去。」

「甚好甚好。」謝珣歡喜道，便姿態優雅地拿著兩個肉夾饃，找哥哥們去了。

有謝理這個古板的哥哥在，哪怕是再餓，議事的時間也不能用膳。

畢竟人家在嚴肅商議事務，旁邊來一個「呼嚕呼嚕」喝羹的，多奇怪呀。

所以即使兩人都餓著，也沒有用膳，最多吃些糕點墊肚子。老爺們不愛吃甜膩的，只吃兩個就把盤子撤了。正巧這個時候謝珣來了，他們便收拾好桌案準備議事。

一抬頭，見謝珣身形挺拔如松竹，卻一手捏著一個肉夾饃，跟個二愣子似的。

謝珣見著他們拿走那半空的糕點盤，連忙阻攔。「等等，把那個盤子留著。」

說完大步上前，把左手的肉夾饃一放，坐下說道：「好了，開始吧。」

謝琅和謝理一時不知用怎樣的神情看他。

謝珣神情平淡無波。「大哥先說說自己的看法吧，我聽著。」

謝理吸一口氣，聞到了肉夾饃的香味，鹹香醇厚。

「咳哼。」他咳一聲。「議完事再用吧。」

謝珣答。「不礙事的，我不發出響聲，且吃這個方便，我隨時都能咽下開口說話。」

謝理對自己這個冷面弟弟一向無可奈何，便開口說起正事。

這邊謝珣聽得很認真，神情也很嚴肅，只是動作完全不符，他捧起肉夾饃，將兩端一捏，對著灌得滿滿的肉夾饃不知如何下口。

他先從旁側咬起，一口咬太大，微微擠壓了肉夾饃，裡面濃香的肉汁頓時流出，差點流到他手上。正是這般，肉夾饃才格外誘人。肉把餅撐得鼓鼓的，內裡還灌著熱燙的肉湯汁，光是想像就能知道有多可口。

謝琅聲音幽幽響起。「這可是三弟妹為三弟做的？」

謝珣把口裡的咽下，答道：「正是。」

謝理奇怪。「怎麼晚膳吃餅？」

「姜氏怕我明日餓著，便想試試做點涼了也能吃的餅子。」

謝理撫鬚道：「我看這個不適合。」

謝珣點頭，說道：「正是，不過又何妨？今晚上吃上兩塊，明日餓一天也能忍了。」

謝理沈默。

謝琅收回目光。「行了，大哥你先談談看吧。」把話題扯到正事上。

謝理便開始侃侃而談，謝珣時不時加入他們商討提議，一邊啃肉夾饃，一邊思索，覺得議事也變成了樂事。

他吃得香，謝理隔了半截桌案都能聞見味道，忍無可忍。「不知弟妹今日做的多嗎？」

謝珣聽了頓時心中警鈴大作，就滷味一事，他就認清了兩人有多饞嘴。

他伸出手把盤子一拉，緊緊地靠著自己這邊桌案的邊緣。「這我就不知道了，大哥有事嗎？」

饒是謝理嘴饞，也還是做不到向弟弟、弟妹討食的事，道：「無事，只是好奇罷了。」

謝琅同樣開不了口，但兩人不約而同地盯著謝珣。

謝珣忍無可忍。「我把這個吃完就不吃了。」

卻聽謝琅一本正經地接口。「那你盤中這個可不就涼了嗎？」

哼，想虎口奪食！

謝珣冷聲說道：「天熱，涼不了。」

「三弟。」謝理道：「那這樣吧，我們先用晚膳再議事，我和二弟還餓著呢。」

這樣一說，謝珣頓時覺得自己站不住腳了，反而淪落成了一個因為只顧著吃而耽誤正事的小氣自私之人，他只好把盤子推過去。

「吃吧。」然後喚丫鬟進來，讓她去聽竹院找姜舒窈再拿兩個餅。

謝理和謝琅盯著那盤肉夾饃，同時抬眼，目光對上。謝琅手快，先一步拿到。

白吉饃還是溫熱的，裡頭的臘汁肉正冒著熱氣，謝琅嗅到這味就饞了，捏著白吉饃，從中咬下。噴香的肉汁擠出，順著刀口滑下，將饃皮浸潤。

白吉饃表面酥脆，內裡柔軟蓬鬆，肉汁充分浸入到了饃裡，饃的內層濕軟鹹香，光是饃就十分美味了，更別提裡頭燉得酥爛、入味的臘汁肉。

瘦肉煮得軟嫩，瘦而不柴；肥肉酥爛，肥而不膩，入口即化，膠糯香滑。

肉香味與大料香味相互交融，相輔相成，怎叫一個妙字可言。

謝琅三下五除二吃乾淨了，沒飽，反而更饞了。

姜舒窈新送來的肉夾饃恰好到了，謝珣理所當然地分了一個，餘下的那個便給了謝理。

謝理早就饞了，終於輪到自己吃了。

一口下去便愣住了，還議什麼事啊！一起耽擱會兒時辰慢慢品味餅子不好嗎？

等到謝珣、謝理吃完了，大家總算開始議事。

直到亥時初，三人才商議好了，謝珣站起身準備走，被謝琅叫住。

「三弟，不知明日弟妹會為你做些什麼？」

「不知道，應該什麼也不做吧，我看她沒有什麼想法。」謝珣隨口回道。

「若是做了——」謝琅猶豫著開口。

謝珣總算聽出不對勁，這次是真的生氣了。

他蹙眉說道：「二哥，萬沒有這樣的道理，哪有親哥哥麻煩弟妹做吃食的？姜氏做飯愛自己經手，給你們做不累嗎？」親兄弟說起話來真是不留情面。

謝琅帶著歉意道：「我不知弟妹竟然是親自動手，是我想岔了，望三弟不要介意。」

謝珣這才臉色稍霽，軟了語氣。「我回去問問她吧。」

謝珣回到聽竹院，心中琢磨著這事，怕姜舒窈覺得哥哥的請求是在使喚她，畢竟她本就是個高門貴女，又不是廚娘。

他想著想著，把自己想生氣了，站在院子裡悶悶不樂了好一會兒。想通了後才跑去東廂房找姜舒窈，沒找著，轉而去小廚房，果然見著了她。

姜舒窈正在做明天的餅，見謝珣來了，便對他說：「我明天給你烙一個餅帶上吧。」

姜舒窈在砧板上的長舌狀麵皮上刷上一層油酥，均勻抹上調好味的肉末，用刀尖在麵皮上劃了幾道，捲起，壓成餅狀。

謝珣背著手走過去。「這是什麼餅？」

「鍋盔。」姜舒窈手下不停，俐落極了。「給你做軍屯鍋盔吃。」

軍屯鍋盔，四川傳統小吃。起源可以追溯到三國時期，當時軍隊外出操練或行軍時常以乾糧充饑，鍋盔攜帶方便，又比一般的乾饃味道好，所以漸漸流行起來。

軍屯鍋盔可以單吃充當主食，也可以配上酸辣粉或者肥腸米線食用當配菜，口感酥脆，肉香十足。

姜舒窈一連做了好幾個，打算明天慢慢吃。

架起平底鍋燒油，放上鍋盔，熱油在麵餅周圍冒起小泡，小火慢煎，待到鍋盔皮變成淺金黃時便取出。此時鍋盔裡面還沒熟透，只有外面的皮變得金黃酥脆，散著綿長的油酥香味。

「明日一早我會讓丫鬟把鍋盔放進窯裡烘烤，你走的時候記得帶上。」

謝珣腹中飽著，雖然有點饞，但還不餓，便點頭道：「好，辛苦妳了。」

說完也不走，默默等姜舒窈把最後一個餅煎好才心滿意足地離開了。

翌日一早，天還未亮謝珣就爬了起來，拿上昨夜準備的兔皮袋，晃過月洞門，來到小廚房旁，在旁守候的丫鬟隨即打開土窯為他取出鍋盔。

剛出爐的鍋盔酥油香濃郁，土窯的熱浪夾著誘人的肉香撲面而來，謝珣心念一動，問道：「烤了幾個？」

丫鬟答。「回爺的話，夫人讓烤了六個。」

謝珣一合掌。「那就好，我拿一個路上吃，再帶上倆。」

丫鬟聞言便笑道：「夫人也是這般打算的呢，她讓爺吃一個，帶上兩個，再給大老爺和二老爺一人帶一個。」

聽著前半截，謝珣勾起了嘴角，笑意還未起，便聽到了後半句。

「給他們帶幹麼？」謝珣不樂意了，雖然是自家親哥，但是親兄弟也要明算……餅。

丫鬟被他的冷臉嚇了一跳，連忙低頭恭敬道：「夫人說若是大老爺、二老爺推辭的話，便拿回來就好，反正鍋盔是越烤越香。」

謝珣冷笑，板著個臉。「他們才不會推辭呢，不厚著臉皮多蹭兩個還算好的了。」

丫鬟不敢答話，謝珣也沒想為難她，待丫鬟用油紙包好五個鍋盔後，謝珣把自己的裝好，不情不願地拿上三個鍋盔往外走。

丫鬟叫住他。「爺，夫人還準備了水囊讓您帶上。」

謝珣奇怪道：「我有水囊啊。」

另一個丫鬟從小廚房過來，把水囊遞給謝珣道：「爺，水囊裡裝的是夫人讓下人磨的豆漿。」

謝珣摸著水囊外的溫度，想到哥哥們只有餅，心頭泛起暖意，娶了媳婦的日子真好。

他把水囊裝好，帶著三個油紙包前往前院與兩個哥哥會合。

謝琅、謝理見到謝珣手上拿著的油紙包，知道自己撿到便宜了，連忙接過並讓謝珣向三弟妹轉達他們的謝意。

至於謝珣那冷臉上透著的不情不願，他們只當沒看見。他們本來也打算去街市買胡餅，帶上的皮袋子正好派上了用場。

隔著油紙包都能聞見那股酥油香和花椒的鹹麻氣息，使兩人不禁從娶妻感嘆到還是生女兒好，也不知道兩者是怎麼聯繫上的。

謝珣駁馬離他們三人寬，默默地把手上拿著的鍋盔啃完，又掂量掂量袖子裡裝著鍋盔的袋子，總算舒坦了。

朝會開始時，晨光初綻，一番儀式過後，日頭漸漸上來了。

官服寬大厚實，上繡飛禽，文雅又氣派。看著好看，但是穿著就不是那麼一回事了。

藺成站在謝珣旁邊，被日頭照得萎靡不振，腿也開始麻了。他稍微扭了扭身子，見斜側方一位仁兄掏出了水囊，便跟著偷偷摸摸地拿出了水囊。

怎麼小心翼翼地喝水不被發現，這是個難事，但藺成有經驗。

他將頭垂得更低，借抬袖擦汗的動作迅速拔掉塞子，用力一擠囊身，清水入口，大力喝一口，頓時舒服不少。

他放下袖子，餘光瞥到謝珣也動了。

謝珣比他姿態從容太多，連抬袖的動作也清俊優雅，就當藺成以為他是要真擦汗時，就見他從袖子裡掏出了水囊。

這個水囊蓋子有些奇怪，謝珣是擰開的，擰開後裡面露出了一根蘆管。

見狀藺成驚訝萬分。他怎麼沒有想到這種方法？剛才喝一口水嗆得他腮幫子都疼了。

謝珣風度翩翩地含住蘆管，悠悠然喝幾口豆漿。涼了的豆漿依舊甘甜香醇，豆香味清新，幾口下肚，煩躁和炎熱逐漸消散。

藺成稍微往謝珣那邊傾了點。「伯淵，你喝的是什麼？」總覺得他不會喝清水！

謝珣壓低聲音回答。「豆漿罷了。」

藺成道：「等會兒給我留一口。」

謝珣沒想到他連豆漿也饞，頓時憂心起自己袖子裡的鍋盔來。

不過姜舒窈這豆漿煮得真好，清甜解渴，回味悠長，想著等會兒可以配鍋盔吃，他的心情就愉悅了不少，乾站著也不那麼枯燥了。

日頭升高，番邦國皇子從文武百官中走出，向天子獻禮進貢。

這個時候朝會的威嚴散了幾分，取而代之的是熱鬧。

官場的老油條、小油條們心下一動——飯點來啦。

此時時辰已接近晌午，眾人早就饑腸轆轆，衣袍摩擦，窸窸窣窣，各自掏出吃食。

謝理位列靠前，身著毳冕，官服繡有著章紋，佩金飾劍，威嚴赫赫。

站在他身側後方的官員被他嚴肅的氣勢壓得收斂了幾分，偷摸摸瞧著他，生怕他看見了自己的小動作，還好謝理只是肅容看前方。

他們心下一鬆，剛準備動作，就見謝理微微活動了一下雙臂。

眾人齊齊頓住，斜著眼偷瞧他。

只見謝理抬頭看著高臺上的帝王儀仗，微微蹙眉，眉心那道淺淺的皺紋變深，神色更加嚴肅，使眾人不由得面有愧色。

是啊，外朝來賀，番邦獻禮，本是彰顯我朝威風，他們怎麼連一點饑餓也忍不住呢？

不愧是謝大人，果然克己復禮，堪當我輩楷模。日頭曬著，謝大人依舊紋絲不動……

咦，謝大人動了。

威嚴肅容的謝大人低下頭，探向袖裡，然後從袖子裡摸出來一個油紙包。他從容地收回手，以袖掩之，身形依舊挺拔，恍若未曾做過小動作。

第二十三章

謝理拆開油紙，酥油香味瞬時溢出。

他淡定地擺好姿勢，抬袖擦汗，「喀嚓」一聲啃了口鍋盔。餘溫尚在，鍋盔外皮酥脆，入口即碎，細嚼間油酥香味十足。

餅內層次豐富，層層疊疊，內瓤薄而柔軟，肉末剁得細碎，口感與軟韌的麵皮差不大，肉香味十足卻嚼不到肉粒。餅瓤的麵香融入到了肉末裡，肉末裡的油香經過烘烤也融到了麵皮裡，花椒擱得足，去膩去腥，吃起來舌尖酥酥麻麻的。

第一口咬上去後就再也停不下來了，一口接一口，花椒的椒香味和肉香味結合在一起，滿口留香，吃完以後嘴裡剩下淡淡的麻意，回味無窮。

隔著老遠，眾人也能聽見謝理「喀嚓喀嚓」的啃餅聲，吸吸鼻子，還能隱約聞見空氣中淡淡的油酥香和肉鮮味。

旁邊的官員低頭看看手裡的鴨油餅，餅皮黏著濃厚的油，非但不香反而膩味，而裡頭的鴨肉溫了以後，只剩腥味不見肉鮮。

唉，手裡的餅突然就不香了。

這廂謝珣也啃完了第一個餅，那味道饞得藺成口水都要流下來了。

「給我吃一口吧。」他壓著氣音討好道：「我帶了綠豆糕、芝麻糕還有花生糕。」

謝珣道：「你小聲一點。」

「你給我吃點嘛，伯淵，吃了我就不喊你了。」

謝珣無奈道：「你怎麼老是蹭我的吃食？」

「謝伯淵，你不是這般小氣的人吧。」

謝珣在心裡哼一聲，不置可否，猶豫著拿出另一個鍋盔，小聲道：「我怎麼給你啊？」

「等會兒天子起駕時，你就可以塞給我了。」

謝珣應了，待到天子擺駕，百官動身時，把鍋盔塞給了藺成。

藺成恨不得當場抱著他痛哭流涕大喊「真是我的好兄弟」。

吃了一口酥脆麻香的鍋盔後，終是沒忍住，低頭感動道：「伯淵，以後你若有難，我藺文饒哪怕豁出去了也得助你。」

「……你可盼我點兒好吧。」

藺成閉嘴了，繼續啃鍋盔。

他吃慣了巷尾的羊肉燒餅，此時吃姜舒窈做的，不由得感嘆原來餅還可以做出這種滋味。

他吃完，在周圍官員快要被他若有若無的聲音中煩死時，開口說道：「伯淵，你夫人家可還有表姊妹？」聲音聽起來還有點小害羞。「若是、若是同你夫人一般，我願——」

「呵。」謝珣輕笑一聲，打斷他的白日夢。「藺文饒，你以後休想再從我這兒蹭到吃的。」

藺成的心碎了，而京城另一端的姜舒窈卻心花怒放。

襄陽伯夫人遞來口信，說是姜舒窈之前拜託她找的辣椒種子找到了，不過不確信是否是她說的那種。

姜舒窈恨不得立刻長翅膀飛回襄陽伯府，硬生生忍住了，等到謝珣回來時，不顧禮儀飛奔到他面前跟他分享這個好消息。

謝珣剛回府，還穿著繁複厚重的官服，身上有些倦意，但遠遠地看著姜舒窈拎著裙襬朝他跑來，一瞬間疲憊消失殆盡。

他站在院門口，不自覺染上笑意。「跑什麼？」

姜舒窈迫不及待地道：「我之前拜託我娘讓出海的商隊找辣椒，她剛才遞信來說有消息了！」

她開心，謝珣也跟著開心，眼角眉梢都染上了光采。「辣椒？」

「就和茱萸油吃起來類似，不過味道好很多。」姜舒窈解釋道。

她笑著抬起頭看謝珣，這才注意到他今天格外的俊朗。這還是她第一次見謝珣穿官服，比起往日的矜貴出塵，今日的他顯得氣宇軒昂、從容穩重，垂眸看她的時候眼尾微微上揚，竟有幾分溫柔。

她對上謝珣的視線，忽然覺得臉上有些熱。

她匆忙挪開視線，對著臉搧搧風。「最近可真是熱起來了。」

謝珣毫無察覺，應和道：「是啊，我先回房沐浴更衣，等會兒再來找妳。」

他走開後，姜舒窈在原地盯著他背影多看了幾眼。

她的臉上熱度還未散去，心頭疑惑，明明只是換了身官服，昨日的謝郎君，怎麼突然就變成謝大人了？跟兩個人似的。

謝珣沐浴完後換了身常服，尋到姜舒窈時，她一如既往地在搖椅上乘涼，見到謝珣的打扮，莫名其妙地鬆了一口氣。

謝珣過來問起她剛才說的事。

姜舒窈便道：「我想明日出府一趟，去襄陽伯府瞧一瞧。」

謝珣點頭。「正巧明日我也無事，與妳一道同去吧。」

姜舒窈坐起來，臉上的喜色轉成愁色。「可是我還未想好食肆做什麼，不知如何與我娘商議。」

謝珣在她旁邊的高椅上坐下，道：「妳怎麼會想不到做什麼吃食販售呢？依我之見，隨意拿出來一樣都是極好的。」

姜舒窈搖頭。「不是的，我本想著做些價廉味美的食物，卻發現處理食材的調料也不便宜。況且我本意是想做方便攜帶的吃食以供行人趕路，如今試驗了幾回，都發現涼了終不如熱的好吃。」

她接著說道：「之前葛小姐曾勸我不要拘泥於攜帶方便這點，但我的吃食若是擺在食肆販售，與普通吃食又有何差別呢？這樣你說的讓我做些有利於百姓的事，也挨不上邊啊。」

謝珣聽到她的疑惑，不由得輕笑。夜風習習，他的笑聲清越如泉水，讓蹙眉思索的姜舒窈鬆了眉頭。

「妳這是想岔了。」謝珣道：「明日我帶妳去見識一下平民百姓的日子，妳就會明白要怎麼做了。」

翌日，謝珣早早地就在東廂房前候著。

這次姜舒窈沒讓他等，隨便地收拾一番便同他出了門。

或許是記著謝珣說要陪她出去逛逛，她穿的比往日簡單樸素的多，薄衫銀釵，爽利大方，除了嬌麗明豔的臉不太相襯以外，和普通商人娶的掌家娘子無甚差異。

有謝珣陪著，姜舒窈行事要方便許多，出了府後直奔襄陽伯府。

林氏本是打算今日把辣椒盆種送至謝國公府，沒想到姜舒窈親自來了一趟。

她自是十分歡喜，又有些擔心，叮囑著她。「哪有三天兩頭往外跑的大家夫人，妳可收斂收斂性子吧。自個兒回娘家就算了，怎麼把姑爺也叫過來了？」

「娘，您別操心了。」姜舒窈往謝珣那邊看一眼。「是謝伯淵主動跟著我來的。」

林氏聞言欣慰地摸摸姜舒窈的手。「沒想到我女兒本事還不錯。」

見姜舒窈夫婦和睦，她身上也帶上了些許朝氣，讓下人把辣椒盆栽呈上來。

姜舒窈激動不已，謝珣見狀想和她搭話，又礙於林氏在場只能忍著。

林氏看著他的冷淡面容，心下轉為不安，總覺得他這樣冷漠，哪能和自家跳脫的女兒恩愛不相疑？怕是今日陪她來也是不情願的。

謝珣拜見過襄陽伯夫人後，去前院與襄陽伯談話。

林氏看著他遠去的背影，憂愁難解。

作為母親的擔憂姜舒窈是不了解的，待到下人抱過來辣椒盆栽的時候，她直接激動地跳了起來。

有什麼比嗜辣之人見到辣椒還開心的事呢？

她扯著林氏的袖子道：「娘，就是這個！」

林氏見她反應這麼大，無奈極了。「行了行了，至於嗎？」

姜舒窈不好意思地笑笑，問道：「娘，就只有這一盆嗎？」

「當然不是。我只是聽妳說過，也不知商隊尋到的是否就是妳想要的，於是就只讓人帶了一盆進京。這物稀少，商隊帶回來的種子不多，沿海地區富商常以此物做盆景以供觀賞，但我瞧著也不如花好看。」林氏招招手。「來人，讓那位花匠進來。」

丫鬟應聲，很快帶進來一名花匠，那人口音明顯是沿海地區的百姓，向林氏行禮以後便拘謹地站著。

姜舒窈不懂生意，對林氏道：「娘，您讓人多種些辣椒，以後可是有大用處。」

林氏雖是寵溺她，但還是要問：「種這物有何用？」

姜舒窈便侃侃而談辣椒的美味，在林氏問她如何得知時，糊弄道是她聽人說太祖皇帝曾尋過此物，且甚讚其滋味。

林氏將信將疑，差管事安排下去了。

就算辣椒並不如姜舒窈所言那般，不過浪費了點財物罷了，若這點小錢能哄女兒開心，她當然不會吝嗇。

姜舒窈此刻心潮澎湃，腦子裡閃過各種會用到辣椒的吃食，最後才想到自己要改善本朝伙食的遠大目標。

「對了，娘，我有一個做生意的想法想和您談談。」

林氏像不認識她了一般掃她幾眼。「生意？妳從出生到現在連算盤都沒摸過，怎麼突然對做生意感興趣了？」

當然是謝珣出的主意啦！而且做生意本意並非在於賺錢，更多的是想讓林氏恢復鬥志。

姜舒窈笑道：「因為我這一身廚藝總得有用武之地不是？我不懂做生意，就特意過來拜託娘親了。」

她將自己的想法說與林氏聽。「娘您從江南到京城，用過的美食不計其數，可您見過比我做菜法子還新奇的嗎？」

林氏作為一個多年在商場打滾的女人，第一反應是想想這門生意的可行性，她搖頭道：「京城酒樓眾多，想要出頭，難。」

「我們不跟酒樓爭，我們做食肆，賣予平常百姓，反正我的本事是把低廉的食材做出美味和新意來。」

林氏面上稍有意動，姜舒窈見狀不由得欣喜，正待繼續勸說，卻聽到林氏果斷地吐出兩個字。「不行！」

她轉過來，臉色嚴肅。「妳是謝國公府的三夫人，怎麼生出這些亂七八糟的想法？妳若是想經手田莊、鋪子，妳要多少娘給多少，唯獨這事，我絕不會同意。」

姜舒窈的笑意僵在臉上。

林氏的拒絕出乎她的意料，她本來信心滿滿地以為林氏會感興趣，說不定還會重振旗鼓、幹勁十足地做回那個林氏掌家人，卻沒承想林氏如此不贊同。

「娘，這和我是謝國公府的三夫人有什麼關係呢？不就是做食肆嗎？和經手鋪子有什麼區別，我——」

「區別大了，經手鋪子那是管家的事，大家夫人只須吩咐下去就行了，妳以為有幾個是認真做生意的？認真做生意就得拋頭露面，就得滿身銅臭，就得算計、謀劃，哪家想娶這種夫人？」

「可是……娘，哪有您說的這麼嚴重。」姜舒窈還是第一回聽這種論調。

她一副不往心裡去的樣子，林氏看得焦急，吼道：「妳以為我和妳爹從恩愛夫妻到如今這般，是因為什麼？」

這話入耳，姜舒窈徹底愣住了，她愣然地看向林氏。「不是因為後院的……」她一直以為是襄陽伯喜新厭舊，且兩人性格不合，沒想到還有這層原因。

林氏垂眸，聲音平淡，似早就麻木了般。「男人啊，娶妳的時候喜妳手段俐落，計謀無雙，誇妳是巾幗不讓鬚眉，日子一過，便成了滿身銅臭，心計深重，厭妳是在男人堆裡打滾才掙出了這份家業。」

「娘……」姜舒窈心中酸楚，抓住她的袖子。

「夠了。」林氏打斷她。「以後不要再亂想了，妳出嫁前荒唐胡鬧，娘不管教，是娘為了保妳出的下下策，妳嫁人以後，以前那些性子全都給我收起來，妳以為哪兒都是襄陽伯府能縱妳、護妳嗎？」

姜舒窈哪還在意生意不生意的，憐惜林氏的遭遇，泫然欲泣地看著她。

林氏心頭軟了一瞬，但還是硬著心腸道：「行了，這事到此為止，妳去看看妳爹吧。」

這是把她趕走了，姜舒窈還想再多說幾句，見著林氏的臉色還是退下了。

所以謝珣再見到姜舒窈時，就是她癟著嘴委屈的模樣。

他悄聲問：「這是怎麼了？」

姜舒窈把林氏的拒絕說給他聽，當然自是沒提母女掏心窩子的那些話。

「這生意是做不成了，再尋法子吧。」她一副失落的模樣。

謝珣知道她這些時日對開食肆抱有多大的期待，如今失落，除了心思泡湯，更多的應該是想讓林氏找回鬥志的盼頭落空。但他不是蠢人，很快想通了其中關竅，比姜舒窈這個聽了林氏訓斥的人還明白林氏的念頭。

想著那日姜舒窈醉酒時哭泣的模樣，他不由得嘆氣，對襄陽伯道：「岳父還有正事忙，伯淵就不打擾了。」

然後拍拍姜舒窈的髮髻，小聲說：「走吧，我們再去看看岳母。」

「去幹麼？」姜舒窈問，謝珣卻沒回答她。

到林氏的院子，林氏見他們去而復返，十分疑惑，看著姜舒窈希望她能給自己解釋。

但姜舒窈也不知道謝珣想幹麼，只能望向謝珣。

謝珣輕咳一聲，拱手道：「小婿有些話想對岳母說。」

林氏的眼刀立馬朝姜舒窈飛來，姜舒窈迷茫極了，扯扯謝珣的衣袍。

謝珣說完這句話就沒多說了，林氏雖然脾氣急躁，但畢竟是掌家人，看人臉色猜心思的本領不差，猶豫了一番，還是揮手讓下人退下。

姜舒窈沒動，沒意識到自己也該走。

林氏見謝珣神情嚴肅，收起了裝出來的和藹慈善的模樣，對姜舒窈道：「妳也下去。」

姜舒窈看看謝珣又看看林氏，還是不情不願地走了。

她一走，屋內就只剩林氏幾個心腹嬤嬤了，林氏開口道：「你想說什麼？」

問出這句話時她心中早有猜測，怕是謝珣此番是來責問她的了。襄陽伯府為了把姜舒窈塞進謝國公府，手段低劣，一哭、二鬧、三上吊後又有意請皇后賜婚，是鐵了心地要讓姜舒窈綁在他身邊，他有怒有怨再正常不過。

她心有愧疚，面對謝珣不由得氣短。

謝珣見她面色，就知道她想岔了，直入主題道：「小婿想與岳母談談我與舒窈的婚事。」

果然，林氏心頭一凜，捏緊了手帕。

她艱難地開口。「此事確實是襄陽伯府對不住——」

話沒說完，謝珣突然對她躬身行了個大禮。

林氏嚇了一跳，止住話頭，聽謝珣溫聲道：「娶她之時拜岳父、岳母不是真心，現下才補上，願岳母見諒。」

他徐徐道來。「之前是我虧待了舒窈，成親後便冷落她，未曾對她有過好臉色，當時我心中有怨氣，不願意與她做對相敬如賓的尋常夫妻。

「但如今我才知曉她是怎樣的女子，惱恨曾經作為，怨自己讓她受了委屈。情之一事，古往今來未有人道明細究，我也不明白此為何物，但我想著，若是當初我與她相識時不曾有誤會和算計，想必也不會落得這番光景，必會登門求娶她為我妻，予她敬重與庇護。

「說我如今對她用情至深未免言過其實，岳母也難以相信。小婿只能對天發誓，今後願縱她、容她，敬她、憐她，惟願她萬事遂心，此生不負。」

林氏愣怔地看著他，難以置信地瞪大眼。

謝珣一番表白後也有些羞意，輕咳一聲轉開話題。「岳母身子不好，舒窈無比擔憂，我便想為她排憂解難，所以岳母無須多慮，開食肆做生意這件事是我提議的。」

這下林氏徹底驚呆了，遲遲反應不過來，半晌道：「你提議的？」

「是，我只盼她開心便好。」謝珣道：「我要的妻子不是個擺設，更不要個沒生氣的傀儡，她跳脫自在、不拘規矩，於我來說才是人間煙火的夫妻生活。」

林氏臉色幾變，最後只剩下難以言喻的糾結。

謝珣沈思幾息，還是說出了略顯逾越的話。「我知道岳母不信我乃是因為有前車之鑒，但日久見人心，望岳母給我個機會讓我證明所言非虛。」

林氏久久不語，就當謝珣以為她不會開口了的時候，她緩緩吐出一個字。「好。」

「謝伯淵，你是堂堂正正磊落君子，記得說到做到。」

謝珣再作揖，轉身出屋。

屋裡陷入沈默，林氏端坐著，長時日的胃口不振讓她消瘦又憔悴，此刻木木地望著茶杯不知道想什麼，叫人瞧了心碎。

嬤嬤悄聲走上前，低聲喚了句。「夫人。」

林氏未答話，眼眶忽而滑下淚，驚得嬤嬤慌亂失措。「夫人……小姐，您怎麼哭了？」

林氏抹去淚，道：「無事，我這是高興呀！」

姜舒窈在屋外惴惴不安，見謝珣過來了，連忙問：「怎麼樣？」

「嗯，應當是說通了吧。」

「你說了什麼？」

謝珣躲開她的視線，支支吾吾道：「就這般那般……那什麼，我不是說了要帶妳瞧瞧普通百姓的日子嗎？咱們現在就去吧。」

「現在？」

「馬上到晌午了，正是好時候。」他解決了一樁事，心中舒暢，闊步向前。「走吧。」

姜舒窈忙追了上來。「謝伯淵，你等等我。」

兩人上了馬車，一路往外城駛去，到了外城以後街道狹窄，人群擁擠，謝珣便領著姜舒窈下了馬車，一路往南走。

姜舒窈跟在他身後，好奇地問：「你來過這些地方嗎？」

謝珣無奈道：「妳以為官員整日高坐於堂就能處理政事嗎？」

姜舒窈閉嘴了，謝珣怕有人擠到她，把她拉到自己身側護著。

行至一處小店，謝珣便道：「這是附近最有名的食肆，嚐嚐？」

食肆座無虛席，姜舒窈看著旁邊一大堆站著端碗吃麵的人，猜想味道應該很不錯，便道：「好。」

第二十四章

謝珣叫了一碗麵，老闆娘很快就做好了，或許是許久沒見過這般俊俏的小郎君，也不知從哪兒找出一個瘸腳凳子給他。

謝珣道謝，並未坐下，端來麵碗往旁邊一站，對姜舒窈道：「吃吃看。」

他端著碗，姜舒窈直接就著他的手吃了，一筷子麵入口，發現並不如自己想像中美味，麵條沒口感，湯底不入味，且裡頭擱的臊子只是單純的煮肉，有肉味卻不香，反而有些腥。

但看著周圍人吃得快速，她便又吃了一口，味道還是那樣。

謝珣將碗放下離開，旁邊一個黑瘦的小少年立馬上前搶過碗，三下五除二倒進嘴裡。

「這……」姜舒窈不解，剛才謝珣付帳的時候她也看見了，一碗麵不貴，但足夠切一小塊肉回家煮了，百姓捨得花這錢卻吃不到相應的美味，按理說來應當不悅，但此處依舊生意火爆，實在是費解。

謝珣道：「我不是說了嗎？來看了之後妳便知道該怎麼做了。」

他又領著姜舒窈往碼頭方向去，在碼頭幹活全靠力氣，晌午必須得吃好才有勁。所以這裡的人更捨得花錢，一般都是一碗飯配燉肉，或者乾饃配魚湯。

碼頭處不缺魚，魚湯不貴，但喝起來有股土腥味，只喝了一口姜舒窈便不願再喝了。

謝珣又要了碗燉肉，分量不少，但味道依舊平平，大抵是放了薑蒜，肉的腥味不太重。

雖然也放了醬油，但醬油沒發酵好，味道很一般，燉出來的肉也好不到哪裡去，即使這樣，這也是此處算得上精緻的吃食了。

姜舒窈隱有所悟，她意識到，這可是鐵鍋才發明不久的時代，即使是上層人吃食，味道也算不上豐富，更別說百姓了。

難怪葛清書連個漢堡也要勸她在食肆販售，實在是這裡的人做飯手法單一，不懂正確處理食材，雖然基礎建設跟上了，飲食卻沒發展起來。

姜舒窈道：「我懂了，走吧，咱們回去，我有好多好多想法。」

謝珣又被她逗笑，兩人回府，路上買了兩個饅頭墊墊肚子。

回到襄陽伯府，飯點已過。

姜舒窈在哪裡都自在，鑽進大廚房尋摸了一圈，想著今日吃到的燉肉，心念一動。

正巧砧板上懸著一塊肥瘦相間的五花肉，拿來做紅燒肉再好不過了。

五花肉的皮是精華，一定得留下，燉好的五花肉皮的那一層膠糯黏糊，入口醇厚。

將五花肉切成方方正正的麻將牌形狀，大小得合適，大了吃起來不入味，且燉不酥爛，小了又少了那種一口塞下滿嘴肉香的滿足感。

切完後醃製去腥，再熱鍋燒油，爆香薑片、大蒜、花椒、八角，倒入五花肉翻炒，轉入砂鍋中，加白酒、醬油、冰糖，慢慢燉煮半個時辰。

待到揭蓋時，滿屋子都是香濃的肉香味。

出鍋的紅燒肉極酥嫩，個個晶瑩剔透，如玉一般色澤瑩潤。

把午時剩下的米飯熱一熱，一葷一飯，足矣。

姜舒窈讓丫鬟把謝珣喚來，兩人對坐，中央擺著一盤香噴噴的紅燒肉，色澤棕紅，亮而不油，糖色均勻。

謝珣第一次看見這麼好看的五花肉，不禁感嘆，待到用筷子挾住肉時，更是驚奇。

五花肉極其軟嫩，酥到似一挾就會散開，方形的肉塊在筷間顫顫巍巍，泛著油亮，叫人口舌生津。

放入口中，牙齒剛剛碰到肥肉，肉便化開了，香甜鬆軟，肥而不膩，肉香在嘴裡蔓延開，悠長無盡，越品越醇。配上一口熱氣騰騰的白米飯，肉香與清香的米味中和，十分順口。

再品紅燒肉的皮，一點兒也不像豬皮，反而像將化未化的膠，軟軟的、糯糯的，比酥爛細膩的肥肉更實。

這般口味的五花肉，叫人下筷時忍不住輕拿輕放，入口時也少了些狼吞虎嚥。

待到吃了兩塊紅燒肉，謝珣又學著姜舒窈舀一勺醬汁澆到白米飯裡，稍作攪拌，醬汁棕紅，濃稠鮮香，與白米飯攪在一起，連白米飯也裹上了醬汁的油亮色澤。

五花肉的肉香徹底融入了醬汁，有著濃郁的肥肉香味，卻絲毫不油，鹹淡適宜，甜而不膩，米飯沾上醬汁，每顆米都變得香甜鹹鮮了。

這滋味恨不得讓人取一大碗白米飯，澆上濃厚黏稠的醬汁，攪拌攪拌，全部下肚。

謝珣驚訝道：「豬肉竟然能做出這般滋味。」

林氏一定會對開食肆起心思的。」

「別看光溜溜的只有肉，做起來心思也不少。」

謝珣以為這是她今日的啟發，道：「但這放到食肆裡似乎不太適合。」

姜舒窈搖頭。「自然不是，我想的是滷肉飯，一大碗粗糧米，澆上滷肉和醬汁，配上青菜、滷蛋，管飽又解饞。」

謝珣點頭，讓姜舒窈把鍋裡剩下的端去給林氏嚐嚐，有這盤滷肉在前，他勸說在後，林氏一定會對開食肆起心思的。

兩人吃完飯後，謝珣見姜舒窈始終坐立不安，便對她道：「放心吧，我相信岳母會想通的。」

姜舒窈不確定地問：「要不，我再去跟母親商量商量？把我今天看到的都說與她聽。」她擔心林氏和她之前一樣，不了解平頭百姓的飲食日常，對這門生意激不起興趣。

「妳以為岳母跟妳一樣嗎？」謝珣不擔心這點，悠然自得地品著茶。

姜舒窈見他這樣自信，心也定下來幾分。

過了一會兒，林氏派人來請姜舒窈去她院裡，姜舒窈第一反應就是回頭看謝珣。

謝珣笑道：「去吧，別擔心。」

姜舒窈點頭，跟著嬤嬤走了。

來到林氏屋內時，她正在愣愣地看著窗外，不知道在想什麼。

「娘。」即使今早母女倆鬧得有些不愉快，但姜舒窈依舊笑容滿面的，林氏見她這樣，心情不由得跟著好了幾分。

不待林氏開口，姜舒窈就搶先說道：「剛才謝珣帶我去外城逛了一圈，我才知道原來我的手藝這麼好。」

林氏驚訝。「他帶妳去的？」

「對呀！」在這點上，姜舒窈也覺得謝珣非常夠義氣。「他帶我去幾家食肆、食攤吃了一圈，我才明白開食肆的意義在何處。」

林氏本來還在關注謝珣帶她去平民市集拋頭露臉之事，見姜舒窈這麼激動，不由得笑道：「那妳說說。」

「就比如說那賣燉肉的鋪子，價錢不便宜但味道卻不好，若是我來做，必定能比她的味道做的好得多。碼頭的工人靠賣一把力氣掙錢，晌午用食不講究也不吝嗇，用飯對他們而言只是補補力氣，但有誰不願意花同等的價錢吃到更美味的飯菜呢？」

林氏腦海裡隱約有些想法，微微蹙眉看她。「還有呢？」

「還有就是口味呀。碼頭賣魚的食攤賣的全是清淡腥味的魚湯，麵館也是骨頭湯煮麵再切幾塊煮肉，沒有人花太多心思在上面，像是美味的飯食只有在京城昂貴的酒樓裡才能嚐到，可飯菜這種東西，不需要太精細也可以做得很美味。」

林氏在姜舒窈提起這事時就有了這些想法，此刻不算激動，慢慢思索著，問道：「若是妳，妳能做些什麼？」

姜舒窈聽她這麼問，自覺有希望了，拚命推銷。「可多了，咱們光是做肉就能做出各種花樣來，也不用拘泥於肉，素菜也能炒出滋味。還有麵，臊子也能換著花樣來，雞雜麵、茄子肉末澆麵、酸菜肉絲麵等等。」

林氏腦中的計劃漸漸清晰。「妳這是想把碼頭的飯食生意都握在林家手裡嗎？」

「不光是碼頭，別的地方也可以。反正咱們家有插手糧食行當，不用倒賣直接做飯食，省去中間的層層關竅，算下來也是物美價廉，還省了百姓自己做飯的工夫。」

林氏垂眸，一邊在腦中算著帳目，一邊道：「這是好事，但若是咱們家食肆一出，其餘賣飯食的百姓可沒了活路。」

姜舒窈沒想到這點，聞言愣住。

若做生意的目的是為了掙錢，那林氏不會顧慮這麼多。但這門生意做與平頭百姓，搶的也是平頭百姓的生意，林家家財萬貫，不至於也不想和百姓爭利。

林氏見姜舒窈啞然，有些失笑，正欲開口，姜舒窈突然搶話道：「這不正好嗎？」「咱們可以讓他們加盟啊！嗯，就是簽書契加入咱們的食肆。正巧林家缺人手，他們本就是這個行當的，教他們上手也快，咱們林家還能給他們提供庇護，不必擔憂有人砸場子，這可是兩全其美的事啊。」

姜舒窈說得模糊，但林氏於行商方面極有天賦，聞言眼睛一亮，加上剛才勾勒出的生意大概框架，越想越激動。

她捂著孕肚站起來，來回走動兩圈，似說與姜舒窈聽，也似在自言自語。「不著急，不著急，此時應慢慢商議。」

她重新坐回椅子上，對姜舒窈道：「妳把妳想到的點子都寫下來，我先看看是否可行。」說到這裡，她有些激動。「若是可行，咱們就先從自家碼頭試起。」

姜舒窈聽她答應了，開心極了。「好！」

林氏自個兒也激動，但見姜舒窈這般，還是假做嫌棄道：「行了，真是隨了我，說到做生意就歡喜。」

姜舒窈腹誹道：她可不是因為做生意而高興，是因為林氏喜歡而高興，不過林氏這麼想，她也沒必要辯駁。

姜舒窈從林氏屋裡出來後，臉上的笑就沒有散過，謝珣一看她這般就知道襄陽伯夫人想通了。

他也被她感染了幾分喜悅，道：「這下總不愁了吧？」

姜舒窈挑眉笑著：「愁，當然愁啦。我得努力想想菜譜呢，不能偷懶了。」說到這，她幹勁十足，拍拍謝珣的肩膀。「試菜的重任就要交給你了。」

說試菜，姜舒窈真就不含糊。

當天回去兩人晚飯就變成了試菜，姜舒窈想著除了傳統的炒肉絲、肉片之類的，再來些其餘下飯的菜也不錯，比如黃燜雞米飯。

將雞肉斬成塊，切香菇和蔥薑蒜，少了青椒，她暫時用少量的辣椒替代。

鍋裡加油，爆香蔥薑蒜，加入雞塊，慢慢煸炒，待雞塊變色以後，加入米酒、乾黃醬、豆瓣醬、黃豆醬、醬油、香醋和辣椒末，上色後再加入香菇煸炒。

泡發香菇的水可不能倒掉，煸炒一番食材後將這盆水倒入鍋裡，轉小火，慢慢燜一會兒。

別的不說，姜舒窈製醬的手藝可是一流，只可惜現在發酵醬料的時間不夠，否則小廚房附近她能放滿一排醬缸。

在等著小火熬煮雞塊時，姜舒窈看著小罈子醬缸，想著是不是該把製醬的工廠也順便安排出來。

燜煮得差不多了，再將黃燜雞轉入砂鍋裡，蓋上蓋子慢慢煮。

砂鍋煮出來的雞肉極嫩，小火熬製以後醬香融入肉中，湯濃味厚。等到收汁以後，濃郁的湯汁緊緊包裹著雞塊，鮮香味美，佐飯吃或者用湯澆飯都美味。

姜舒窈直接讓丫鬟用砂鍋上菜，砂鍋留有餘溫，保溫的同時能夠鎖住雞肉的鮮嫩。

謝珣一見到砂鍋就忍不住咽口水，畢竟中午的紅燒肉也是砂鍋做的，味道絕妙，明明晌午吃過癮了依舊心心念念著。

他往砂鍋裡一瞧，卻發現和紅燒肉沒什麼聯繫。

黃燜雞有湯，醬色的湯沒過了薑黃的雞塊，湯汁顏色雖然深但卻很清透，表面浮著薄薄的一層油，配著切成厚條狀的香菇，看上去鹹香鮮濃卻不厚重。

姜舒窈習慣性省略用膳前雜七雜八的規矩，二話不說就動筷，謝珣也習慣了，連忙跟著動筷。

先挾了一塊雞塊，雞肉肉質極嫩，輕鬆地便從雞骨頭上啃了下來，入口鮮滑，卻不軟爛，保留了雞肉原本的口感。

香菇的菇香味浸透到了雞塊內裡，去腥提鮮，醬湯鹹鮮，很是入味，鹹淡適宜，不會奪去了雞肉本身的肉香味。比起更注重油香醇厚的紅燒肉，黃燜雞更注重鹹鮮味。明明收過汁，湯汁卻不黏膩、厚重，口感清爽。

謝珣啃了幾個雞塊，又挾起一塊香菇條。

香菇肉質肥厚細嫩，香氣獨特，染上了醬香和雞肉的肉香，菇香味被襯托得淋漓盡致，光是吃香菇也十分解饞。一口黃燜雞、一口米飯，米飯很快就下去半碗。

在進學上謝珣擅長舉一反三，在吃飯這事上也不差，知道了湯汁泡飯的美味後，他怎麼會放過黃燜雞的湯汁呢？

拾起調羹，舀一勺湯汁，放在口邊輕輕吹散熱氣，入口後溫暖的熱意從喉間滑入胃裡，鮮香滿唇頰。但光喝湯有點鹹，配米飯卻是極好。

連吃幾口後，他才發現原來黃燜雞是有淡淡的辣味的，但這辣味極薄，吃完後唇齒間留有微微的辣意，既豐富了口感，又不會讓不喜歡吃辣的人不喜這道菜。

謝珣一口氣吃乾淨面前的飯，額前出了薄薄一層汗，這頓飯吃得舒心無比。

姜舒窈也停筷了，問道：「怎麼樣？」

「湯汁鹹香濃郁，雞肉鮮美嫩滑，很好。」

姜舒窈點頭，說出自己的打算。「除了這道菜，我還會用魚肉和豬肉準備幾道葷菜。剩下的就是素菜和湯，全做成一大鍋菜裝到食桶裡，客人以米飯、餅子、饅頭做主食，再隨意選幾道菜，無須等待，食販立刻就能舀出來澆在飯碗裡或盤子上，葷素得當，口味豐富。」

謝珣仔仔細細聽著，不斷點頭，讚賞道：「這個法子聽著新鮮，不過若是每次做一大鍋菜，會不會失了美味？」

「當然不會，你看，今天我就做了一大鍋啊。」姜舒窈指指剩了一半黃燜雞的砂鍋。「你明天晌午的菜就在裡面了。」

謝珣看看砂鍋裡，確實挺大一鍋的，也沒有損了味道。

「好，明日我再試試口味，一次總是不放心，剛出鍋的和熱過的也有差距。」謝珣自覺體會到了姜舒窈的心思。

因為太激動而沒控制住量做了一大鍋的姜舒窈，假裝自己的想法正如謝珣如言，嚴肅地點頭。

想讓謝珣解決剩菜這種事，還是不要說出來為妙。

謝珣今日上值選擇坐馬車而沒有騎馬，生怕手裡的食盒灑了湯。

到了東宮時被藺成攔住，他咋舌道：「你今日還帶了湯？」

謝珣道：「你怎麼知道？」

「瞧你這樣，誰不知道？」謝珣這個人平時走路雖然很穩，但不至於這麼緊繃，連袍角都不動一下，跟京裡鼎鼎大名的貴女葛清書也差不了多少。

當然這話藺成可不敢說出來，畢竟每日午食全靠蹭謝珣的飯菜解饞。

他嘿嘿笑著，一邊感嘆謝珣娶了媳婦真好，一邊又感嘆自己沒娶媳婦也沾了光，豈不是更好？

到了晌午，藺成乖乖地坐在謝珣對面，期待地看向今天的食盒。

謝珣先揭開看了一眼，今日的配菜甚是豐富。

除了昨天的黃燜雞，還有一份色澤鮮豔，形如肉塊的魚香茄子。再瞧米飯上，居然放了一勺凝固的、米白的豬油，豬油上灑了蔥花和醬油，旁邊堆著一堆豬油渣。

藺成皺眉。「這是何物？」作為丞相家嬌生慣養的嫡子，沒見過豬油實屬正常。

謝珣外出遊歷過，多少知道一點。「豬油。」

藺成驚訝道：「豬油放米飯上？還是生的！」

謝珣跟看傻子一樣看他。「豬油還分生不生嗎？」

藺家雖然從藺丞相那輩起就不愛吃豬肉，但藺成還是知道炒菜還是得用豬油，不過光這麼一坨豬油擱米飯上……

喲，小夫妻吵架啦？他偷瞄著謝珣的臉色。

謝珣並不知他所想，倒水，盒蓋，過一會兒水開始沸騰，蒸氣慢慢蒸熱飯食。

揭開食盒，菜的香氣撲面而來，最吸引人的當然是黃燜雞的鹹鮮味和魚香茄子的甜酸味。

但藺成還是忍不住把視線投到米飯上，潔白晶瑩的豬油已完全融化，給飽滿的米飯裹上了一層亮澤的油衣，謝珣用調羹拌了拌，醬油、蔥花、豬肉渣和米飯融為一體，顏色清淡，卻叫人莫名好奇滋味。

謝珣也有些懷疑豬油拌飯的味道，試探著舀起一勺放入嘴裡。

「怎麼樣？」藺成巴巴地看著。

很難以形容的美味，明明只是簡單的豬油，融在了米飯裡卻有種油香清鮮的味道，或許是因為蔥花除去膩味，也或許是因為醬油提了鮮，滿嘴的油香味，簡單平凡的吃法卻有極大的滿足感。

醬油是姜舒窈特地熬過的，帶著絲絲甜味，鹹香醇厚，輔以豬油，只有一個「香」字可以形容。

他將油渣嚼得「喀嚓喀嚓」響，平民百姓孩子眼裡珍貴的豬油渣，他是第一次食用，脆脆的，有點硬，一咬就化開了，油香氣在嘴裡迸濺，越嚼越有味。

「嗯。」謝珣點頭，把試菜當做一件很嚴肅的事情，慢慢品味箇中滋味，準備回去細細與姜舒窈匯報。

第二十五章

「是好吃還是難吃呀？」藺成急死了，越是簡單的飯菜他越好奇，於是舉起調羹，對謝珣道：「我這調羹還是乾淨的，給我吃一口行嗎？」

兩人出身高門大戶，用膳禮儀基本等於刻在骨子裡，但這些時日午膳的蹭飯讓藺成早就忘了規矩，反正從謝珣碗裡摳出來的肯定香。

「嗯。」謝珣把飯盒推到他面前，兩個人就像幼兒園分食媽媽愛心便當的小朋友，商量著讓藺成挖走了三分之一。

藺成吃了一口豬油拌飯，一瞬間瞪大眼。

他不是沒吃過山珍海味，頂級佳餚，但有些簡單的料理，是精細的食材和烹調方法做不出來的。比如這豬油拌飯，嚼啊嚼，油香滿口，豬油渣沾上了醬油的鹹甜味，熱呼呼的，吃得滿心歡喜。

藺成忽然有些感慨。「農家人平時就吃這種口味的飯食嗎？」

謝珣道：「這飯食做起來不難，但一是取個巧思，二要靠醬油提味，農家人應該沒有心思這樣做。」

藺成點頭，又問：「怎麼你家夫人突然想起來做這個了？」

謝珣隨口答道：「林家打算開食肆。」

「哦——啊？」蘭成咂咂嘴，還在品味殘留的油香氣，慢了半拍道：「林家？你夫人？」

「正是。」

比起其他有的沒的的想法，蘭成第一反應是問道：「你同意？」

「我有什麼不同意的？」

高門大戶家的主母夫人很少有下廚的，平日最多就是煲個湯，這樣端給夫君也要被稱一聲賢慧體貼。廚藝這種事和她們毫不沾邊，所以謝珣最初說他帶的飯是姜舒窈做的時，蘭成一點也不相信。

如今她這門手藝竟要拓展到開食肆了，這就有些莫名了。

「這些食譜是林家請的大廚還是你夫人做的？」

「當然是我夫人。」

蘭成皺眉。「所以你夫人要把自個兒琢磨的食譜交給大廚，然後開食肆賣給百姓，而不是開酒樓賣給貴族？」

「嗯。」謝珣沒覺得有什麼不對，愉悅地喝一口黃燜雞湯汁。

蘭成摸著下巴，緩緩搖頭，語氣有些遲疑。「這……不太合適吧？」怎麼說呢，有些紆尊降貴。

謝珣挑眉看他。

「林家富甲天下，不差這些錢吧。」他委婉地說道。

謝珣和藺成出身顯貴，但經歷不同，想法上也有出入。藺成是嬌生慣養的公子哥兒，謝珣卻是少年老成，從小就沒被嬌縱過，十歲那年拜了致仕丞相為師之後，跟著師父外出遊歷，胸襟開闊了不少。

「自是不差。」他道：「你認為烹飪美食是為了什麼？」

藺成道：「吃啊。」

「人饑餓是只想飽腹，飽腹後便想著比飽腹更上一層。你我從小到大什麼美食沒用過，每日晌午還不是要盯著一盒飯菜享用，何況是於吃食上並不講究的百姓呢？」

藺成沒想到他會這麼回答，但他畢竟不是蠢人，一點就通，看謝珣的眼神也古怪了起來。做生意可不就是賺錢嗎？但撇去錢財，站在百姓的角度謀劃這門生意，實屬難得。

他心中感嘆，與謝珣極為熟稔，有些話也就直說了。「我曾聽過、見過姜氏的荒唐，覺得她配不上你，甚至覺得整個京城……咳咳，沒想到終究是我偏見太深。」

謝珣鼻腔裡發出「嗯？」的哼聲，臉上表情不變。「見過？你細細道來聽聽。」

糟糕，說溜嘴了。

「哈哈。」藺成乾笑兩聲，他是瘋了才會在謝珣面前嚼他妻子的舌根。「我說錯了，沒有見過，只是人云亦云，要不得、要不得，慚愧慚愧。」

他扯開話題，試圖伸筷子挾一塊黃燜雞，卻被謝珣擋住。

「不給。」謝珣聲音冷淡道。

有好戲看啦！

周圍的人齊刷刷轉過來，剛才他們也沒聽兩人說了什麼，但這聲「不給」卻是極其的清晰。

哼，就說嘛，藺成好歹堂堂丞相嫡孫，每天往人飯盒裡搶食，像不像話呀。

他們雖然饞，但也沒有厚著臉皮去蹭呢。

謝珣抬頭，所有人眨眼間轉回腦袋，又悄悄偷看著這邊動靜，眼珠斜得快掉出來了。

瞧著謝伯淵好似有點生氣呢？雖然他這副萬年不變的冰雕臉看不出什麼來，但這氣氛，眾人就是覺得謝珣不爽，嗯……只是這姿態、這語氣，跟他們家裡才開蒙的小姪子也沒什麼區別吧。

藺成懵了。「這麼多，給我一塊呀。」

謝珣又擋。

「不。」乾脆俐落吐出一個字。

藺成後知後覺有點體會到了謝珣的心思，委屈兮兮地看著他。

謝珣垂眸，表情不變。「不許吃肉。」

好吧，這算是懲罰他剛才口無遮攔了。

藺成乖乖道歉。「我真是無地自容，吃著嫂夫人做的飯還說些冒犯她的話，希望伯淵不要往心裡去，我對嫂夫人絕無惡意。」

謝珣吃了幾口湯汁拌飯，等藺成被他冷臉嚇得額頭快冒汗了時，才不鹹不淡地「嗯」了一聲。

藺成哪敢放肆，乖覺地舀了一小勺魚香茄子到碗裡。

魚香茄子色澤鮮紅，芡稠味濃，茄子切成大塊，下過炸過，表皮變成了淺淡的金黃色，看上去倒似肉一般。

藺成聞到這股熟悉的甜酸鹹味，一下子就想到了那天的魚香肉絲，頓時胃口大開，往嘴裡塞進一塊魚香茄子。

茄子內裡軟燙，表皮卻有些嚼頭，炸過的外皮充分吸收了糖醋汁，泡軟泡漲，一口下去酸酸甜甜的滋味在嘴裡炸開，有點鹹，正適合下飯。

他趕忙舀了一大口米飯入口，芡汁濃郁，配合軟香彈牙的米飯正正好，除去糖醋汁的酸甜鹹香，切成厚塊的茄子也保留了本身的清香味。

他一邊嚼一邊點頭。「這茄子吃起來比肉也差不了多少。」

暗紅的芡汁浸入米飯中，稍稍拌勻，濃稠鹹香的湯汁包裹著白皙晶瑩的大米，入口唇頰生香，鹹淡適宜，酸甜微辣，光是這樣用湯汁下飯就足夠美味了。

藺成把米飯刨完，這才記起正事。「對了伯淵，嫂夫人家的食肆什麼日子開張？設於何處？」

剛才支起耳朵的眾人心一提，你看我、我看你。

謝珣道：「我不知道，這是我夫人娘家的生意，我怎麼會知曉細節？」

藺成撇嘴，旁邊偷聽的同僚們放下勞累的耳朵。

謝珣不緊不慢地吃著噴香的飯菜，語氣平淡道：「我也就是平日裡幫夫人試試菜而已。」

……而、已？聞著滿屋子讓人垂涎欲滴的菜香，看著謝珣面前豐富美味的菜品，眾人不約而同地在心裡忌妒得咒罵。

當天下午膳房的小宮女洗著筷子，驚奇地「咦」了一聲，悄聲對旁邊的小夥伴說道：「這東宮大人的牙口可真好，妳瞧這竹筷，居然咬出了牙印。」

謝珣下值回來時，踏入院門後便看到院中姜舒窈常乘涼的地方放了張桌子。

他走過去一看，桌上全是姜舒窈寫的菜譜。

字跡凌亂，歪七扭八。看來不學無術是真的，半點兒沒誇張。

謝珣無奈搖頭，拾起一張慢慢認字。

此時姜舒窈從小廚房出來，手裡托著兩個碗，後面還跟著兩個小不點，像長了小尾巴。

「三叔。」謝昭大嗓門喊道。

謝珣放下紙張，對他點點頭，揉揉他毛茸茸的腦袋。「你們怎麼來了？」

這不是廢話嗎？當然是找三嬸啦。

謝昭沒有回答，心中悄聲道：抱歉了三叔，你在我心頭的地位已經被三嬸擠走了。

姜舒窈放下手裡的碗，感嘆道：「他們剛剛才做完今日的功課，難得有閒，便過來了。」

難怪謝國公府從老到少都文采不凡，原來從孩童時期在讀書上就管得這麼嚴。

剛才謝昭這麼一說，她就像只要見著小孫子讀書就直呼辛苦的老奶奶，立刻衝進廚房給他們倒騰好吃的。小孩子嘛！當然要吃甜品了。

姜舒窈本來想做一道炸鮮奶，但因為最近沒有烤麵包，沒有麵包糠的炸鮮奶是沒有靈魂的，所以她便換了個品項。

前面的步驟依舊類似，牛奶倒入鍋中，加入糖和澱粉慢慢攪拌，直到牛奶稍微凝固、攪拌困難時，將濃稠的牛奶漿刮入碗中放涼。

接著炒熟黃豆，加糖研磨成粉狀。黃豆粉細膩微甜，用來做紅糖糍粑或者是驢打滾都是極美味的。

姜舒窈挖起一勺糯軟的牛奶凍，放入黃豆粉裡一滾，讓牛奶凍黏稠的表面沾滿米黃色的黃豆粉便可以享用了。

謝昭眼巴巴地看著，見狀連忙伸手，姜舒窈把勺子遞給他，他立刻開心地把牛奶凍放入口中。

黃豆粉清爽香甜，咬開表皮後，裡面的餡濕軟黏牙，糯糯的，嚼起來奶香味十足。

「嗯～～」謝昭點頭。「三嬸真厲害，下回我也要廚娘這樣做牛乳給我們吃。」一邊說一邊伸勺繼續挖牛奶凍吃。

謝曜在一旁看著，他身子骨兒弱，性格也極其靦覥，文靜話少，姜舒窈不主動讓他吃，他就不會撒嬌來要。

按理說病弱的孩子更應該受到偏愛，但實際上大家更容易關注到活潑嘴甜的謝昭，哪怕是徐氏，也會在心疼謝曜的同時，分給謝昭多一分的寵溺。

姜舒窈看著謝曜安靜地在一旁不說話，把他拉到自己旁邊，問：「想吃嗎？」

謝曜眨眨眼，看看哥哥又看看牛乳做的甜食，輕輕點頭。

「那為什麼不開口呢？」

謝曜小臉清瘦，讓一雙黑葡萄似的清澈雙眸顯得更圓、更大了幾分，他疑惑地看向姜舒窈，不明白她的意思。

姜舒窈揉揉他的腦袋，把勺子遞給他，他小聲地道了聲謝，斯文地舀起牛奶凍。

「下次要學會開口，知道嗎？」她溫柔地勸道。

謝曜還未點頭，謝珣卻忽然開口。「阿曜生性靦覥，莫強求他像阿昭那般活潑開朗。」

姜舒窈聞言辯駁道：「我不是強求他活潑，我只是覺得他這樣很容易被人忽視。」

謝珣蹙眉。「他是大房嫡子，哪會有人忽視他呢？妳多慮了。」

「我不是要責怪誰，只是覺得他這樣不太好。」尤其是哥哥還是個嘴甜黏人的小太陽。

姜舒窈默默嘆了一口氣。「算了，我隨口說說罷了，我也不懂什麼育兒經，只是怕他因不愛說話而被人忽視了他的想法，畢竟不是所有人都願意隨時隨刻去猜小孩子的心思的。」

謝珣在她旁邊坐下，再次道：「應當不會的。」謝曜可是謝國公府所有人捧在手心，生怕化了的寶貝。

姜舒窈觀察著這兄弟倆。謝曜一邊注意他倆的談話，一邊小口小口吃甜品；而謝昭大大咧咧的，完全沒關心他倆說了什麼，自顧自吃得歡，包子臉鼓鼓的像隻倉鼠。

她忽然覺得有些疑惑。「我瞧著阿曜雖然用食不多，進食也慢，但平素裡用食還是很乖的，不至於瘦弱成這樣啊。」

謝珣還在想剛才姜舒窈隨口提的那句話，聞言答道：「他從小到大就是泡在藥罐子裡長大的，是藥三分毒，喝多了傷胃，他一向不愛吃飯用食，也就是在妳面前每次都有些胃口而已。」

「嗯？」姜舒窈微微睜大眼，把謝曜往她身邊一攬。「這麼給三嬸面子嗎？」

她這種餵食狂魔受到了肯定，自然是無比開心的。

謝曜很少被人這麼親密的抱過，謝珣每次舉高高的只有謝昭，老夫人抱在懷裡喊乖孫的也只有謝昭，哪怕是徐氏，也因為他體弱脆弱而小心呵護著他，卻很少抱他。

謝曜睫毛微微顫動，點點頭，小聲道：「三嬸做飯好吃。」

姜舒窈瞬間心都化了，忍不住摸摸他瘦削的臉頰。

那邊謝昭把碗底刮乾淨了，放下勺道：「三嬸，越吃越餓了。」

姜舒窈被他逗笑，吩咐白芍。「去把廚房煲的粥端過來。」

白芍應是，領著丫鬟們去廚房端粥。

晚膳姜舒窈也不想回屋內吃了，初夏時節，院裡吃飯可比屋內閒適安逸多了。

丫鬟們擺上飯，一鍋粥，四個碗，晚飯就這麼簡單。

作為一個一天不鼓搗美食就難受的人，這段時日，姜舒窈已經在小廚房旁擺了一排自製的醃菜和醬缸，做皮蛋和醃鴨蛋這些事自然也不會忘掉。

土法做的皮蛋比普通法子容易失敗得多，做出來也稍微稀一點，但勝在材料簡單且不含鉛。

今日她取出一顆皮蛋磕破，見鴨蛋內部已經凝固了，就一時興起熬了這鍋皮蛋瘦肉粥。

謝珣沒見過喝粥直接把砂鍋放在桌子上的，他看看手裡的空碗，又看看冒著熱氣的砂鍋，一時有點懵。

姜舒窈給兩個小的盛了粥，又給自己盛了一碗便低頭開吃了。

謝珣被無視了，擺手示意上前欲為他盛粥的丫鬟不必伺候，默默自己盛了一碗。

砂鍋煲的粥比一般煮出來的粥更加香軟，大米晶瑩軟爛，粥面上撒著翠綠的蔥花，瘦肉丁融於米間，棕綠色的皮蛋丁格外顯眼。

謝珣第一次見皮蛋，問：「這是何物？」

姜舒窈對他解釋了一遍皮蛋的做法，謝珣聽完有些詫異，對皮蛋的味道十分好奇。

咬起一勺皮蛋瘦肉粥入口，米被砂鍋煲散，口感綿滑，瘦肉鮮香，有點嚼勁，因為下了薑絲和蔥花，沒有一絲絲腥味。皮蛋的奇異醇香味讓粥帶著一股淡淡的厚重口感，比起一般的肉粥多了幾分醇厚悠長的韻味。

不是每個人都能接受皮蛋的味道，但煮在粥裡的皮蛋卻不一樣。

清淡香甜的米粥淡化了皮蛋的刺激甘澀味，只剩鴨蛋自身的綿長蛋香。皮蛋蛋白部分彈牙清香，蛋心稀軟醇香，十分合適。

他讚賞道：「我還是第一次吃到這種味道，難以道明滋味，這皮蛋留下的醇厚蛋香真是回味無窮。」

叔姪口味類似，謝珣喜歡的，兩個小傢伙也不會討厭。

謝曜安安靜靜地沿著碗邊喝粥，粥煮得軟，入口不用多嚼，一抿就爛了，只剩下鮮香的瘦肉丁和鹼香的皮蛋，一咬，醇香在嘴裡悠悠散開。

他臉上露出舒心的笑意，慢條斯理地用食。

謝昭就不一樣了，不待吹涼了就往嘴裡塞，趁熱喝粥，連蔥花都是清新香甜的。

姜舒窈見狀連忙攔住。「不要太心急，吃太燙的對身子不好。」

謝昭委屈兮兮地看著姜舒窈，乖乖地慢下了速度。

謝昭吃完兩碗後，謝曜才將將吃下去半碗。

砂鍋裡煮得多，四個人吃綽綽有餘，眾人吃飽喝足後還有小半鍋。

皮蛋瘦肉粥潤肺養胃，喝下一碗胃部暖融融的，渾身都舒坦了，配著院裡新鮮的空氣和剛剛西沈的夕陽，實在是愜意。

謝昭踮起腳來瞧瞧鍋裡，朝姜舒窈撒嬌。「三嬸，這半鍋粥可以讓我帶回去嗎？」

沒想到姜舒窈一口拒絕。「小孩子少吃皮蛋。」

謝昭嘟嘴。

姜舒窈接著道：「下次給你們做鮮蝦粥或者生滾魚片粥，想喝粥還不容易？」

謝珣正想調侃謝昭兩句，餘光瞟到了謝曜，想起了姜舒窈剛剛說的話，把目光投在他身上。謝曜今天難得吃了整整一小碗粥，要知道平時他光是喝小半碗也得勸著吃。

謝珣開口關心道：「阿曜可是吃撐了？」

謝曜還在聽哥哥向姜舒窈約定下次下廚的時間，沒想到謝珣會開口跟他說話，搖搖頭，又想起姜舒窈勸他多開口說話，便道：「不撐，飽了。」

謝珣點頭，內心驚訝，原來阿曜並不是胃口極小，大多數時候怕都是沒有吃到合心意的飯食，不免開始認同方才姜舒窈的看法。

姜舒窈和謝昭約好下次煲粥的時間，聽到謝曜答話，笑道：「不錯嘛，居然吃了一小碗，我們阿曜只要繼續堅持這個食量，過不了多久就會長肉的。」

姜舒窈幫他擦擦嘴角。「小孩子還是要肉一點才好呀。」

謝昭插話。「三嬸是在誇我嗎？」

姜舒窈哈哈大笑，戳他腦門。「是是是。」

謝曜看著這幕，不知不覺被感染，抿著嘴角靦覥地笑著，黑白分明的大眼亮晶晶的。

謝珣把視線從謝曜身上挪到姜舒窈臉上。

或許對於阿曜來說，不僅僅是因為飯食合心意，更多的是因為做飯的人合心意？

翌日，姜舒窈給老夫人請安後，出了壽寧堂便被徐氏叫住。

「三弟妹。」徐氏款款走來，她已三十有二，歲月卻未在她臉上留下過多痕跡。

徐氏很少對姜舒窈主動搭話，姜舒窈微微詫異，頓住腳步看她。

她笑得一如既往地溫婉。「可否請弟妹去我院中一敘。」
姜舒窈猶豫了一瞬，點頭應下。
丫鬟打簾，周氏從屋內出來，聽見兩人的對話，蹙眉看向她們。
周氏此人，性子和她長相十分符合，眉目張揚、潑辣爽利，但現下偏要做出賢良端正的裝束，努力朝徐氏靠近。
「大嫂，弟妹。」她挑起單邊眉。「妳們兩人何時如此親近了？」
徐氏表情不變，溫溫柔柔地回。「妯娌之間自是要努力親近。」
周氏不屑地「哼」笑一聲，不顧姜舒窈在場，直接諷刺道：「裝模作樣，妳和我之間可從未親近過。」
徐氏道：「弟妹不必如此。」一副不想與周氏多計較的模樣。
周氏一拳頭打在了棉花上，頓覺無趣憋屈，但這麼多年下來早已習慣，瞪了一眼徐氏，又盯著姜舒窈看了幾眼，撇撇嘴，風風火火地走了。
「她就是這個性子，滿身是刺，習慣就好。」徐氏一邊領著姜舒窈往大房走，一邊側頭道。
姜舒窈沒想過徐氏是會背地說別人不好的人，奇怪地看著她。
徐氏知她所想，不願解釋，兩人沈默著來到大房。

——未完，待續，請看文創風891《佳窈送上門》2

三生有妻　實乃夫幸／踏枝

文創風 890

佳窈送上門 1

國家圖書館出版品預行編目資料

佳窈送上門 / 春水煎茶著. --
初版. -- 臺北市 : 狗屋, 2020.10
冊 ; 公分. --（文創風）
ISBN 978-986-509-147-7（第1冊：平裝）. --

857.7 109012753

著作者 春水煎茶
編輯 林俐君
校對 沈毓萍
發行所 狗屋出版社有限公司
地址 台北市104中山區龍江路71巷15號1樓
電話 02-2776-5889～0
發行字號 局版台業字845號
法律顧問 蕭雄淋律師
總經銷 知遠文化事業有限公司
電話 02-2664-8800
初版 2020年10月
國際書碼 ISBN-13 978-986-509-147-7

本著作物由北京晉江原創網絡科技有限公司授權出版

定價260元
狗屋劃撥帳號：19001626
網址：love.doghouse.com.tw E-mail：love@doghouse.com.tw